碧野 圭

全部抱きしめて

実業之日本社

実業之日本社文庫

《目次》

1

目覚めた瞬間、自分がどこにいるのかわからなかった。見慣れない天井に、障子柄を模した四角いシェードの安っぽい照明。殺風景な砂壁にはカレンダー一枚飾られていない。なによりまわりに人の気配がないのが不安だ。

夫は……、娘はどうしたのだろう。

そうして寝返りを打とうとして、いつもと違うことに気がついた。背中が硬い。包み込むような柔らかいスプリングの感触じゃない。

これは布団なの？　ベッドで休んでいるはずなのに。

そう思った瞬間、意識が完全に覚醒《かくせい》して、記憶が蘇《よみがえ》った。

そう、ここが自分の家だ。

夫と離婚し、娘とも離れ、ひとりここに住んでいるのだ。

思い出すと同時に、やるせない気持ちで胸がいっぱいになった。

目が覚めてほしくなかった。しあわせな夢をみていた。自分がまだ幸福だった頃の夢を。三カ月もこの生活をしているのに、なぜいま頃、昔の夢をみるのだろう。

『あなたは時々、少女みたいなことを言うんですね』

からかうような口調で言うと、諒《あきら》は声を立てて笑った、そんな夢だった。

すっかり忘れていたけど、これは現実に関口諒に言われた言葉だ。どんな時に言われたのか、もう覚えてはいないけれど。

夢の中で見た諒の目はあまりにもやさしく、思い出しても胸が痛くなるほどだ。現実の彼はどうだっただろうか。あんなふうに私を見ていたのだろうか。

考えても仕方ないことだ、と思う。

恋は終わり、自分は彼のもとを去った。もう二度と会うこともないのだ。

鏡台の時計を見た。時計の針は九時を回っている。

ああ、今日は土曜日だったんだ。だから、目覚ましが鳴らなかったんだな。

起きなければ、と思うが身体《からだ》が動かない。起きたところで、仕事のない土曜日にはこれといってやることもない。早く食事にして、とせっつく娘もいなければ、新聞はとったのか、と尋ねる夫もいない。

自分が起きても起きなくても、誰も気に留める人はいない。

このまま寝ていて、何が悪いのだろう。

目を閉じる。だが、まぶたの裏に諒の笑う顔が浮かんで、消えそうにない。

ダメだ。もう起きよう。

目を開けて、のろのろと上半身を起こす。布団のぬくもりに温まった身体が、急な寒さにぎゅっと縮こまる。枕元に置いてあったセーターとジーンズを急いで身につけ、ついでにガスストーブを点火した。古いアパートの壁には断熱材が入っていないのか、部屋の中でも寒さが身に染みる。

諒と過ごした時間は短かった。その時間は濃密で、私の平凡な日常を覆すほど激しかった。結局、諒とのことが原因で私は職を失い、離婚してひとりになった。

それは後悔していない。自分が選んだことだから。あの時、自分はほかにどんな行動をとれただろうか。

諒と別れたあと、何度も何度も同じ問いを繰り返した。

どこで自分は間違ったのだろうか。どうすれば誰も傷つけることなく、諒との関係をきれいに終わらせることができただろうか。

しかし、いくら考えても、あの時の自分にはああするしかなかったのだ、と思う。

あの時、私が犠牲になることで、いろんなものが壊れずにすんだのだ、と。

ただひとつ計算外だったのは、恋が終わった後も自分はまだ生きなければいけないということだった。ひとりになっても、仕事がなくても、それでも生活しなければならないということだ。恋愛している時がドラマなら、いまの私はエンディングテーマの流れたその後を生きている。スイッチを切れば画面からすべてが消えてしまうように、自分自身の人生も消えてしまえばどれだけしあわせだっただろうか。

布団を畳み、顔を洗うと、冷蔵庫を見た。一人暮らし用のツードアの小さな冷蔵庫には、缶ビールが一本とトマトが二個あるだけだった。家族のための食事作りから解放されると、途端に買い物がルーズになった。牛乳を切らさないようにしようとか、常備菜を用意しようといった意識が働かない。自分だけなら何を食べてもいいし、何も食べなくてもいい。

今朝は珍しく空腹を感じていた。そういえば昨夜はカップ麺《めん》を食べただけだった。面倒だな。買い物に行って、それからご飯を作る気にはなれない。外に何か買いに行こうかな。

ちょっと考えて、府中との市境のあたりにあるカフェに行くことにした。家から十分ほど掛かるところだが、遠回りをすれば時間がつぶれる。やることのない土曜日の午前中を少しは埋めることができるだろう。

そう決めると、クローゼットからコートを出して着込んだ。ショートブーツを履こうと玄関で身を屈《かが》めた時、脇にある鏡の中に自分の姿が映った。

くたびれた中年女の顔が見える。昔は年よりも若く見えると言われたものだが、いまの自分はどうだろうか。化粧をしていないせいもあるが、皺《しわ》も目立つし顔色も悪い。四十三歳という実年齢よりも老けて見えるのではないだろうか。

化粧をしようかと一瞬、迷ったが、そのまま外出することにした。会うのはお店の人くらいだ。私の顔など誰も気にしないだろう。どうせ自分は「終わった人間」なのだから。

玄関を開けると、スチールの手すり越しに、隣の一戸建ての住人が狭い庭先でストレッチをしているのが見おろせた。こちらは二階にいるので、相手は見られていることに気づいていない。音をたてないように気をつけながら、アパートの廊下を歩いていった。

アパートの敷地を出て、花屋の前の道を右折する。そのまままっすぐ歩いていると、ふいに視界が開け、左手に野球場ほどの広さの墓場が見えてくる。元はお寺があったところに、墓場とお堂だけが残ったらしい。敷地の真ん中に一本だけ大きな樹《き》がすっくと立っている。イイギリの巨木だ。その幹は、大人が両手を伸ばしても抱えきれないくらい太い。高さは三階建ての住居くらいはあるだろうか。下の方には枝はなく、上三分の一くらいのところから巨大な松茸《まつたけ》のように、四方八方に枝葉を広げている。

立ち止まってその樹を見つめた。新宿から中央線で西へ三十分、小金井市の郊外であるこのあたりにはまだ武蔵野の名残がある。庭に竹藪《たけやぶ》があるような大きな農家もところどころ残っているし、ふつうの住宅の庭先や歩道の真ん中などに、ふいに巨木が生えていることも珍しくない。そんななかでもこの樹は異様だ。墓地の真ん中という場所もさることながら、枝から不気味なほど赤い果実がびっしりと垂れているのだ。夏には枝の形も見えないほどの緑に覆い尽くされるが、冬の早い時期に葉はすっかり落ちてしまう。枝に残されるのは葡萄《ぶどう》の実のような、小さな赤い粒の集合体だ。色といい形といい、それは血飛沫《ちしぶき》のようだった。冬枯れの中、血を流し続けるように見えるその樹のさまは、いつ見てもはっと胸を突かれる。

この樹は、まるで何かの罰を受けているようだ。ほかの樹と切り離され、墓場の真ん中でひとり寂しく血の涙を流し続けるのだ……。

道の端でぼんやり眺めていると、後ろからやってきた自転車にベルを鳴らされた。それで我に返った。

そんなはずはない。あれはただの樹だ。夏には緑の葉に覆われ、秋の終わりに実をつける。それが習いなのだ。血飛沫のように見えるのは、こちらの気持ちの持ちようなのだろう。自分のこころはいまも血を流し続けているから。

ふたたび歩き出す。小金井街道に出て、府中方面にしばらく行ったところを脇に入っていくと、住宅ばかりでろくに店もないこのあたりに、魚屋や乾物屋や惣菜屋など、六軒ほどのお店が集まった昔ながらの小さな市場がある。その市場のいちばん道路側に目的のカフェがあった。ベージュピンクに塗られた漆喰《しっくい》の壁や、オーダーメイドと思《おぼ》しき木の家具など、そこだけ青山が出現したようなお洒落な店だ。小金井のはずれのこんな場所になぜこの店が、と不思議に思うのだが、その違和感が嫌いではなかった。この地に馴染《なじ》んでいない自分に似ている気がする。

店には入らず、通路に面した側の硝子《ガラス》窓からテイクアウトの軽食を注文する。日替わりのお惣菜の中からひよこ豆のサラダとキドニーパイ、それにここの売りであるスコーンをひとつ。

「いつもありがとうございます」

自分と同じ年頃の、きびきびした感じの美人の店主が、明るく微笑《ほほえ》みかけてくる。

ああ、顔を覚えられるくらいこの店には来ているのか、と思う。坂下に引っ越してまだ三カ月しか経《た》たないのに、ひとつ覚えのように週末となるとここに来ているから、それも当然かもしれない。

帰りは行きとはルートを変え、新小金井街道ではなく、住宅街の間の道を通って帰った。家の間にところどころ藪や樹林保護地などがあり、道が突然行き止まりになっていたりして、散歩するのには悪くない街だ。なにかしら、小さな発見がある。一年ほど前までは、仕事と家事でばたばたしていたから、あてもなく散策する時間はとても取れなかった。家族と長年住んでいた大船がどんな町だったか、ほとんど記憶にない。散歩の楽しみを持てたことだけは、この暮らしになってよかったと思う数少ないことのひとつ……いや、唯一のことかもしれない。

ふつうに歩けば十分ほどで着いてしまう道のりを、三十分掛けてゆっくり歩いた。陽射《ひざ》しは暖かく、風がないので、一月中旬とは思えない穏やかさだった。空は高く青く、雲も少ない。雲にまぎれてぽっかりと白い月が浮かんでいる。ふと柔らかい気持ちになる。真昼の月は自分にとってのラッキーアイテムだ。これを見た日はいいことが起こる気がする。空気が澄んでいて、戸外にいるのが気持ちよかった。

藪の間の細い道を伝って公園の横に出た。そのすぐ北隣が自分の住むアパートだ。二階の一番奥にある自分の部屋の窓ガラスが、日に当たってきらきら光っているのが見えた。南側が開けているので、日当たりがいいことがここの取り得である。アパートの西脇のスチールの階段をとんとんと上がっていった。階段を上がりきって右に曲がると、玄関の並んだ共用廊下がある。ふと見ると私の部屋の前に男がいた。その横顔を見た途端、どくんと心臓が跳ね上がった。

まさか、そんな。

こちらの気配に気がついたのか、男がこちらにゆっくり顔を向けた。そうして、憎らしいほど落ち着いた声で「やあ」と言った。

間違いではなかった。関口諒だった。

体中が凍りついたように動けなかった。諒はゆっくりとこちらに歩いてきた。上質そうなベージュのカシミヤのコートに、モスグリーンのマフラーを巻きつけていた。相変わらずりゅうとした着こなしだ。以前と同じように、整った顔立ちにそれは決まりすぎるほど決まっていて、ちょっと嫌味なほどだ。目の前一メートルくらいまで近づいて諒は立ち止まった。私の顔を探るような目で見る。暗い目だ。以前の諒は、こんな目はしなかったと思う。

「どうして——来たの」

ようやくそれだけを言えた。声が掠《かす》れて、最後の方はただ息が漏れたような音がした。相手にちゃんと聞こえたかどうか、わからない。だが、諒には伝わったようだ。諒は一瞬、とまどったような顔になり、すぐに何かをぐっと呑《の》みこんだような顔つきになって、単刀直入な返事をした。

「会いたかったから」

それを聞いて、金縛りが解けたように身体が動いた。腕から力が抜けた。ばさばさっと何かが落ちる音がした。それから、さっと身を翻し、一目散に走り出した。短い廊下を過ぎ、階段を一足飛びに駆け下りて、道路へと走り出した。前方から車が来るのが見えたので、右の脇道へと逸《そ》れた。そのまま走って走って、野川に出た。野川は住宅街の間を流れている小さな川で、このあたりでは二メートルくらいの川幅しかない。その野川に掛かる弁天橋を渡りきったところで諒に追いつかれた。

「待って」

後ろから摑《つか》まれた右手を振りほどこうとした。

「やめてよ！」

思いがけず大きな声を出していた。自由な方の手で、諒の胸を強く押した。しかし、諒はやすやすとその左手も摑む。

「嫌！　何をいまさら」

体を捩《よ》じって、自由になろうとした。諒の胸を頭突きするが、諒は平然としている。

「どうかしましたか?」

その声を聞いて、我に返った。柴犬を連れた親切そうな初老の男性が、遠巻きに声を掛けてきた。野川の川岸は散歩道になっているので、犬の散歩には格好の場所になっていた。男性の、案ずるような顔を見て、自分のことが恥ずかしくなった。

いい大人が、道の真ん中で何をやっているのだろう。

「すみません。ちょっと喧嘩《けんか》をしたので」

諒が摑んでいた私の右手を離して言う。しかし左手は摑んだままだ。男性は諒ではなく私の方を見て「大丈夫ですか」と、尋ねた。学校の先生のような雰囲気の、優しそうな男性だ。

「はい」

私が答えても、なおも疑うような顔つきを変えない。

「ほんとうに? 何か困ったことがあるんじゃないんですか」

「いえ、大丈夫です。ちょっと興奮してしまって」

かろうじて笑顔が作れた。「ご心配をお掛けしてすみません」

「そうですか。それならいいのですが」

私は男性に頭を下げた。そして、諒に手首を摑まれたまま、不自然に見えないようにゆっくりとした速度で散歩道から遠ざかった。男性の視線はなおも私たちの背中を追っている。諒もそれを感じているのか、私の左手を摑んだ手に不自然な力を籠《こ》めていた。そのまま歩き続けると、お寺と神社が並んだ場所に突き当たった。一瞬迷ったが、お寺の前を右折し、すぐに左手へと折れた。左手は急勾配《こうばい》の坂道になっている。ここまで来ると、男性の視線からは完全に隠れてしまう。私の左手を摑んだ諒の手から、少し力が抜けた。

「凄《すご》い坂だね」

坂は五十メートルほどの距離だが、あまりに急なので、ちょっとした山登りをしているようだ。息が切れる。

「ここは、はけだもの」

「はけ？」

「国分寺崖線《がいせん》とも言うわ。昔の多摩川の名残り」

千年以上前、このあたりを流れていた多摩川が台地を削った痕《あと》がそのまま残っている。十メートルから二十メートルくらいの高さの崖《がけ》が、立川から小金井を通って調布の先、世田谷の方まで続いているらしい。一般的には国分寺崖線と言うが、土地の人は『はけ』とか『まま』とか呼んでいた。

「ああ、これがそうか」

なんのことかわからないが、ひとりで納得して、諒はそのまま黙り込んだ。はけ、つまり崖の斜面の部分は、武蔵野の名残りの雑木林と、それを崩して建てられた住宅がせめぎ合っている。

「だからこんなふうに坂が続くんだな」

諒がつぶやくように言う。同意を求めているわけでもないようなので、私は何も言わない。坂を登りきって、道なりに右手に曲がると、数軒先に地域の集会所がある。その敷地に入り、集会所の前を素通りして裏手の庭に出ると、その奥まったところに木造の門扉があった。木の看板に墨文字で三楽の森と書かれてある。私は諒にその門をくぐるように促した。

「ここなら、たぶん誰も来ないわ」

門の向こうには建物はない。学校の校庭ほどの広さの敷地の隅を、ぐるりと取り囲むように高い樹が植えられているが、真ん中は芝生が生えた広い空き地になっている。もともとここにはお金持ちの邸宅があったのだが、市が買い上げて公園にしたという。ゆるやかな勾配のある敷地だが、その真ん中の空いている部分に、かつては屋敷が建っていたのだろう。周囲の木々はその目隠しだったにちがいない。この敷地に接して児童公園もあるのだが、出入り口がわかりにくいからか、こちらまで来る人は少ない。どこか秘密めいたこの場所は、私のお気に入りだった。

「こんな空き地があるなんて、外からは全然、わからないね」

諒はものめずらしそうに敷地を見回した。

「離して」

私が言うと、諒は手をずっと握っていたことに初めて気づいたように、慌てた表情で手首を離した。袖を少しまくって左手を確かめる。赤い痣《あざ》が出来ていた。

「ごめん」

諒が申し訳なさそうに言う。

「だけど、これ落としただろ。ちょっと壊れたけど」

ポケットから何かを取り出して私の手に握らせた。アパートの鍵だった。急いで逃げ出そうとして、アパートの前に放り出したらしい。キーホルダーについていたガラス細工の鳥が、落とした衝撃でひび割れていた。

「それから、買い物袋は玄関のドアノブに掛けておいたから」

それを拾っていたから、諒が追いつくのが遅かったのだ、と気がついた。背の高い諒が本気で私を追いかけたら、アパートの敷地を出る前に追いつかれていただろう。

「ありがとう」

傍若無人に見えて、意外と細かいところにも気が回る男だった、と思い出した。それで尖《とが》った気持ちが少しだけ和らいだ。それが通じたのか、諒も少し緊張が解けたような顔になって微笑んだ。その親しげな表情を見ないように、私は急いで視線を逸らした。

「だけど、どうしてここに来たの？　いまになって、どうして？」

会いに来るなら、もっと早くてもよかったのに。あれから一年も経って、なぜいまさら。

諒は困ったように唇を歪《ゆが》めたが、

「月が出ていたんだ」

「月？」

「昼間に月が見えると、いいことがある。だから、奈津子にも会えるんじゃないか、と思ったんだ」

真昼の月を見ると、いいことがある。

これは私の密《ひそ》かなジンクスだ。ふたりが親密だった頃、私が諒に教えたことだ。

「覚えていたのね」

ふいに目頭が熱くなった。

「もちろん。大事なことだから、忘れるはずがない」

そうだ、私がそれを告げた後、諒はからかうような口調で言ったのだ。『あなたは時々、少女みたいなことを言う』と。

いろんな記憶が一気に脳裏に浮かび上がった。楽しかったことも、辛《つら》かったことも、目の前の男を、胸が痛くなるほど愛していたことも。

気づいたら、頰《ほお》に涙が落ちていた。次から次へととめどなく。諒がポケットからハンカチを出して差し出した。その指には結婚指輪が光っている。彼女とはまだ別れていない。ほんのわずか抱いた微《かす》かな希望があっさり打ち砕かれた。

「ほんとは勇気がなかったんだ。奈津子に合わせる顔がなかったから。だけど……」

「だけど？」

「ひとり暮らしを始めたと知ったから。奈津子がひとりで寂しい思いをしていないかと思って」

それを聞いて、なぜか無性に腹立たしかった。

「それは同情？　私が寂しがってるから、やり直そうとでも言うの？」

諒は暗い眼をして黙り込んだ。

「いまさらどうして？　一年経って、ようやく落ち着いてきたというのに。仕事もみつけて、ひとり暮らしも始めて、なんとか一人でやっていけるようになってきたところなのに。それをぶち壊しに来たの？」

激しい言葉が口を突いて出た。どれほどの想《おも》いで自分が諒の前から去ったのか。そのために、どれほどのものを犠牲にしたか。

仕事も、家族も、そのために捨てたのに。

「いまさら会いに来るなんて、卑怯《ひきょう》だわ。何もかも終わって……みんなが忘れた頃になって……また私の気持ちを掻《か》き乱したいの？」

泣きながら、私は両の拳《こぶし》を握り、諒の胸を叩《たた》いた。

「どうして？　どうしてそっとしておいてくれないの？」

諒は黙ったままだ。

「どうしていまさら。もう、何もかも遅いのに」

そうだ。諒は私を追い掛けなかった。会社に留《とど》まり、妻との暮らしを続けた。

それはほかならぬ自分が望んだことのはずなのに、なぜだか私を苦しめた。私がやったことを諒がどう受け取ったのかがわからなかったから。私が去ることで、完全に元の輪に戻ってしまったのなら、私の犠牲の意味がなくなるように思えたから。

それはおかしなことだ。諒を愛していたから、諒が幸福になることだけで満足だったはずなのに。見返りを期待せず、諒への愛を示したはずなのに。

自分でも無茶苦茶だと思う。

『あなたひとり、貧乏くじを引いたってことなのね』

母が呆《あき》れたように言った。安っぽいヒロイズムに毒されて、あなただけ損したってことじゃない。馬鹿みたいね。

そうじゃない、と言いたかった。だけど、それを否定する材料はどこにもなかった。自分のひとり相撲だったかもしれない。そうであることを、私は恐れた。

「どうして……いまになって……どうして」

嗚咽《おえつ》が止まらなかった。次から次へと涙が流れた。涙といっしょに鼻水も落ちた。自分の泣き声が悲しくて、さらに涙が出た。

どのくらいそうしていただろう。ふと気づくと、諒が私の背中をさすっていた。下を向いていたので、諒がどんな顔をしていたのかはわからなかった。ようやく興奮が収まり、嗚咽も静まってきた。息を大きく吸って吐き出した。諒がそれにあわせて背中の手をゆっくりと動かした。何度か繰り返して、ようやく人心地がついた。

顔を上げて諒を見た。諒は、まるで自分が泣いたような、ぐちゃぐちゃな顔をしていた。涙は出ていなかったけど。

それを見た時、諒もこの一年不幸だったのだ、とわかった。その事実に、どこか安堵《あんど》する自分がいた。私の犠牲を受け入れて、のうのうとしあわせにしていられるほど鈍い男だったら、自分はこれほど愛しただろうか。

「それで……私はどうすればいいの？」

「えっ？」

「私に会って、あなたはどうするつもりだったの？」

諒の眉《まゆ》が驚いたようにぴくりと動いた。まるで、意外なことを言われたとでも言うように。

「……何も考えていなかったの？」

「考えていたけど……いざこうして会ったら、頭の中が真っ白になった」

その答えがあまりに愚かしく、カッコつけの諒らしからぬ無様さだったので、私はちょっとおかしくなった。私の口元に笑みが浮かんだのを見て、諒がほっとしたような顔になった。

「会いに来るだけで勇気を使い果たしたから、その後のことはもう……」

「嘘《うそ》。勇気だなんて、そんな」

「嘘じゃない。脚がガクガクだ」

またおかしくて笑えた。あの諒が、私に会うだけで脚が震えるなんて。

「笑うなよ。ほんとなんだから」

「だって、諒らしくない」

「そうだよ。奈津子といる時は、いつだって俺らしくない」

ああ、以前もそんなふうに言っていたっけ。

私といる時は自分らしくない。

それはどういうことなのだろう。

私といると、ペースが乱されるってことだろうか。

「でも、アパートに来たってことは、私のことを調べたのね」

ちょっと非難がましく聞こえたのだろうか。諒は言い訳するように答えた。

「携帯も通じなかったし、会社の総務に聞くわけにもいかないし。だから、興信所を使った」

それはあまり愉快な答えではなかった。興信所の人間はどこまで諒に報告したのだろう。私の生活ぶりや、家族との関係も調べ上げたのだろうか。みじめったらしいことを告げたのだろうか。それで諒が私に同情したのだろうか。

「それで……あなたはどうしていたの？」

「俺は――みずほ台に異動になった」

それだけ聞けば、ある程度想像がついた。みずほ台というのは、会社の倉庫がある場所だ。そちらに異動になったということは、私とのことが原因で左遷されたということだ。諒の妻の父親は会社の重役だが、やはりなんらかの制裁措置は必要だったのだろう。あれだけの騒ぎを起こしたのだから。

「だけど、しばらくしたら、また本社に戻れるんでしょ」

「長瀬の義父は、三年経ったら戻すと言ってくれている。……俺は、どうだっていいんだけど」

「そうよね。長瀬専務がついているから、あなたは決して悪いようにはならないわ」

それを聞いて、諒の唇の端がぴくりと動いた。何か言いたそうだったが、結局何も口に出さなかった。

「だけど、私はひとり。だから心配してくれたってこと？」

諒は何も言わない。

「それとも、まわりのほとぼりが冷めたから、よりを戻そうってこと？」

諒は黙ったままだ。

「同情ならいらない。それから、やり直すこともできない。あなたは彼女と別れられないし、同じ過ちを繰り返したくない」

過ち。自分で言ったことに、自分で傷つく。

ふたりの関係は過ちだったのだろうか。ない方がよかったことなのだろうか。

そして、そんなことを私に言わせた諒を憎んだ。私にとって大事な思い出を、ほかならぬ諒が汚している。

「友情でもダメか」

ふいに諒が言った言葉が意外すぎて、理解するのに時間が掛かった。

「友だちになりたいって言うの？」

理解すると同時に、やっぱりおかしくなった。おもしろいというより、ばかばかしい。

「いまさらお友だちなんて」

最初は会社の同僚だった。友だちと言ってもよかっただろう。私はそのままでもよかったのだ。それ以上を望んだのは、諒の方だったのに。

「それとも、私に罪悪感を抱いているから、せめて友人として助けたいってこと？」

「そうじゃない。……ただ、奈津子の傍《そば》にいたいだけだ。どんな形でも。友だちでも」

「結局、よりを戻したいってことじゃない。いまさらそんな。虫がよすぎる」

諒の顔が傷ついたように歪んだ。それでも、言わずにはいられなかった。

「起こってしまったことは戻らない。私たちは別れたんだし、いまさらやり直すなんてできないわ」

「俺は別れるつもりはなかった。奈津子がひとりで決めたことだ」

「だけど、あれは」

あの時、ほかにどんな選択があったというのだ。諒の妻は、文字通り身体を張って夫を止めようとしたのだ。もし、私が引かなかったら、泥沼の騒ぎになっただろう。

「ひとり残される方が、去ることよりも辛いかもしれないんだよ」

諒の目はぞっとするほど昏《くら》かった。こんな目をする人だとは知らなかった。それとも、離れている間に、闇を抱くような経験をしたのだろうか。

私が気を呑まれていると、諒は屈んで足元に置いていたクラッチバッグを拾い上げた。

「今日はもう帰る」

あっさり「帰る」と言われて、逆に困惑した。わざわざ会いに来たからには、もっと粘ると思ったのだ。

友だちになりたい。諒が私に告げたのはそれだけだ。あんな別れ方をして、一年ぶりに会って、言うのはそれだけなのか。

結局、彼は何をしに来たのだろうか。

「駅はどっちの方向?」

「ここの敷地を出て、まっすぐ行くとすぐに連雀《れんじゃく》通りに突き当たるわ。そこを右にずっと歩いて行けば、JR武蔵小金井の駅の方に出る」

「わかった」

そう言うと、諒はさっさと門の方に歩き出した。あまりの唐突さに、私は唖然《あぜん》としてその背中を見送る。だが、門を出る時、諒は振り向いた。

「また来るから」

そう言って、そのまま足早に去って行った。

2

「おはようございます」

その日、一人目の滞在者が息子に送られてやってきた。今年八十歳になるサチさんは息子と二人暮らしで、息子が会社に行っている間、ここで預かっている。認知症専門のデイケア・サービスなので、サチさんも軽度の症状がある。

「おはようございます。サチさん、今日も元気そうですね」

このデイケア・サービスの理事長でもある林美和子さんが、にこにこしながらテラスのところまで出迎えた。息子が屈んで靴を脱がせようとすると、サチさんは左手でテラスの桟を握り、右手は杖《つえ》を突いて体重を支えた。靴が脱げると杖を突きながらゆっくりと部屋に入ってくる。もとは和室だったところに絨毯《じゅうたん》を敷いて洋室風にしたものだ。窓際にはソファ、奥にはダイニングテーブルが置かれている。サチさんはお気に入りの窓際のソファに座った。

「じゃあ、よろしくお願いします」

息子は気遣いながらも、どこかほっとしたような顔をして部屋を出て行った。私は部屋の隅の犬小屋できゃんきゃん吠《ほ》えている四匹の中から、白いチワワを選んだ。サチさんのお気に入りのミルクという犬である。ミルクを膝《ひざ》に載せるとサチさんは嬉《うれ》しそうに撫《な》ではじめた。

「おはようございます」

次の滞在者は、今年九十四歳、ここを利用する人の中で最年長のキミコさんだ。足の悪いキミコさんの腕を取ってソファまで付き添う。キミコさんも好きな椅子《いす》が決まっている。一番奥の一人掛けのソファだ。そこにどっかりと座ると、ふと気づいたように、

「あんた、今日は別嬪《べっぴん》さんだね。何かいいことでもあったの？」

と言って私の顔をじっと見つめる。こうした老人特有の率直さに、なんと応えていいのかわからず困っていると、美和子さんが、

「あら、奈津子さんはもとから美人ですよ。知らなかったんですか？」

そう言って笑う。美和子さんの笑顔は邪気がない。こういう仕事を続けているのに、疲れや鬱屈《うっくつ》を感じさせない。この笑顔のおかげで、自分はここに居てもいい、と思えたのだ。私だけでなく、ここに通ってくる人や働いているスタッフも同じように思っているのかもしれない。

そんなことを考えてると、次の滞在者が到着した。すぐその次も。慌てて玄関まで迎えに行く。ぼおっとしている暇はない。

仕事があるのはありがたい。こうして身体を動かしていると、諒のことを考えずに

すむ。土曜日の午後と、翌日の日曜日は何もしないで過ごした。ひたすら諒のことだけを思っていた。ほんの短い間に見た諒の姿、聞いた諒の声を、頭の中で何度も何度も反芻《はんすう》した。子どもが飴《あめ》をしゃぶるように。

一年ぶりに会った諒は少しやつれてはいたけど、おかげで以前にはなかった翳《かげ》りのようなものを感じさせた。かつての諒は、なまじ顔立ちが整っているだけに軽薄な印象を与えた。いや、実際軽薄な男だったのだろう。人妻に言い寄ることをなんとも思わない、図太さと冷酷さのようなものがあった。巻き込まれると火傷《やけど》をしそうな危うさが、もしかすると諒の一番の魅力だったかもしれない。

いまの諒には、そんな危うさは感じられなかった。だが、その翳りが男としての深みを感じさせる。それはそれで魅力的だと思う女も多いだろう。

深みというより色気だろうか。

「別嬪さん、何かいいこと、あったの？」

キミコさんに話し掛けられて、我に返った。キミコさんのために、私はおはじきを並べているところだった。知らない間に手が止まっていたらしい。

「あら、すみません。ちょっと考え事をして」

「いい人のことを想っていたのね」

キミコさんが訳知り顔でうなずく。昨日のこともあまり覚えていない人なのに、そうした勘みたいなものは働くのだろうか。

「すみません、よろしくお願いします」

今度は幼児連れのおかあさんがやってきた。ここはデイケア・サービスと保育施設を兼ねているのだ。私は保育士の資格を持たないので、デイケア・サービスの方がおもな仕事だったが、同じ建物の中のことなので、手が空いていれば保育の方も手伝う。

「ああ、いらっしゃい」

それまで黙って座っていたハルミさんが腕を伸ばして幼児を迎え入れた。幼児の名前は雄大くん。三歳になったばかりだ。ハルミさんは八人いる保育児童のなかで、なぜか雄大くんがお気に入りで、なにかと世話を焼きたがる。

「おばあちゃん、今日もよろしくお願いしますね」

雄大くんのおかあさんが、保育士ではなく、ハルミさんに挨拶した。雄大くんも、とことこと歩いて行き、ちょこんとハルミさんの膝に乗った。ハルミさんは愛《いと》しくてたまらない、というように雄大くんの頭を撫でた。ハルミさんはかなり進んだ認知症のはずだが、雄大くんの面倒を見ている間は、なぜかしゃんとしていた。ふつうの孫と祖母のように見える。

『自分が必要とされている、と思うと、人はしっかりするものなのよ』

と、美和子さんは言う。そうなのだ。自分もここで必要とされていると思うから、あの辛い時期を乗り越えられたのだ、と思う。


婚家を出て実家に戻っても、温かくは迎えられなかった。父が生きていれば違ったかもしれないが、母は兄一家と同居している。二世帯住宅で優雅な老後を送っていたところに、四十過ぎた娘が突然、出戻ってきたのだ。なぜ急に戻ってきたのか、困惑している様子がありありだった。私の口からは別居の原因は言えなかったが、その日のうちに母は私の夫に連絡を取り、私の不倫のせいだと知ると、激昂《げっこう》した。

「なんて、馬鹿なことを。そんな恥ずかしい娘だとは思わなかった」

母は昔から潔癖な人だった。婚外恋愛などまったく受け付けない人だとは知っていたが、恥ずかしい娘と言われたことに、ショックを受けた。

「そんなことをしでかすんなら、覚悟はあるんでしょう。親も兄弟も頼らず、自分ひとりでやっていきなさい！」

今にも出ていけと言わんばかりの母を宥《なだ》めたのは、ちょうどそこに居合わせた母の妹、私の叔母にあたる明子だった。明子叔母は、姉の家から歩いても十分ほどの距離のマンションに住んでいたから、時々遊びに来ていたのだ。私の顔立ちは、実の母よりも叔母に似ている。ふたりでいると、親子と間違われることもしばしばだった。それもあって、叔母は小さい頃から私をかわいがってくれていた。

「まあまあ、そんな怒らないで。聡子さんの家に置いとけないなら、なっちゃん、うちに来ればいいわ。うちは忠司がアメリカに行ったっきりだから、部屋も空いているし」

忠司というのは叔母の一人息子の名前だ。それを聞くと母は嚙《か》み付くような調子で、

「べつに置いとけないとは言ってません。あなたがよけいな口出しをしないでちょうだい」

と、叔母に言い放った。叔母は神妙な顔をしていたが、母の視線が別の方を向くと、私に向かって「ほらね」と、共犯者の顔をしてにやっと笑った。勝気な母は、妹に意見されるのを嫌がる。それをよく知る叔母が、わざと母を挑発したのだ、ということがわかった。私も感謝の笑みを叔母に返した。

明子叔母は神経質な母とは正反対で、明るくのんびりした性格だった。料理はとびっきり上手だが、ややずぼらなところがあり、部屋の棚や引き出しはごちゃごちゃと物で溢《あふ》れていた。部屋の隅々まできちんと整っていないと気が済まない母は「明子さ

んはだらしなさすぎる」とよく小言を言ったが、叔母はいくら言われても「そうねえ。もうちょっと片付けなきゃね」と、柳に風の様子だった。それが母をいっそう苛立《いらだ》たせたのだが。

ともあれ、叔母のおかげで、ひとまず私は実家に落ち着いた。だが、やはり実家は居心地悪かった。母ひとりならともかく、兄一家が同じ建物の二階に住んでいるのだ。兄の宏之には小学生の娘がふたりいて、何かと階下の祖母のところに遊びに来た。姪《めい》は無邪気に、

「おばさん、いつまでいるの？」

と、私に尋ねた。私は答えに窮して、

「そうね、次の家が見つかるまでかしら」

そんなふうにごまかす。すると姪たちは不思議そうに、

「どうして大船に帰らないの？　おばさんちはそこじゃない」

姪は私のことを、大船のおばさん、と呼んでいた。大船は、結婚していた時に私が住んでいた場所だった。姪たちにとってはもうひとりの叔母、つまり母親の妹は葛西《かさい》に住んでいるので、葛西のおばさん、と呼ばれている。

「さあさあ、あんたたち、そろそろ塾に行く時間じゃない？　ぐずぐずしてると、遅

刻するわよ」

見兼ねた母が、そう言ってふたりを追い払った。そうして、

「あんなこと、香苗さんが言わせているのかしらねえ」

などとつぶやく。それを聞いて、私は嫌な気持ちになった。

香苗さんというのは、兄嫁の名前だ。兄より七歳年下なので、私より四歳若い。義姉というより義妹のようだ。兄が大学院時代、高校生だった香苗さんを家庭教師として教え、彼女が大学に入学するとつきあいはじめた。大学卒業と同時に結婚してしまった。就職を経験することなく専業主婦になったせいか、香苗さんは人生の翳りとはおよそ縁のない素直さやおっとりした雰囲気を漂わせている。少し子どもっぽい感じがするのも否めない。人によってはぶりっこ、と言うかもしれない。私が離婚したことを知った時は、母よりも兄よりも私に対して同情的で、

「奈津子さんもたいへんだったんですね」

と、涙ぐんでいた。私はそうした義姉の態度が単純に嬉しかったが、母は二心《ふたごころ》があるのではないか、と疑っている。

「お腹《なか》では何を考えているか、わからないよ。女は言うことと本音が同じってわけじゃないから」

そんなふうに言うのだ。お気に入りの息子と結婚した嫁に対する嫉妬《しっと》が目を曇らせているのか、母はあまり香苗さんのことを好きではないらしい。表面では調子よく言葉を合わせているが、どこか気を許していない。

だが、母の言葉に反論できないのは、私は女性特有のデリカシーがわからない、と自覚しているからだ。高校も大学も職場もまわりには男性が多い環境だったため、女性らしい気配りとか、言葉の裏を読み取る能力をあまり磨く必要がなかった。だから、そういうことにはとても鈍く、相手がにこにこしているので気を許していたら、陰でひどい悪口を言われていた、という経験を何度かしている。

「見掛けは女っぽいのに、奈津子は女子力が低いから」

昔からの友人は、私のことをそんなふうに言う。そう言えば諒もその昔、私のことを「鈍くさい」と言っていた。その時は女子の気持ちではなく、男の下心に気づかない、という意味だったのだが。

しかし、私はあんまり人の嫌な面を見たくはない。人がにこにこしているなら、そのとおりに受け取りたい。騙《だま》すよりも騙されるほうがまだましだ、と思っている。だから、義姉が涙ぐんだのは、私に同情してくれたからだと信じたいし、娘をつかってあてこすりなどする人ではないと思いたい。私は香苗さんを好きでいたかった。

そうして、ひとまず落ち着いたものの、夫と正式に離婚が成立してから、またひと悶着《もんちゃく》あった。夫との話し合いでは、とくに慰謝料などは支払わない、財産分与も行わない、ということで決着した。私が浮気して家を飛び出したのだから、要求できる筋合いではなかった。夫は私名義の財産、貯金や宝石などはすべて私に戻してくれた。それだけでもありがたいと思うべきだろう。さらに、私が婚家に残してきた家具類、衣類やバッグ、本、CD、さらにはヘアブラシやシャープペンシルといった日用品から、鍋やフライパンといった台所用品に至るまで、私が愛用していたものは一つ残らず送り返してきた。私を思い起こさせる品物は目の前からすべて消し去りたい、そう思っているかのようだった。それも無理からぬことだ。自分がしでかしたことの当然の結果なのだ、と思ってはみても、夫の憎しみをあらためて見せつけられるようで、私は少なからず傷ついた。

そして、送り返された大量の荷物が、母との間に亀裂を深めることになった。それまで私は来客用の六畳間に居させてもらったのだが、本棚だけでも四棚、母が嫁入り道具に買ってくれた洋服簞笥《だんす》、和簞笥、鏡台と、家具で部屋は溢れ、さらには五十を超える大量の段ボール箱もあったから、かなりの量の荷物がリビングや廊下に置かれることになった。それは、潔癖症で、常に部屋を美しく保ちたいという母を苛立たせた。それでいて、昔ながらのかさばる婚礼家具を私が処分する、と言うと、母はたいそう腹を立てるのだ。

「あなたのために、高いものを選んであげたのに」

そう言われては処分することもかなわず、大量の荷物に埋もれて、私は途方に暮れた。

また、兄は兄で、私が元の夫に財産分与を請求しなかったことに怒っていた。大船の家を二世帯住宅に建て替えたとき、その費用は全額私が支払っていた。亡くなった父から受け継いだ財産をそれに充てたのだ。土地は婚家の雨宮のものだったから、家の名義を夫婦共有とすることで私は納得していた。その当時は、まさか自分が離婚するなどと思ってもいなかったから。

「おまえは結局、お父さんから受け継いだ財産を、どぶに捨てたようなものだな」

そう言って兄は怒った。そして、

「いまさらこの家の権利を主張しても、おまえにはやらないぞ。家を俺が貰《もら》う代わりに、おまえには貯金その他を渡したのだから」

兄が気にしていたのは実はそこだったのだろう。私が家に戻ったことで、いま住んでいるこの家を乗っ取られるんじゃないか、と恐れていたのだ。

「私がそんなこと言うわけないじゃない。この家はもう兄さんの名義になっているんだし、いまさら欲しいだなんて、そんな」

「だったら、おまえ、いつまでこの家にいるつもりだ？　これだけの荷物もあるんだし、そろそろ自活したらどうだ？」

そう言われると、言葉に詰まった。戻ってきて半年あまり、まだ新しい仕事が決まっていなかったのだ。短い期間にいろんなことがあって弱っていた私は、積極的に職探しをする気にはなれずにいた。失業保険が下りる間は何もせずにいたかった。仕事を辞める時のショックが尾を引いて、会社勤めが怖くなったのである。しかし、生真面目《きまじめ》という点でよく似ている母と兄は、そんな私の態度を「怠けている」と言って非難した。母と兄の両方から責められ、行き詰まった私は明子叔母に相談した。

「だったら、うちに来る？　荷物はトランクルームに預けるとかして」

そう言ってくれたものの、叔母の家はもので溢れていた。長男の忠司が独立して空いた部屋も、すでに叔母の衣装類でいっぱいになっていた。叔母はものを捨てられない性分なのだ。それに、やっぱり叔母の家をあてにするわけにいかないと思った。いくら親切でも、叔母は母ではない。叔母はいいと言っても、叔母の夫、崇彦叔父が何と言うだろうか、とそれが気になった。叔父はいつも私に優しくしてくれるが、同居まで認めてくれるかどうかはわからない。実の兄ですら私との同居を嫌がるのだ。血の繋《つな》がらない叔父が歓迎するとは思えない。それを切り出して、叔父にはっきり拒絶されるのが怖かった。叔父の厳しい顔を見たくなかった。それを想像しただけで、胸が苦しくなる気がした。

私は、他人との関わりに臆病になっていた。

「やっぱりどこか部屋を借りるわ。叔母さんに迷惑掛けるわけにはいかないし」

これから先のことを考えると、結局それしかないと思う。実家だろうと叔母の家だろうと、いつまでいられるかわからない。人の好意をあてにするということは、人の都合に振り回されるということだ。自分の人生を自分のペースで生きようと思えば、自分の住処《すみか》は自分で確保するしかない。

「せめて、うちの近くにしなさいよ。ご飯を届けたりできるし、何かの時はすぐに駆けつけるから」

叔母が部屋探しにつきあってくれることになった。大学も家から通い、結婚まで親と同居していた私は、ひとり暮らしの経験がなかった。四十過ぎてひとりで暮らすのは、寂しいような、怖いような気がした。不動産屋に行き、叔母の家から徒歩圏で家を探した。しかし、部屋探しは難航した。無職の四十女に部屋を貸そうという大家はなかなかいなかったのだ。

　私は自分の世間知らずをいまさらながら思い知った。

「いっそ、マンション買った方がいいのかな」

　狭い中古マンションを買うくらいのお金は持っていた。二十年勤めた会社から退職金が出ていたし、その間に貯《た》めた貯金もあった。

「やめときなさい。いま、貯金をはたいてしまったら、何かの時に困るでしょう？　買うにしても、ちゃんと就職が決まって落ち着いてからにしなさい。こういうものは、あせって買うとろくなことにならないから」

　叔母の提案はもっともだが、なかなか家は決まらなかった。武蔵小金井の不動産屋を一軒残らず回ったがすべて断られ、叔母はついに隣駅の東小金井の方で探してみようか、という話を切り出した。

「ひがこの方がこっちより家賃も安いらしいし、住みやすいかもしれないわ」

　東小金井を、地元の人間はひがこと呼んでいた。隣駅だというのに、私は一度も降りたことがなかった。

「東小金井ってあまり馴染みがないんだけど、どんなところかしら」

「こっちよりさらにのんびりして、いいところよ。それに、あっちの方が不動産屋も融通つけてくれるらしいわ」

しかし、結局東小金井に行くことはなかった。ひょんなことから、小金井市の南に住処をみつけることができたからだ。東小金井の不動産に行く予定にしていたその日、朝早くから叔母のマンションを訪ねて行った。十時前に来いと言われていたのだ。チャイムを鳴らして扉を開けると、玄関まで焼き菓子の甘い香りが漂っていた。叔母がケーキかクッキーを焼いたところらしい。

「ひがこに行く前に、ちょっと寄りたいところがあるの。つきあってくれる？　車を出すから」

そうして叔母が連れて来てくれたのが、小金井の南側にあるこのケア・ハウスだった。叔母が週に一度、ボランティアでお菓子を作って施設に届けている、という話は聞いていた。しかし、どこに届けているのかまでは私は知らなかった。実家のある市の北部から線路を越えて南下した、はけ下と呼ばれる場所に来るのも、実は初めてだった。

ぱっと建物を見て、意外といい感じだと思った。味気ない灰色のコンクリートの建物ではなく、古い軽量鉄骨の二階建てで、一階の端から端まで届く長い木のテラスが作られている。一階がケア・ハウスで、二階はふつうのアパートになっているらしい。

建物の南は駐車場を兼ねた広い土の庭があるので日当たりがよく、風も抜けそうだった。居心地のよさそうな場所だ。すぐ目の前が大きな欅《けやき》のある公園になっているのも、いい感じだ。私は叔母に付いて車を降りた。

「あら、いらっしゃい」

そこで出迎えてくれたのが、美和子さんだった。

「今日は姪を連れてきましたよ」

叔母に続いて私が、

「松下です」

自己紹介すると、室内にいた十人ほどの視線が一斉に私に集まった。出戻りの身では肩身が狭く、母も近所の人に私が見つかるのを好まないようだったので、最近はあまり出歩かないようにしていた。こんなふうに大勢の視線が自分に集まるのは久しぶりだ。私が臆して少し後ずさると、

「どうぞ、ゆっくりしていってくださいね。叔母さんにはいつもお世話になっているんですよ」

美和子さんがにこにこしながら言った。

「これは誰?」

美和子さんの隣にいたおばあさんが、美和子さんの袖を引っ張って尋ねる。

「こちら、加藤さんの姪ごさん。加藤さんは知ってるでしょ？　いつもクッキーを届けてくれる人」

「わたしゃ、クッキーよりもケーキがいい」

おばあさんは脈絡のないことを言う。

「クッキーはぼろぼろこぼれるから、好かん」

「今日はパウンドケーキを持ってきましたからね。おやつの時間に、食べてくださいよ」

叔母がおばあさんに話し掛ける。

「は？　ハウンドケーキ？」

「パウンドケーキ。レーズンとかクルミの入ったケーキ」

「サキさん、お好きでしょう？」

美和子さんが聞くと、おばあちゃんは真面目な顔でこっくりうなずいた。それがなんだかかわいらしくて、自然と私の頬も緩んだ。

ふいに誰かが私の袖を摑んだ。はっとしてそちらを見ると、別のお年寄りが私を見てにこにこしている。

「あなた、本を読んでくださらないかしら」

「え、ええ……」

「この人はもう帰るところだから、また今度にしましょうね。本は私が読んであげますから」

「私はこの人に頼んでいるんです」

美和子さんが注意しても、おばあさんが意固地な顔で主張する。

「少しだけならいいですよ。何を読みましょうか」

「なんでもいいよ、この中のなら」

おばあさんが、詩集を出してきた。茨木のり子の『自分の感受性くらい』という本だ。オレンジ色の表紙を適当に開き、ぱっと目についたものを読みはじめた。

男には　男の
女には　女の
存在の　哀れ

一瞬に薫り　たちまちに消え

好きでなかったひとの
かずかずの無礼を……

そこまで読んで、声が詰まった。いろんなことが頭の中を駆け巡った。気力を振り絞って続きを読んだ。

かずかずの無礼をゆるし
不意に受け入れてしまったりするのも
そんなとき

そんなときは限りなくあったのに
それが何であったのか
一つ一つはもう辿ることができない

ふいに感情が溢れ、それ以上、読めなくなった。涙がぽろぽろこぼれた。おばあさんはそれを見ると、よしよし、と私の背中をさすった。

落ち着いた声だった。あわてたのは、美和子さんやスタッフの人たちの方だろう。

泣き出した私に驚きもせず、わけを聞こうともせず、幼児を慰めるのと同じように、

「大丈夫、大丈夫だから」


「どうなさったんですか？」

「まあ、この子、最近離婚してね。いろいろ辛い状況なんですよ。仕事も探さなきゃいけないし、家も見つけなきゃいけないからねえ」

叔母がそう説明すると、美和子さんは気軽な調子で、

「あら、だったらしばらくうちで働かない？」

と、切り出したので、私は驚いて涙が止まった。

「スタッフのひとりに子どもが生まれるので、半年くらい休みを取るのよ。状況が落ち着いたら復帰したいって言うんだけど、人手は足りないし、かといって期間限定だから新しい人を雇うのも難しいし、困っていたの。もしよければ、しばらく手伝ってくれないかしら？　うちで働きながら職探しをしてくれてかまわないし、もし新しいところが見つかったら、そちらに移ってくれていいから」

美和子さんの提案は渡りに船だった。いまの自分は、以前のようにばりばり働く気には到底なれなかった。こういうところでゆっくり働きながら、少しずつ社会復帰し

ていけるのなら、それがいちばんいい。

「それはいいことだわ。ここなら、私も安心だし」

叔母も賛成してくれた。週に一度は顔を出している場所だし、私の様子をちょくちょく見に来られる。ここにしなさい、と熱心に勧めてくれた。

さらに、美和子さんは施設の建物の持ち主、つまり大家に掛け合って、建物の二階にあるアパートに私を住めるようにしてくれた。古い建物だが日当たりもいいし、六畳の和室と洋室に狭い台所が付いていた。ひとりでは十分すぎる広さだ。家賃も2DKの値段としては格安だった。物件を見に来た母は「こんな安普請のアパートに、本気で住むつもりなの?」と眉を顰《ひそ》めたが、いまの私にはこれでも贅沢《ぜいたく》なくらいだと思う。

そうして、結局いくつかの家具は処分したが、このアパートに落ち着いた。とりあえずの働き口も見つけた。仕事は思ったより楽しかった。こぼした食べ物を片付けたり、お風呂に入れたり、下の世話をしたりと、きれいごとでない部分もたくさんあったが、それはとても人間的な作業だ。ひとりでは生きられない老人に食べさせたり、排泄《はいせつ》を手伝ったりすることは、命の営みに直接関わる仕事である。自分の身体を使って他人の肉体の維持に奉仕することは、どこか自分自身の生き方を正すような気がした。なぜか、いまの自分にこの仕事はとても必要なことだ、と思った。

もっとも、そんなのんきなことを言っていられるのは、こうした施設としてはここが比較的恵まれているからかもしれない。小さい施設なのでお年寄りの数も少ないし、通いのデイケア・サービスなので、病院などに比べると症状の悪化した人は少ない。夜も六時にはきちんと上がれる。帰宅は常に夜の十一時十二時、土日も仕事を持ち帰っていた出版社時代より、肉体的にもはるかに楽だった。それに、何より人間関係についてのストレスがないのが大きかった。美和子さんをはじめとするスタッフはみな優しかったし、通ってくるお年寄りもいい人たちだった。ゆっくりと生きている幼児や老人に合わせて、ここではゆっくりと時間が流れていた。それがとてもありがたかった。自分も、このペースでなら生き直せるような気がした。そうして新しい住まいや仕事にもようやく慣れてきた頃、諒が突然、現れたのだった。

いまの自分の暮らしの中に、諒の存在はまるでそぐわなかった。半年後にはどうなるかわからない、地味で質素で単調な生活の中に、諒はまぶしすぎる。かつて自分がそこにいた刺激に満ちた生活を思い出させるだけでなく、それを喪《うしな》った痛みや、それ以上に、あの頃の狂おしい情熱が自分の中に蘇《よみがえ》ってくるのが怖かった。それでも、気がつけば諒のことを考えている。再会した時に諒が言った言葉やその時の動作のひとつひとつを思い出している。会えたのが嬉しかったのか、悲しかったのか。

これほど隔たってしまったいまの生活を諒に見られたくはなかった。あの人にとっての美しい思い出でいられることを自分は望んだから。

だけど、同時に、こうして自分のありのままを知られたことが嬉しくもあった。恋によって私が犠牲にしたもの、それをあの人にわかってほしくもあった。それがあの人に後ろめたい気持ちを抱かせるであろうことに、どこか残酷な満足感を抱きさえしたのだ。

正直、いまも私はあの人を愛しているのか、それとも、私自身が経験したもっとも美しい出来事、その思い出を愛しているのか、自分でもよくわからなかった。別れたあの時の感情のままでいるには、いまの自分は傷ついていたし、いろんなことが起き過ぎた。

そして、一週間が経った。土曜日の朝、いつもよりずっと早く目が覚めた。まだ外は薄暗かった。布団の中で寝なおそうとしたが、眠れなかった。何の根拠もなかったが、今日、諒が現れる気がしたのだ。だが、会うことが本当によいことなのか、私には判断がつかなかったし、心待ちにしているのもなんだか癪《しゃく》だったので、いつもどおりの生活を送ることにした。布団を上げ、まだ早い時間だったので、部屋を丁寧に掃除した。窓の桟や蛍光灯の傘も雑巾《ぞうきん》で拭《ふ》いた。そして、先週と同じように、近所の店にスコーンを買いに行くことにした。同じくらいの時間に家を出、同じ道を辿《たど》って行くつもりだったが、その前に鏡を見て薄く化粧をした。諒に会えるかどうかはわからなかったが、もし会えたとしたらあまりみっともない格好ではいたくなかった。先週はすっぴんだったことに後で気づいて、深く後悔したのだ。

　そうして、先週と同じ時間に家を出て、同じルートを辿って店まで往復した。アパートの敷地に着き、二階を見上げたい気持ちを懸命に抑え、先週と同じようにうつむいたまま階段を上った。上りきって、廊下の奥にある自分の部屋の方を見た。

　やっぱりそこには諒がいた。先週と同じように、手持ち無沙汰《ぶさた》な顔で私の部屋の前に立っていた。

3

「やあ」

　先週と違って、諒の顔は晴れやかだった。今日はデニムにスタジャンというラフな服装だった。諒がそんなカジュアルな格好をしているのは珍しい。私はなんと言っていいのかわからず、黙っていた。

「今日はいい天気だね。陽射しが暖かい」

「ええ。風もないし」

　あたりさわりのない返事をした。確かに、今日は穏やかな日だった。

「ちょっと散歩に行かないか？」

「えっ？」

「この辺を案内してほしいんだ。ダメかな？」

　何気ないふうを装っているが、神経質そうに目をぱちぱちさせていた。

「散歩って、どこに行くの？」

「はけを見たいんだ」

「はけ？　どうして？」

「うちの方にも、はけがあるんだ。世田谷だからちょうどはけの終わるあたり。始まりはこの辺なんだろう？　だったら、確かめたいと思って」

　諒が世田谷に住んでいることは私も知っていたが、はけのことなど聞いたことがなかった。そんなことに関心がある男だとも思えない。それが私に会う口実だということは、明らかだった。

だが、そうとわかっていても、私はそれに乗っかった。こういう口実であれば、ふたりを傷つけるものではなかったし、昔の辛い思い出を蒸し返すものでもなかったからだ。

「いいわ。どうせ今日は暇だし」

私の返事を聞いて、諒はほっとした顔をする。断られることも覚悟していたらしい。

「ちょっと待ってて。買ったものを部屋に置いてくるから」

さすがに、諒を部屋に上げる気にはなれなかった。鍵を開けてひとりで部屋に入ると、朝食用に買ったスコーンをテーブルの上に置き、ついでに鏡で化粧崩れしていないかをすばやく確認した。

「おまたせ」

私が出て行くと、諒はぎごちない笑みを浮かべた。まるで初めてデートに向かう少年のようだ。それがおかしくて、私も微笑んだ。

「それで、どこか行きたい場所はあるの？」

私がつきあおうと思ったのは、諒の気持ちを確かめたいからだ。どうして、いまになってわざわざ戻ってきたのだろう。友だちになりたいというのは、本気なのだろうか。

「とりあえず貫井《ぬくい》神社」

「どうして？」

貫井神社のようなローカルな場所を、諒が知っていることに驚いて聞き返した。きわだった特色があるわけでもなく、地元の人間でなければ知らない名前だろう。

「湧《わ》き水が出る神社だっていう話だから、どんなところだろうかと思って。それに、ここから近いんだろう」

どうやら諒は下調べしてきたようだ。誰かをデートに誘う時と同じように。

「じゃあ、行ってみる？」

私が歩き出すと、諒は黙って二歩くらい後ろをついてきた。貫井神社はアパートからすぐ近くにある。家の近くの道を曲がって野川の方向に歩くと、二分もしないうちに弁天橋に出る。貫井神社は弁天さまを祀《まつ》った神社だから、この橋はもう貫井神社の敷地が近いことを示している。弁天橋を渡り、さらにまっすぐ歩いていく。

「ああ、ここだったのか」

いま辿ってきたルートは、先週、諒から逃れるために走った道だった。突き当たりを右に折れると三楽の森へ向かうが、左に折れるとすぐに鳥居が見え、そこが貫井神社だった。

「ほんとにはけの際《きわ》に建ってるんだな」

つぶやくように諒が言う。だらだらと住宅が続くその先、はけの窪《くぼ》みにすっぽり収まるように小さな神社が建てられている。道路から十数段階段を上ったところに鳥居があり、境内がある。鳥居から拝殿までの距離は短い。二十メートルもないだろう。その間、参道の左右に小さなひょうたん池があり、池を囲んで松や楓《かえで》が植えられている。池の脇に小さなお稲荷《いなり》さんもある。はけや境内の緑に、お太鼓橋の手擦りやお稲荷さんの鳥居に塗られた赤い色がよく映えた。狭い敷地だが、はけの緑によって外部から遮断され、そこだけ箱庭のように美しく、完成された世界を形作っている。

諒は「へえ」と小さく感心したような声を上げた。常駐の神主もいないような小さな神社なのに、境内は隅々まで清潔に保たれ、格の高い神社にあるような凛《りん》とした空気が漂っている。長い年月、地元の人に愛された神社だということがそれでわかる。諒もそれに感じ入っているのだろうか。およそ無信心のように見えるのに。

先に参拝している人がいたので、拝殿の手前のお太鼓橋の上で立ち止まる。さりげなく池を眺めながら、先の客の参拝が終わるのを待った。すると、ふいに鳥がばさっと羽音を立てて飛び立った。

「あ、かわせみ」

「かわせみ？」

「ほら、あの木の上の枝にいる」

「ああ、あの青い羽の？」

「ええ」

かわせみは羽が青く、腹のところは鮮やかなオレンジ色だ。はっとするような大胆な配色で、特徴的な長いくちばしもあるから、人目につきやすい。

「名前は聞いたことがあったけど、実物は初めて見たな。ずいぶんきれいな鳥なんだね」

「青い宝石とも言うんですって。野鳥好きにはとても人気があるんだそうよ。この辺ではたまにしか見られないから、今日はラッキーだったわ」

「それはよかった」

諒が微笑んだ。再会して、初めて見せた晴れやかな笑顔だった。それを見て、微かに胸が疼《うず》く。かつては、この笑顔を見られることにどれほど喜びを感じただろう。恋人としていた時間よりも、同僚として共に働いた時間の方が長かった。お互い結婚していたから、好意を持っていることを相手に知られたくなかった。だけど、ほんのちょっとした会話をきっかけに諒の笑顔を引き出せた時、どんなに私の胸はときめいただろう。

「この前は、鴨《かも》が飛ぶのを見たわ。いつもは野川に浮かんでいるのだけど、時々、この池にもいることがあるの。野川からここまでは結構距離があるのに、どうやって移動してきたのかと思っていたら、鴨って飛ぶのね。ばさばさって、すごい音立ててた」

「ほんとに？　見間違いじゃなくて？」

「もちろんよ。じゃあ、どうやって野川からここまで来ると思うの？」

「夜中にこっそり歩いてくるんじゃないの？」

「そんな馬鹿な。ここを目指して、何十メートルも歩くっていうの？」

「もちろん。親鳥を先頭にして、一列になってよちよちやってくるのさ」

今度は私の方が笑った。そうだ、昔はこんなふうに他愛《たわい》もない話ばかりしていたんだっけ。ただの同僚だったあの頃は、どれほどしあわせだっただろう。

「今日はあまりいないけど、いつもは亀もいるのよ。多い時には十匹くらい、あの辺の岩で甲羅干しをしているわ」

「ここにはよく来てるんだね」

「えっ？」

「そんなふうに生き物の生態を知ってるなんて、よほど池を観察してるのかと思った」

諒の何気ない言葉に、私はどぎまぎした。

「それほどでもないわ。たまに散歩に来るくらい」

本当は週に何度もここに来ていた。市の北側から坂下に引っ越してきて間もない頃、ここを訪れた。それが初めての訪問だ。それ以来、ここが私の安息場になった。それを素直に言えなかったのは、ここで祈っていることを知られたくなかったからだ。

ここに来ると、いつも神様に手を合わせる。そうして決まった祈りを捧《ささ》げる。

自分の生活が安定するように。別れた娘が無事であるように。そして、最後に諒のこと、諒が元気でいるように、そして、私のことを忘れないでいてくれるように、と。

まさかこんなふうにふたりでここを訪れる日が来るなんて、想像することさえできなかった。それもこんなに早く。

次に諒と会えるにしても、五年も十年も先の話だろうと思っていたのに。

前の客が参拝を終え、お太鼓橋を渡って帰って行く。年配の男性だ。普段着なので近所の人が散歩のついでに寄ったのだろう。すれ違う時、お待たせ、というように頭を下げたので、こちらも目礼を返した。

「せっかく来たから、お参りしていく？」

私の屈託など知るよしもなく、諒が無邪気に尋ねる。

「そうね」

平静を装って、私は返事をする。

拝殿の前に並んで立ち、手を合わせた。だが、何を祈ろうか、と戸惑う。かつての恋人といっしょにいるのに、娘のことを祈りたくはない。なんとなく娘を侮辱するような気がしたから。それに、諒本人がここにいるのに『忘れないで』と祈る必要もない。

いまの私は何を祈ろう。

諒との未来？

頭に浮かんだ言葉を即座に否定する。いまさらやり直すつもりはない。

じゃあ、なぜ自分はここにいる？　諒の誘いを拒みもせず、なぜ。

祈る言葉を失って、私はただ形だけ手を合わせた。こっそり隣を窺《うかが》うと、諒は生真面目に目を瞑《つぶ》って、何事か祈っていた。

「ところで、湧き水っていうのは、どれ？　この池のこと？」

　お参りが終わると、諒が私に尋ねた。そう、ここに来た目的はそれだった、と思い出す。

「こっちよ」

　私は拝殿の建物の裏手に諒を案内した。建物の裏手、一メートルも離れていない場所から崖の斜面は始まっている。その斜面と平地の境に岩で囲まれた細い水路がある。裏手のはけの地下水がここに湧き出るのだ。はけのいくつかの場所ではこうして湧き水が出る。貫井神社が建てられたのも、水の神様を祀るためだった。

「ここから湧いた水が、野川の方に流れているのよ。ここは特に有名だけど、ここだけじゃなく、ほかにも湧き水の水源は市内にいくつか残っているわ」

「思ったより、水量が少ないんだな」

「もともと冬は湧き水は少ないの。それに、やっぱり都市化のせいで水量が減ってるらしいし。昔はプールが作られるくらい、豊富な水量だったらしいけど」

「プール？」

「神社の前の、いまは駐車場になっている場所に、湧き水を引きこんだプールがあったんですって。それも子どもだましの小さなものじゃなくて、五十メートルある立派なものだったそうよ」

「ふうん。それ、見たかったな」

「いまは記念碑しかないけどね」

神社の入り口に小さな記念碑が立っている。それだけが、昔のプールの名残りだ。

「奈津子はそのプールに入ったこと、あるの？」

「ううん。うちが引っ越してきたのは私が大学に入った年だし、その頃にはもうプールはなかったもの。三十年以上も前に、埋め立てられたそうよ」

「ああ、そうか」

「叔母は昔からここに住んでいるので、いとこを連れて来たことがあるそうだけど、湧き水なんで、すごく冷たかったそうよ。作られたのがずいぶん昔だから、プールの底とか周りは木で出来ていたんですって」

「床とかぬるぬるして、藻とかも生えていたのかな。だけど、子どもは絶対そっちの方が面白がるよ。俺んちの傍にもあればよかったのに」

「本気？　冷たくて、子どもには入るのが辛かったって話よ」

諒の子ども時代を想像すると、何か不思議な気がする。無邪気で素直だった諒というのは想像できない。小さい頃もすかした子どもだったのだろうか。「ドラえもん」

に出てくる、スネ夫みたいに。それを思うと、なんだかおかしくなった。笑いそうになったのを堪《こら》えたが、幸い諒は気づかなかった。岩のところに屈みこんで、水を掬《すく》っていたのだ。

「あんまり冷たくないや」

透明な水が諒の手のひらからしたたり落ちた。

「湧き水は、夏は冷たく冬は温かいらしいわ」

「ああ、そうか。地下水だから気温にあまり影響されないんだな」

「そう。真冬に寒中水泳するなら、湧き水プールが向いていたかもね」

「ほかにも、そういうプールとかあったの？」

「えっ？」

「はけの湧き水って、ここだけじゃないんだろう？」

「そうだけど――。プールはどうかしら。私もよくは知らないけど、池とかならまだいくつか残っているけど」

「どこに？」

「えっと、この近くなら滄浪泉園《そうろうせんえん》とか」

「ああ、名前は知っている。小金井の名所のひとつだよね」

「この先の、新小金井街道を越えたところにあるの。このあたり、昔は東京の別荘地だったから、そういうお屋敷の跡がいくつか残っているの。滄浪泉園もそのひとつ」

「ここから近いの？」

「そうね、歩いても十分くらいかしら」

「じゃあ、いまから行ってみる？」

「えっ？　本気？」

湧き水が見たい、という諒の口実を、私はあまり信じていなかった。私を連れ出す口実だろうと思ったのだ。

「ダメ？」

「そういうわけじゃないけど……」

どうして？　という問いが口から出かかったが、人影が近づいてきたのでそれを呑みこんだ。リュック姿の夫婦だ。ここは地元の名所地図には必ず載っており、ウォーキング・コースの中にも入っている。そのため、土日になると元気な中高年が張り切って歩き回っていた。

「行こう」

諒がそう言って、先に立って歩き出した。仕方なく、私は後を追った。最初に来た道を逆に辿って野川に出た。

「こっちに行くと新小金井街道だよね？」

地理が頭に入っているのか、正しい方角を諒が示す。

「ええ」

野川の川沿いに作られた遊歩道を諒はさっさと歩き出した。私もそれに続いた。

「ここはいい遊歩道だね。よく整備されているし」

「まだ出来て十年も経っていないそうよ。その昔は、大雨になると野川が氾濫《はんらん》していたんですって。それで、蛇行しているところをまっすぐにして、こうして遊歩道を作ったの。野川は国分寺の方から流れているけど、整備されているのは小金井市側だけ。国分寺に入ったとたん、遊歩道はなくなるし、川床もコンクリートで固められているわ」

「あの白いの、鷺《さぎ》？」

鳩《はと》よりも大きい鳥が一羽、川沿いの電線に止まっている。

「たぶん小鷺じゃないかしら。鴨はよくいるけど、小鷺はたまにしか見られないのよ」

「今日はラッキーなんだね、やっぱり」

ラッキー。それは何を指すのだろうか。

こうしてふたりが会っていること、それは幸運なことだろうか。さらなる試練の序曲ではないだろうか。昔のような激しい感情の嵐に、また巻き込まれるんじゃないだろうか。

それが怖い。また今度、同じようなことがあったら、もう私は耐えられないだろう。

私のそんな切羽詰まった思いをあざ笑うかのように、あたりはのどかだった。小川は穏やかに流れ、鴨が五、六羽、浅い流れにゆったりと浮かんでいる。散歩道でジョギングしている人や、犬を連れて散歩している人、岩の上で遊んでいる子どもたち。みんな穏やかな顔をしている。川面は明るい陽射しを受けてきらきらと輝いている。時折、雀《すずめ》か何かが鳴き声を響かせる。絵に描いたような平和な休日だ。

諒も穏やかな目で周囲を眺めている。横にいる私はどんなふうに見えるだろう。年の離れた姉？　それとも親戚の人？

別れた恋人にはきっと見えないだろう。私の方が七歳も年上だし、いまの私は疲れ果てて、おそらく年齢よりも老けて見えるだろうから。

諒の方はちっとも変わらず、若々しく魅力的なのに。

やがて新小金井街道にぶつかった。横断歩道を渡り、トンネルをくぐって、はけの坂道を上がっていく。そうして上がりきったところのすぐ右手に滄浪泉園が見える。白壁に瓦の屋根のある立派な門の脇に受付があり、そこで諒がふたり分の入場料を払った。私が自分の分を支払おうとしたが、「これくらい、いいよ」と諒は断った。ひとり分わずか百円なので気にする額でもないのだが、それでもちょっとくすんだ気持ちになる。

それは日々、少ない収入でやりくりしている者の僻《ひが》みだろうか。それとも、別れた男に、わずかな額でも借りを作りたくないという意地だろうか。自分でもわからなかった。

「さっきの神社もそうだったけど、ここも別世界だな」

諒が感嘆したような声を出す。門の中は武蔵野の自然林を彷彿《ほうふつ》させるような濃い樹木の緑が外界を遮断している。車がひっきりなしに行き来する音が聞こえなければ、ここが大きな道路の傍にあることはとても信じられなかった。

「ほんと、すごい緑ね」

「奈津子も、ここは初めてなの？」

「ええ、この前を自転車で通りかかったことは何度もあるけど、中に入ったのは初めて」

「ふうん、地元の人の方がかえって関心持たないのかな」

「私の場合、南に越してきたのは最近だから。それに、あんまり小金井のことは知らないのよ」

「小金井をよく知らないって、どうして？　ここで育ったんじゃないの？」

「生まれ育ったのは、新宿区の落合。ここには大学一年で引っ越してきて、結婚するまで住んでいたのよ。といっても、大学も都心だし、友人もみんなそっちにいるし、地元で遊んだって記憶はほとんどないの。それに実家は線路より北側だから、こっちは馴染みが薄いし」

「馴染みが薄い？　どういうこと？」

「いまは線路が高架になったから、行き来も楽になったけど、数年前まで線路を境に南北に分断されてたの。踏切はあったけど、開かずの踏切だったから、行き来がすごく不便だったのよ。だから、小金井の街は線路を境に北と南で文化圏が分かれていたの。私も、結婚前には北側に住んでたから、こちら側に来たという記憶はないわ」

「へえ、線路ひとつでそんなふうになるものかな。おもしろいね」

そんな話をしながら、はけの斜面に沿って下り坂になっている散歩道を緩やかに下っていくと、湧き水を貯めた池の全容が見えてきた。貫井神社のひょうたん池の倍はありそうな、四角形の池である。受付で貰ったパンフレットを見て、湧き水の水源を確認する。三カ所ある水源のひとつを探しあて、歩道から身を乗り出して、水が湧いているというあたりを覗《のぞ》き込む。しかし、岩の間からわずかな水がちょろちょろと流れるばかりだ。

「やっぱりいまの季節は水が少ないんだな」

諒がつぶやく。しかし、私は湧き水のことなど気にしていない。

諒はどういうつもりでここに来たのだろう。私に何を求めているのだろう。

そんなことが頭に浮かんで離れない。

あたりには人影がなかった。緑の濃いこの美しい庭園は、駅から遠いため訪れる人も少ない。私たちのほかには、客は見当たらない。受付は離れているし、ここで話していることを聞くものはいないだろう。

もしかしたら、いまがチャンスかもしれない。

「ねえ、諒」

「なに？」

散歩道に屈みこんでいた諒が、無防備な顔でこちらを見上げた。その邪気のない様に、私は出鼻を挫《くじ》かれたような気持ちになる。

「そこのベンチに座らない？」

「ん？　かまわないけど、疲れたの？」

「まあ、そうね」

　ベンチは池を眺められるような形で置かれていた。ベンチに並んで座ると、諒は黙って水面を眺めている。その端整な横顔を眺めながら、どうやって切り出そうか、と私は悩んだ。樹木の壁を突き破って、自動車の行き来する音が聞こえてくる。目の前の豊かな自然にそぐわぬ無粋な物音だ。お互い黙っていると、やけにその音ばかりが耳につく。

「あのね、諒……」

　ようやく口を開こうとした時、ふいにどやどやと大勢の声がした。十人ほどの中高年の団体が、散歩道を下りてくるところだった。

「ああ、いいお庭ですねえ」

「元は三井財閥の役員の家だったんでしょう」

　などと口々に言いながら、こちらに近づいてくる。全員、帽子をかぶり、リュックを背負っている。ウォーキング・ツアーか何かの参加者のようだ。

「ああ、お騒がせしてすみませんねえ」

そんなことを言いながら団体客が通り過ぎる。通りながら、さりげなくこちらを観察しているように思えて、私は顔を伏せた。

団体客は池のほとりに立ち止まり、写真を撮ったり、ガイドの説明を聞いたりしている。いづらくなったのか、諒が「行こう」と言って立ち上がった。速足で岩の階段を上って行く。石段の途中にある馬頭観音や鼻欠け地蔵の前は一瞥《いちべつ》だにせず通り過ぎた。そのまままっすぐ門に向かうのか、と思ったら、東屋《あずまや》の脇の方に逸れた。そして、看板の前で立ち止まる。

「これ、どんなの？」

看板には『水琴窟構造図』と書かれている。

「さあ、私もここに来たのは初めてだから。……あそこのが、そうなんじゃないの？」

看板の脇には真ん中を丸く穿《うが》った小さな御影石《みかげいし》の水鉢がある。それは上から流れてくる水を溜める役割を果たしている。そこからあふれた水は、その下の黒い小さな石が敷きつめられた窪みに落ちてゆく。一見なんということのない石の窪みのようだが、どうやらそれが水琴窟《すいきんくつ》の入り口らしい。

「ここに水を落とせばいいんだね？」

諒はそこに置かれていた柄杓《ひしゃく》を使い、水鉢の水を流し込んだ。

「あ、聞こえる」

水琴窟の前に屈みこんでいた私は、思わず声を上げた。地中深くから、オルゴールの弦をピンピンと弾《はじ》くような音が微かに聞こえた。

「ほんとに？」

諒も屈みこんだ。ふいに顔が近くに接近して、私は居心地が悪い。思わず上半身を後ろにずらす。

「いいね……いい音だ」

耳をすますと、水がちょろちょろと流れる音。そして、何かを弾《はじ》くような、叩くような音が響く。記憶の底の優しい気持ちを呼び起こすような、柔らかい音色だ。

小学校の夏休みに訪ねた田舎のおばあちゃんの家。遊び疲れて、縁側に座っていたおばあちゃんの膝を枕に眠ってしまった。その時、夢うつつに聞いた窓際の風鈴が、こんな音色を奏でていなかっただろうか。

柄杓で汲《く》んだ水は石の間を通り、地中にさかさまに埋められた甕《かめ》の空洞の間を通って下に落ちる。その落ちた時の水音や甕にぶつかる反響音が、不思議な音色の正体だ。

諒は二度三度と柄杓の水を掬い、黒い石に掛けた。音は微かに、しかし絶え間なく鳴り続けた。

「岩と水の奏でる楽器だね」

珍しく諒が詩人のようなことを言う。私もこころが和らいだ。不思議な音色に引き込まれて、そのまま飽きずに聞き続けた。何分くらいそうしていただろうか。やがて先ほどの団体客がどやどやと姿を見せた。

「ちょっと試していいですか？」

「いいですよ」

諒と私は立ち上がって、それまでいた場所を団体客に譲った。

こころの中を緑の風がさっと吹き抜けたような気持ちだった。諒と目が合うと、自然に笑みが浮かんだ。なんとなく、これを聞くために今日ここに来たような気がした。何のため、とか、それでどうなる、とか、そんなことはどうでもいい。ただ、ふたりで楽しい経験を共有できたことが嬉しかった。

「これから、どうする？　お茶でも行く？」

「この近所にはお店はあまりないの。少し前まではこの一角にカフェがあったんだけど、いまは駅前まで出ないと何もないわ」

「じゃあ、駅まで行く？」

「ううん、これ以上行くと歩いて帰るのが面倒になるから。自転車で来ればよかったんだけど」

今日はもうこれでいいような気がした。このあとふたりでお茶をして、食事をして、それで何を語るのか、何をするのかが怖かった。ただの友人のようにここで別れてしまえば、楽しいままで今日を終われる気がした。

「じゃあ、僕もこれで帰る」

「そうね。それがいいわ」

「じゃあ、また」

諒に言われて一瞬躊躇《ちゅうちょ》したが、

「またね」

と返した。そう、こんな穏やかな関係であれば、また会ってもいいのかもしれない。昔馴染みの友だちのように、たまに会って他愛のないことをしゃべり、散歩をして、お茶を飲んで別れる。女友だちと変わらない、こころがやすらぐような関係性を築けたら……ふと、そんな夢想をしてみる。そうして細く長くずっとつきあいが続いていったら、それもしあわせだろう。そんな穏やかな夢が現実になる気がして、私は我知らず微笑んだ。

その時、帰りかけた諒がふいに振り向いた。

「これ、渡すの忘れていた」

そして、右のポケットからブルーの包みのようなものを無造作に取り出して、私の傍に近寄った。その時、ふと鼻孔に香りを感じた。煙草とオーデコロンと微かに感じる汗の匂《にお》い。

諒の匂いだ。

途端に、子宮がきゅっと疼くような気がした。

「どうしたの?」

目の前に諒の長い睫《まつげ》が見える。彫りの深い顔立ちに、濃い影を落とすほどの長い睫。

「なんでもない」

ふいに襲われた衝動を悟られたくなくて、私はわずかに後ずさった。

「これ、よかったら、使ってくれないか」

諒が私の手を取って包みを握らせた。手の中にあったのはトルコブルーの小さなフェルトの袋だった。中を見ると、シルバーのキーリングがあった。特徴あるハート形の細工から、有名なブランドものだということがわかった。

「この前、鍵を落として、キーホルダーに傷がついただろ。悪かったと思って」

確かに、落とした衝撃で飾りがひび割れていた。しかし、それは叔母からの貰い物だったし、いまの私は身につける物にも頓着していなかったので、そのまま使い続けていた。

「でも、こんな高価なもの……」

とは言っても、諒が誰かに贈るものとしては高いものではないだろう。そういうことにお金を惜しむような男ではない。

「わざわざ買ったんじゃないんだ。前に、これをプレゼントしようと思っていた人がいたんだけど、渡しそびれてそのままになっていたんだ。だけど、女物だろ？　自分で使うわけにもいかないし、なんとなくずっと持っていた」

「それって、昔の彼女のこと？」

胸にちりっと痛みが走った。

「そんなんじゃないよ。だけど、ちょっとばかり思い出もあるから、自分では捨てられなかったんだ。奈津子がいらないなら、誰かにあげるか、捨ててくれてもいい」

淡々とした口調で諒は言う。たぶんそれは本当のことだろう。あまり色恋という感じではない。だが、何かいわくがありそうだ。

「でも、私が使った方がいいのね」

「うん、できれば」

「じゃあ、ありがたく使わせてもらうわ」

「よかった」

諒がにこっと笑った。その笑みを見て、また身体の中の何かがぞくっとうめいた。ダメだ。私はこの男を友だちなんて思えない。私にとって、諒はやっぱり男だ。ただひとりの、すべてを賭《か》けてもいい、と思った男なのだ。いまは押し殺しているあの頃の激情が、隙《すき》あらば表に出ようとあがいている。もう、会わない方がいい。このまま会い続ければ、いつかこの気持ちを抑えきれなくなる。

「もう来ないで」

喉元《のどもと》に出かかったその言葉を、しかし口にはできなかった。駅に向かって歩く諒に背を向けて、でも、意識はいつまでも諒の姿を追っていた。

諒と会わない平日は、時間がのろのろと過ぎていく。仕事をしていても、家事をしても、いつも諒のことが頭にある。諒が言った言葉、諒が見せた笑顔、それが頭の中でエンドレスで再生される。諒がどんな気持ちなのか、これからどうしたいのか、それをいつまでも推理する。昼間はまだいい。夜、ひとりでいるとどうしようもなく切なく、諒に会えない寂しさに息が詰まる。時には諒の肉体を、諒とかつて愛し合ったことを思い、それを反芻する。そして、それが終わった後、さらに寂寥《せきりょう》を覚え、ひとり涙した。

土曜日はようやくやってきた。まだ日が昇る前から目が覚めてしまったけど、私は忠実に前の土曜日と同じことを繰り返した。違うことをやると、諒が来ないような気がした。それでいて、ふとその験担《げんかつ》ぎのような行動に気がついて、恥ずかしくなった。自分はこんなにも諒が来ることを心待ちにしている。頭では会わない方がいいと思い、これ以上、関係が進むのが怖くもあり、それでいて、諒を拒むことなどできないのだ。

母が知ったら、激怒するだろう、と思う。潔癖な母のことだ。妻のある男といつまでも関わることについて、悪《あ》しざまに罵《ののし》るに違いない。

だが、私はすでに潔癖な生き方を捨てている。経歴も汚れてしまっている。家庭も仕事も失った。これ以上、何を恐れることがあるのだろうか。

自分が恐れるとしたら、これ以上、傷つくことだ。もう十分自分は傷ついた。また以前のように深く諒を愛して、再び失う苦しみには耐えられない。それくらいなら、いまの時点で会わないようにしてしまった方がましだ。

それはわかっているのに、どうしたらいいのだろうか。

堂々巡りの考えをどうすることもできず、私は溜息《ためいき》を吐《つ》いた。

そして、いつものように近所のカフェに出掛けた。同じ時間に出たので、もし諒が来るなら、私が帰る前に部屋に着いているだろう。そう思ったが、期待はしないようにした。

期待して、もし諒が来なかったら、自分は深く失望するだろう。約束もしていないし、来なければならない深い理由もない。何か用が出来れば、諒はそちらを優先するかもしれない。だから、期待はしすぎないようにしよう。来られなくても、いつもどおりの生活をしよう。

だが、いつもどおりってどういうことだろう。やることもなく、テレビを点《つ》けてぼーっと見て時間を潰《つぶ》すくらいがおちなのに。

そんなことを考えながら、カフェから歩いて帰ってきた。アパートの階段を上りながら、心臓がどきどきした。もし、来ていなかったらどうしよう。しかし、階段の上から諒の声が聞こえてきた。はっきりとはわからなかったが、「もう戻ってくる頃だから」なんてことを話しているらしい。誰かを宥めるような話しぶりだ。相手は誰だろう。母にでも見つかってしまったのだろうか。残りの階段を駆け上がると、奥の方を見た。そして、諒といっしょにいる女性が誰かわかると、驚きのあまり息が止まった。

こちらの気配に気がついて、ふたりは同時にこちらを見た。思わず悲鳴のような声が口からこぼれた。「理沙《りさ》！」と。

4

諒といっしょにいたのは、嫁ぎ先に残してきた一人娘の理沙だった。

「どうしてあなた、ここに？」

声が掠れた。胸にこみ上げるものがある。娘が自ら訪ねてきてくれた、その事実が嬉しくて、涙が出そうだった。

「気が向いたからちょっと覗きに来ただけ。お邪魔みたいだから、もう帰るわ」

「邪魔だなんて、とんでもない。よく来てくれたわ。すごく嬉しい」

理沙と会うのも一年ぶりだ。当然のことながら親権は向こうに移り、面接についての権利も私は持てなかった。

理沙が成人するまでは会いに来るな。

別れた夫にはそう言われた。私は甘んじて受けるしかなかった。私に下された罰でも、それが一番辛いことだった。

「その後、元気だった？　病気とか、してないわよね」

他愛もないことを質問しながら、私は理沙から目が離せなかった。一年会っていなかったその間の変化を見たかったのだ。

理沙は緊張したまなざしで私を見返す。神経質そうにまばたきをしている。

「身長はあまり変わらないわね。だけど、少し痩《や》せたんじゃない？　ちゃんとご飯食べてる？」

私は理沙に近づいてそっと頬を撫でた。理沙は驚いたようにまぶたをピクリと動かしたが、されるがままになっていた。

「いまは高校二年生よね。来年はもう受験なのね。志望校は決めたの？」

理沙について、いろいろ知りたいことがある。離婚してからは夫との連絡も途絶えていたし、理沙自身からも何の連絡もなかった。誕生日には手紙をつけてプレゼントを贈ったし、お年玉も送っている。だが、それが届いたかさえ知らされていなかった。

「こんなところで立ち話もなんだし、中で話したら」

諒に促されて、まだ廊下にいることに気がついた。

「それはそうね」

私がポケットから鍵を取り出して部屋のドアを開けようとすると、

「じゃあ、僕は後で出直すから」

諒がそう言って私に目礼した。しかし、

「待って。行かないで」

引き留めたのは理沙だった。

「あなたも……会いに来たんでしょう？　だったら、そそくさと帰ることないじゃない」

理沙の言葉は『誰に』という目的語が抜けている。ママに、と言いたくなかったのだろうか。この人の前だから？　それとも、私のことを『ママ』と呼びたくないから？

「僕は邪魔だろ。久しぶりなら、ふたりだけで話した方がいいんじゃないの？」

「いいえ、いっしょにいて」

「だけど……」

諒がためらった顔で私を見た。そのまなざしに促されるように、私は理沙に言う。

「関口さんがここにいても仕方ないでしょ。とくに用があるわけじゃないし、今日はもう帰ってもらいましょうよ」

「せっかくふたり揃《そろ》ったんだから、聞きたいことがあるの。帰らないでいっしょにいてください」

理沙は意固地に主張した。意志の強そうな太い眉と黒い大きな瞳に正面からまっすぐ見つめられたせいか、諒は降参した。

「わかったよ、そんなに言うなら少しだけ」

諒の言葉を受けて、私は自宅の部屋の鍵を開けた。

アパートの玄関は、三畳ほどの台所の一角を区切ってタイルを敷いただけのものなので、同時に三人立つこともできない。作りつけの靴入れもなく、カラーボックスを置いて靴箱にしている。私は先に上がって、二足しかないスリッパをカラーボックスから出し、ふだん自分が使っているものを理沙に、来客用の一足を諒に差し出す。スリッパを履いて上がりこむと、理沙はきょろきょろと部屋の中を眺めた。開けっ放しになっているドアから奥の部屋が丸見えだ。諒の方は眺めまわすのは失礼と思ったのか、黙って視線を落としている。

「そこに座ってください」

私は台所の隅の小さなテーブルをふたりに示した。椅子はふたつしかない。自分用にはこういう時のために奥の部屋に置いてある折り畳みのパイプ椅子を出した。

三人でテーブルにつくと、それぞれの顔が近くに見え、私はいっそう落ち着かない気持ちになった。

「お茶でも淹《い》れる？」

椅子から腰を上げようとすると、理沙に止められた。

「そんなの、どうでもいいわ。こんなところで、母親の愛人と三人でお茶をするなんて、ちょっとおかしいでしょ」

理沙の嫌味を聞いても、諒は平然としている。むしろ私の方が慌てた。

「そんな失礼な言い方はないでしょう」

ついいつもの母親の口調になった。相手が諒だとしても、しつけのなっていない娘だとは思われたくなかった。

「でも、間違いじゃないでしょ？」

理沙の声には皮肉な響きがあった。

「それは――」

「ほんとはちょっと心配してたのよ。ママがこの人に捨てられて、ひとりで暮らしているって聞いたから。でも、心配して損しちゃった。結局、よりを戻していたのね」

「捨てられたなんて、誰がそんなことを」

理沙の言葉に私は傷ついた。誰が理沙に私の動向を伝えたのだろう。それも、事実とは異なる嫌らしい憶測を。それを理沙に聞かせたのはこの子の父親だろうか、祖母だろうか。それとも赤の他人だろうか。

「家庭を捨てて若い愛人に走ったけど、すぐに男に捨てられた。世間の人はママのことをそう言っているわ」

理沙の口調は私を嘲笑《ちょうしょう》するようだったけど、目はそうでなかった。自分自身が言われたように悲痛なまなざしだった。そして、それを口にしたことで、さらに自分自身を傷つけたかのようだった。

「理沙……」

私は何も言えなかった。誰が言ったにしろ、理沙はそういう罵声《ばせい》を耳にしなければならなかったのだ。そういう母親の娘という好奇と軽蔑《けいべつ》の目に耐えなければならなかったのだ。

母親を失っただけでなく、まわりの大人たちの言葉に傷ついてきただろう理沙のこの一年を思って、私の胸に鉛のように重い感情が垂れ込めた。

しかし、そんな私には頓着せず、諒は明るい声で理沙に反論した。

「それはちょっと間違いだな」

「どういうことよ。まだ別れていないから、捨てられていないってこと？」

「違うね。捨てられたのは、僕の方だから」

「諒……」

諒が私の方を見た。軽い口ぶりとは裏はらに、真面目な眼をしている。

「どうして？　いまでもこうしてふたりは会ってるじゃない。まだ切れてないんでしょ」

「いや、そうじゃない。ほんとは僕も離婚して、きみのおかあさんと出直そうと思った。だけど、僕の妻が別れたがらなかった。どうしようか迷っている優柔不断な僕を、きみのおかあさんの方が見捨てたんだ。捨てられたのは僕の方だ」

それ以上言わないで、と私は諒に目で訴えた。ふたりのことを娘に話してほしくはなかった。

「だけど、いまもこうして会っているじゃない」

「一年間は会わないでいた。再会したのは二週間前だ。僕の方が会わないでいることに耐えられなくなって、こうして舞い戻ってきた。情けない男だ」

「そんな話はやめて」

とうとう私は声に出して訴えたが、それを無視してふたりは話し続ける。

「馬鹿みたい。あなたも母とのことがばれて、会社で左遷されたんでしょう。すっぱり別れてしまった方が、自分のためにもいいはずなのに」

「それができるんなら、最初からこんなことにはならなかった」

「どういうこと?」

「利害や計算で人を好きになるわけじゃないからね。もし本当に人を愛してしまったら、損得なんて吹っ飛んでしまう。何があっても、相手といっしょにいたい、相手のために尽くしたい、そう思うものなんだよ。僕も、きみのおかあさんと会って、初めてそういうものだということを知ったんだ」

諒は私の方を見た。理沙ではなく、これは私に聞かせたい、というように。

私は娘の前でどう反応したらいいかわからず、おろおろと困惑するばかりだ。それを見た理沙が、怒りを爆発させた。

「勝手なことを言わないでよ。あんたたちの惚《ほ》れたはれたのせいで、うちの家族は崩壊したのよ。私は母親を失ったわ。どうしてくれるの?」

諒とのことで、こんなふうに理沙が怒りをぶつけたのは、初めてだった。理沙は怒るというより泣きそうな顔になっている。

「申し訳なかった。もちろん身勝手なのは承知している。誰よりも、君に対してすまなかった、と思っている」

諒はそう言って、理沙に深く頭を下げた。理沙は目をぱちぱちさせている。いまにも涙がこぼれそうだった。私はたまらない気持ちになって口をはさんだ。

「理沙、ひとつだけ違っている。いっしょにいなくても、私はいつまでもあなたの母親だわ。いまも、いつまでも」

それを聞いて理沙はきっとした顔で私に向き直った。

「だけど、傍にいないじゃない。それに、離婚だって私に関係なく勝手に進めちゃうし。こうして会いに来なければ、私とも会わないつもりだったんでしょう。あんたたちの身勝手さに、私は振り回されるだけなんだわ」

悲痛な声だった。十六年間いっしょに暮らして、いままで一度も聞いたことがないような声だ。

理沙は叫びながら血を流している。

「ごめんなさい。謝ってすむことじゃないけど、でも……」

「いまさら謝ってなんか、ほしくない。もう取り返しがつかないんだから」

「じゃあ、どうしてほしい？　私はあなたのために、何をすればいいの？　言ってちょうだい」

「それは……」

理沙は黙った。いろんなことを言いたくて、でも言葉がうまく出てこない。そんな顔をしている。

「教えて。なんでもするから」

夫以外の男に恋をしたことで、私は傷ついた。諒も傷ついた。そして周りの家族も。誰より大事な娘も深く傷ついた。それをまざまざと目の当たりにして、私はどうしたらいいか、わからなかった。

「いまさら遅い。何を言っても無駄だわ」

そう言って、理沙は私に背を向けると玄関の方に向かう。そして、ショートブーツに脚を突っ込んだ。

「もう帰るの？　もうちょっといてちょうだい」

「もういい。私がいても、お邪魔でしょう」

理沙が刺々《とげとげ》しい言葉を投げつける。

「待って。それなら、俺の方が帰るから。邪魔なのは俺の方だ」

再び諒が引きとめに掛かる。

「こんなところで……あなた方の愛の巣で、ゆっくりすることなんてできないわ」

「だから、誤解してる。俺がこの家に入るのは今日が初めてだ。ほんとに、いまは友だちづきあいしかしていない」

諒の言葉を聞いて、理沙はいっそう苛立った顔になった。

「だったら、どうしてここにいるの？　それに、たとえそれが本当だとしても、あなたは母の愛人だったんでしょう。母と寝たんでしょう。うちの家庭を壊した張本人だわ。そういう男といっしょにこれ以上、いたくはない」

ナイフで斬《き》りつけるような理沙の鋭い言葉に、さすがの諒も立ち竦《すく》んだ。理沙はブーツのチャックを上げると、振り向きもせずドアを開けて出て行こうとした。

「待って」

思わず腕を取って引きとめようとした私を、理沙は邪険に振り払った。そして、ものも言わずに、ばたんとドアを叩きつけるように閉めた。

「理沙！」

私は慌ててドアを開け、はだしのまま理沙を追い掛けて外に出た。

「理沙、待って！」

しかし、理沙はすごい勢いで外廊下を駆けぬけ、階段を一段抜かしで下りて行った。

そして、十七歳という若さの爆発するような勢いのまま全速力で走る。理沙の姿はあっという間に視界から消えた。私は階段の途中で置き去りにされた。

「理沙……」

私は力が抜けて、ひとりで立っていられず、階段の手摺りを握って身体を支えた。

「大丈夫？」

いつのまにか後ろに来ていた諒が、私の腕を取って支え、黙ってスリッパを足元に並べた。

「部屋に戻ろう」

諒に促されて、私は部屋へと戻った。まだ足に力が入らずふらついている私を、諒はキッチンの椅子に座らせた。それから、私の前に膝をつき、両手で私の手を握って言う。

「悪かった。俺がいなければ、ふたりでちゃんと話すことができたかもしれないのに」

「どうしてあんなことを言ったの？」

「えっ？」

「ふたりのことを……あんなことを言ったら、理沙を怒らせるだけなのに」

諒はまっすぐ私を見上げて、迷いなく言う。

「あの子がほんとのことを知りたがっているだろうと思ったからだよ」

「でも……」

ほかに言い方があったのではないか。しかし、なんと言えばよかったのだろう。どう話せば理沙の気持ちが少しでもやわらいだだろう。

自分でもその答えはわからなかった。

「いまの彼女にどう言い繕っても、通じないだろうと思う。せめて事実を告げるのが、ここまで訪ねて来たことへのせめてもの礼儀だ。ここに来るのには、ずいぶん勇気を奮い起こしただろうと思うし」

確かにそうだろう。荷物をすべて送り返してきた夫と義母。彼らが私のことを拒絶しているのは間違いない。そうして、理沙にも同じ思いを共有することを望んだだろう。

それを振り切って、よくここまで来てくれたと思う。

それなのに、こうして諒がいたことで、理沙はさらに傷ついたのではないだろうか。来なければよかったと思っているのではないだろうか。

それを思うとたまらない気持ちになった。同時に、突然、激しい怒りが込み上げてきた。どうして、こうなったのだろう。せっかく、親子の関係を修復するチャンスだったのに。こうして、私は二度も娘を失わなければならないのか。

行き場のない怒りは、目の前の諒に向かった。私の手を握っていた諒の手を払いのけると、私は叫んだ。

「ねえ、あなた、どうしてここに来たの？　どうして私をそっとしておいてくれなかったの？　同情、それとも罪悪感？　ねえ、どうして」

いきなりの激しい言葉に、諒は気圧《けお》されたような顔で私を見る。

「奈津子……」

「この一年、辛かった。だけど、会わないことが、あなたとの関係を守ることだと思っていたのに。あなたが、それをぶち壊したんだわ。私はすべて捨てたのに……恋も、仕事も、家族も、全部。それでも、まだ捨てなきゃいけないの？……まだ、苦しまなきゃいけないの？」

諒は黙ったまま、悲しげな目で私を見た。

「ねえ、なんとか言ってよ」

「怒りたければ、もっと怒るといい。黙って溜め込むより、その方がずっといい」

意外な言葉に、私は面食らった。諒は、何を言いたいのだろう。

「奈津子はいままでひとりでいろんなことを抱え込んできたんだろう。吐き出せよ、なにもかも」

「諒」

「俺が受け止めるから。奈津子の怒りも悲しみも」

諒の言葉はそらぞらしく聞こえた。まるで、自分に酔っているみたいだ。

「なんで、そんなことを言うの？　あなたは、この一年、どうしていたの？　どうしていまになって戻ってきたの？　私に何を期待しているの？　あなたの考えていることが、さっぱりわからない。ねえ、なぜ？　何をしたいの？」

私は畳み掛けるように諒に質問を投げた。この二週間、ずっと考えていたことだ。

「ねえ、話してよ。あなたのことを。こんなふうに宙ぶらりんの関係を続けていくことに、私は耐えられない」

それを聞いた諒は小さく溜息を吐くと、黙って立ち上がり、キッチンテーブルの向かい側の席に座った。

「俺のこの一年は後悔だけだ。奈津子をひとりで行かせたことを、それを追えなかったことを、ひたすら責めていた」

「だけど、どうすればよかったの？　あなたのために手首を切った奥さんを置いて家を出るなんて、到底できなかったでしょう。私が去ったから、あなた自身の生活は守られ、仕事だって、変わらずにすんだはずだわ」

「確かにそうだ。だけど、それを俺が望んだと思うのか。奈津子を犠牲にして、自分ひとり安穏としていられると思うのか」

「でも、それは……」

「奈津子が優しさからしたことは、かえって俺を苦しめた。俺の誇りはズタズタだ。むしろ全てを失った方が気持ちは楽だった。少なくとも、愛する女を犠牲にした罪悪感は抱かずにすむから」

「優しさからじゃないわ。たぶん、女の意地だと思う。あなたの奥さんが命を賭けてあなたを繋ぎとめようとするのなら、私は身を引くことであなたを生かそうとした。それだけのこと」

そうすれば、諒にとって私は死ぬまで忘れられない女になるだろう。あの時、瞬時にそんな姑息《こそく》な計算が働いたんじゃないだろうか。

自分でも制御できない情熱に突き動かされていたあの頃の気持ちを、今となってはちゃんと思い出せない。覚えているのは、目の前の男を、狂おしいほど愛していたということだけだ。自分自身のすべてを投げ捨ててもかまわない、と思うほどに。

「あなたが私に会いに来たのは、罪悪感から？　自分のために犠牲になった女をほっとけないと思ったってこと？」

「そうじゃない。会いに来たのは自分のためだ。奈津子に会って、無事を確かめないと、俺自身がおかしくなりそうだったからだ」

「どういうこと？」

「奈津子に会うまで、俺はまともに眠れなかった。眠れないと苦しいことばかり考えて、ついには、発作的に電車に飛び込みそうになった」

私は言葉を失った。冗談や誇張でないことは、諒の昏い目を見ればわかったからだ。

「俺は自分が生きていくために、奈津子に会わないといけないと思ったんだ」

諒は淡々と語る。その口調が逆に諒のここに至るまでのこころの葛藤《かっとう》を強く感じさせた。

「会って、何をするつもりだったの？」

声が少し震えた。諒は私の顎《あご》に手を掛け、いとおしむ目で私の顔を見た。

「考えていなかった。ただ会えればいいと思った。奈津子が俺を忘れていても、憎んでいたとしても。奈津子が元気で、そこにいてくれればよかったんだ」

ああ、諒の方も戸惑っているのだ、とその時初めてわかった。理性では会わない方がいいとわかっていても、感情はそうはいかない。一年経っても、相手に対する想《おも》いはなくなるどころか、時間の長さの分こころの奥深くにしっかり根を生やして、簡単には引き抜けそうにない。それはたぶん諒も同じなのだろう。

だけど、その想いの正体は何なのか。まだ恋と呼べるのか、それとも別の感情に替わってしまったのか。

「どうしたらいいの？　私たち」

私は途方に暮れた。

引くこともできず、進むこともできず。

娘をさらに傷つけてまで、なお。

「奈津子はいま、しあわせ？」

ふいに諒が尋ねた。

「しあわせって、それは……」

しあわせなはずがない。いろんなものを失って、その痛みに耐えるだけでこの一年を過ごしたのだ。

「俺がいなくても、奈津子がしあわせならば、あるいは俺以上に奈津子を大事に思ってくれる人が傍にいてくれるなら、俺は必要ないと思った。……それは別に男でなくても、親でも兄弟でもいい。だけど、そういう人がいないなら、せめてそういう人が現れるまでは、俺を傍にいさせてほしい」

諒の答えはかえって私を混乱させる。

それは償い？　同情？

諒にとっていまの私は、恋しい相手というより過去に傷つけた相手、自分が償うべき相手ということなのだろうか。

「傍にいて、どうすると言うの？」

「奈津子が傷ついた時、ひとりで泣かなくてもすむように。怒りを感じた時、それを受け止めることができるように。そうすることが、俺にとっては大事なことなんだ」

その答えは、失望にも似た苦味を私の中に引き起こした。

諒にとって私はやはり贖罪《しょくざい》すべき相手なのだ。

「だけど、いつも傍にいるわけじゃないのに。仕事もあるし、奥さんとの生活もあるんでしょ」

「奈津子が望むなら、この近くに引っ越してもいいんだ。いつだって、奈津子が求める時には駆け付けられるように」

「やめて、そんなの無理に決まってる」

諒はやっぱりどこかおかしくなったんじゃないか、と私は思った。そもそも、あの奥さんがひとりで諒を住まわせることを承知するはずはないし、ふたりでこちらに移り住むことも拒むだろう。

「家族でもないんだから、そんなことできっこないし」

私の答えを聞いて、諒の表情がみるみる翳った。小さな子どものように素直に感情が表れている。その表情を見て、切ないほどの愛しさが私の中に湧いてきた。

「……あなたがそう思うなら、いまのように時々様子を見に来ればいいわ」

「いまのように、友だちのように？」

「ええ」

私の返事を聞いて、諒は柔らかい笑みを浮かべた。その微笑みの明るさに、また胸が痛くなるような愛しさを覚える。

「そうしていいのなら、そうするよ。もう二度と来るな、と言われたらどうしようと思っていたんだ」

もう二度と来るな。

そう言えればよかったのだろう。

だが、それほど私は孤独に強くはなかった。砂漠を旅する人が水を求めるように、私のことを気に掛けてくれて、私を訪ねてくれる人を欲していた。ほんとうに、切実に。

娘に去られてしまったいまとなっては、なおのこと。

そして、私のいまの孤独を本当にわかってくれるのは、おそらく諒だけなのだ。だったら、諒に縋《すが》って何が悪いのだろうか。ただの友だちなら、これ以上、誰も傷つけることはない。身勝手と言われても、私にはその絆が必要なのだ。

そうして、私は諒の訪問を受け入れることにしたのだ。

5

その後も諒は土曜日になると訪ねてきた。予想していたように、理沙はあれっきり連絡もよこさないし、訪ねてくれることもない。メールにも沈黙したままだ。その寂しさを紛らわせるためにも、私は諒の訪問を待ち焦がれた。諒は訪ねてきても家には上がらず、天気がよければふたりで近くを散策した。野川の下流に向かって歩き、河原と地続きの武蔵野公園や野川公園を散策したり、周辺の寺社を訪ねたりした。私と諒がとくに好きだったのは、野川から市街化調整区域の藪やキウイ畑を眺めながら「はけの小路」と呼ばれている場所を辿り、はけの森美術館という、庭園の美しい小さな美術館に至る道のりだ。東京郊外とは思えない畑や藪の緑と、趣のある近隣の家々が、美しいバランスを形作っている。細い湧き水の流れに沿って作られたはけの小路は、『借りぐらしのアリエッティ』という有名なアニメ映画の舞台になった場所だそうだ。事実がどうかはわからないが、それも納得させられるような、日常離れしたメルヘン的な雰囲気がこのあたりにはあった。

また、時には平代坂、念仏坂、なそい坂、質屋坂、車屋の坂と、はけの斜面にある名前のついた坂をひとつひとつ訪ね歩いた。どうやって調べたのか、歩きながら諒はその坂の名前の由来を私に聞かせてくれるのだった。そんな時、諒は生き生きとして、いろんな鬱屈《うっくつ》を忘れたかのようだった。そういう諒を見ているのが私は好きだった。お互いに対する想いを知らず、ただの同僚としてつきあっていた頃に戻った気になれるからだ。

「ムジナ坂っていうのはここでタヌキに化かされた人がいるってことでついた名前らしいけど、この薄暗さはいまでも何か出そうな感じだよね。もっとも、いまじゃ出るのはハクビシンくらいだろうけど」

「ハクビシン？」

「知らない？　鼻のあたりに白い筋のある、アライグマの小型版みたいなやつ。最近じゃ東京郊外の林とか古い家の屋根裏にも住み着いているんだってさ」

「ほんとに？」

「うん。小金井に生息するハクビシンは百匹を超える、と言う人もいるんだ。よく電線を伝って歩いているのを目撃されるらしいよ。ほら、あそこにも」

「えっ？　どこ？」

思わず指差された方向を振り向くと、諒がぷっと噴き出した。

「あいかわらず、引っ掛かりやすいなあ。ハクビシンは夜行性だから、こんな時間には出歩かないよ」

「あ、騙したのね。ひどい」

私は諒の袖を引っ張って抗議する。諒は笑いながら、

「苦労して、ちょっとは疑《うたぐ》り深くなっているかと思ったけど、安心したよ。やっぱり奈津子は奈津子だ」

「どういうこと？」

「四十過ぎてもピュアで人を疑うことを知らない」

「つまり、いくつになっても単純馬鹿ってこと？」

「そう言う人もいるかもしれない」

「いいじゃないか、俺はそういうところが好きなんだから」

「まったくもう」

そう言って諒は私の肩に腕を回した。その馴《な》れなれしい仕草に、私は思わず身体を硬くした。それを感じ取ったのか、諒はさりげなく腕をはずした。

昔と同じで昔とはやっぱり違う。

諒の軽口やそれに振り回される私の不器用さはあいかわらずだ。そんなふたりの関係を嬉しいと思う気持ちも変わらない。その底にある相手への好意も昔のままだ。だけど、それ以上相手に踏み込むことが怖い。

その警戒心は昔とは比べものにならない。昔は理性では否定しつつ、諒との距離が近くなるのが嬉しかった。四十歳過ぎてもまだ少女のように恋できることが嬉しかった。しかし、いまは違う。これ以上、諒との距離が近くなるのが怖い。再び自分でも制御できない情熱に翻弄《ほんろう》されるのが怖い。

その昔、スキーが好きだった。学生時代は夜行バスでスキー場に出掛けて休憩も取らずにそのまま滑るなんてこともした。だけど、ある時、後ろから滑ってきた人にぶつけられて転倒し、右足の靱帯《じんたい》を切る怪我《けが》をした。三週間ギプスを嵌《は》めて生活することになった。それ以来、スキーで滑るのが怖くなった。ちゃんと自分は滑れるはずだと頭では思っていても、滑ろうとすると怪我をした時の記憶が蘇る。誰かがぶつかってくるんじゃないか、と身構えてしまう。身体が硬くなって、腰が引けてしまう。それでスキーを楽しめなくなり、結局やめてしまった。

いまの気持ちは、どこかその時の感情に似ている。人は一度ひどい怪我をすると、同じことを繰り返すのを恐れる。怪我した場所に近づくことすら怖いのだ。同じ失敗を恐れないでいられるほど、自分は若くはない。

「この家も有名なの、知ってた？」

気まずさを隠すように、諒が話し掛けてくる。ムジナ坂の脇にある広い敷地の家を指している。通り沿いの古い門の扉は、使えないように板が打ちつけられている。

「知らない。だけど、いわくありそうな家ね」

「大岡昇平が戦後しばらくここに寄宿していたらしいね」

「大岡昇平って、作家の？」

「ああ、ここで『武蔵野夫人』を書いたそうだ」

「まだそんな家が残っているのね」

大岡昇平は、それこそ文学史の教科書に出てくるような名前だ。自らの戦争体験をもとにした『俘虜記』などで有名だが、不倫小説『武蔵野夫人』がベストセラーになったことでも知られている。

「まあ『武蔵野夫人』って言えば、はけの名前を有名にした小説だからね。郷土の誇りってことじゃないのかな」

「だけど『武蔵野夫人』って、不倫小説なんでしょう。当時はよろめき小説って言ったんだっけ？」

「そう言われるけど、実は『武蔵野夫人』の恋愛はプラトニックなんだよ。主人公は夫以外の男と心を通わせるけど、一線を越えることはない。それなのに不貞だと責められて夫から離婚を言い渡され、さらに住み慣れたはけの土地も奪われることになって、絶望して死を選ぶ。現実に何かが起こったからではなく、起こる予兆の段階、自分の理想が壊されるという恐れを抱いたために死を選ぶ。言ってみれば、理想に殉じたわけだ。それって、いまの日本人からはちょっと理解できない心境だけどね」

「ふうん、よく知ってるのね」

およそ文学には縁のなさそうな諒が、『武蔵野夫人』みたいな小説に関心を示すのは不思議だった。

「ネットで調べれば、すぐにわかる程度のことだよ。『武蔵野夫人』って言えば、小金井のはけのことを調べていると、必ず出てくる名前だからね。それより、奈津子の方が知らなさすぎじゃないの。小金井に住んでいるのに」

「だって、落合に住んでた時期の方が長いもの。大船とか。そっちの方ならもうちょっと知ってると思うけど」

大船という名前を聞いて、今度は諒の顔が微かに曇った。大船は娘や前の夫と住んでいた場所だ。そこに私が居られなくなった理由に、諒は思い至ったのだろう。

諒は昔の私の生活を思い出させるような話を、注意深く避けていた。ふいにそんな話が出ると、当惑したように話を打ち切る。そんな時、諒もやはりこころに痛手を負ったのだ、ということを感じさせる。

「行こう」

諒は目を逸らし、ひろびろとした武蔵野公園を目指して歩き出した。


そうして、諒が毎週訪ねてくるようになって一ヵ月ほど経ったある晩、突然、私の携帯電話が鳴った。着信画面には知らない番号が表示される。もっとも、諒と別れた直後、私は携帯を替え、新しい番号はごく親しい人間にしか知らせなかったから、掛けてきたのは旧知の人間かもしれない。

誰だろう？

訝《いぶか》しみながら私は電話に出た。

「もしもし」

「もしもし……雨宮《あまみや》さん？」

女性の声だった。雨宮というのは、結婚していた時の姓だ。

「ええ、そうですけど」

「私……中川です。中川藍子。書籍第二編集部でごいっしょしていた」

それを聞いてすぐに中川さんの勝気そうなまなざしを思い出した。彼女は、私が出版社に勤めていた頃、同じ編集部の隣の席にいた。年は私より六、七歳若い。でも、とくに親しかったわけではない。最後は逃げるように会社を辞め、中川さんだけでなくほかの同僚にもろくに挨拶もしなかった。いまになって、どうして彼女が私に連絡をよこすのか不思議だった。

「どうしてこの番号を？」

「総務の荒井さんに伺ったんです。連絡取りたいからって」

退職する時、会社関係の人間には誰にも連絡先を告げなかった。しかし、もろもろ手続きをする関係上、連絡を取る必要があるかもしれないと言われ、唯一、編集総務の担当者には新しい携帯電話の番号を伝えてあった。

「それで、何か急用でしょうか？」

「あの、一応、知らせておいた方がいいと思って。久世《くぜ》課長が亡くなったこと」

「えっ、ほんとに？　まさか、そんな」

私は耳を疑った。信じられない。悪い冗談だろうか。

「昨日の晩、三時過ぎだそうです」

中川さんの沈痛な声は、それが事実であると告げていた。

「そんな……まだ、お若いのに」

久世課長は直属の上司だった。まだ四十七、八歳だったと思う。自分の知る久世課長は持病もなかったし、年齢のわりには細身で健康そのもの、という感じだった。久しぶりに聞いた話題がまさか訃報とは。

「三カ月前から癌《がん》で入院されていたんです。スキルス性の胃癌だったから、進行も早くて、ついに昨日……」

中川さんの声は少し震えていた。涙声になるのを堪えているようだった。

「それは……お気の毒に」

突然の病と死。残された奥さんはどれほど衝撃だろう。子どももまだ小さかったはずだ。こんなに早く父親を喪うなんて、どんなに悲しいだろう。

「急なことだったので、編集部のみんなで手分けして関係者に連絡を取っているんです。お通夜が明日の水曜日、告別式は木曜日に行われます。列席されるのであれば、詳細をお教えしますけど」

「お心遣い、ありがとうございます。行けるかどうかはわからないけど、せめてお香典と弔電くらいは送りたいと思います」

「そう、じゃあ、会場の連絡先をお伝えしますね」

中川さんが口頭で葬儀場の住所と電話番号を告げる。それを私が手帳に書き写すと、彼女はすぐに電話を切った。私はその後しばらく携帯電話を手にしたまま、呆然《ぼうぜん》としていた。

人の死はなんてあっけないのだろう。自分は会社を辞め、ひとり不幸に沈んでいる、と思っていた。世間から離れて、自分だけ孤独だと思っていた。

だけど、実際には久世課長も病魔と孤独に闘っていたのだ。自分の寿命が尽きるかもしれないという怖さに比べたら、私の悩みなど、なにほどのものだろう。

ふと頬に涙が流れていることに気づいた。

人の死はいつも悲しい。知り合いであればなおのこと。

自分が書籍第二編集部にいた時間はそれほど長くはない。二年にも満たなかった。だから、久世課長ともそれほど親しくつきあったわけではないが、最後の最後にたいへんな迷惑を掛けた相手である。私が辞めた後も、いろいろ後処理をしなければならなかったはずだ。それはいまでも後ろめたい。できればお通夜にでも列席して手を合わせたい。そうして、掛けた迷惑やこれまでの不義理を詫《わ》びることができたら、どんなにいいだろう。

しかし、それは無理な話だ。私が葬儀の場に姿を現せば、諒とのいきさつを知っている人々の好奇の目に晒《さら》される。静かに故人を見送りたいという人々の気持ちを乱すだろう。それはやってはいけないことだ。故人のことを大事に思うならば、家で静かに冥福を祈るのが最善のことだろう。

私は中川さんに教えられた式場あてに弔電と香典を送った。それぐらいが私にできる精一杯のことだった。私は行かなかったが、諒はお通夜に出席したという。私と違って諒は会社を辞めたわけではなく、故人とは仕事上のつきあいもあったから、参列するのも当然のことだった。

「子どもがふたりともまだ小学生なんだ。涙を流しながら、それでも一生懸命列席者に挨拶している姿に胸が痛んだよ」

その週末訪ねてきた諒は、葬儀の様子をいろいろ教えてくれた。その日はいつもと方角を変え、国分寺の南側に来ていた。お鷹《たか》の道という、湧水《ゆうすい》沿いの小路に行きたいと諒が言ったのだった。

「久世さんも辛かったでしょうね。そんなお子さんを残して逝くなんて。奥さんも確か専業主婦だったはずだし、これからがたいへんね」

久世課長は愛妻家だった。呑み会の席などで、よく妻の自慢を聞かされた。美人で料理上手でほがらかで。会ったことはないが、私の中に、なんとなく久世課長の奥さんのイメージができていた。

「だけど、立派な式だった。花輪の数も数えきれないくらいきていたよ」

「久世さんは現役だったし、参列された方も多かったんでしょうね」

やはり行かなくてよかった、と思う。会いたくない人も、きっと来ていただろう。

「会社の人間だけじゃなく、作家も大勢来ていたよ。俺は売れてる作家の顔しかわからないけど、知った顔を何人も見た」

「じゃあ、……榊聡一郎《さかきそういちろう》も？」

私が出した名前を聞いて、諒は露骨に嫌な顔をした。榊は、私たちが会社にいられなくなった原因を作った作家である。

「いや、見なかった。あの男はうちの会社とは絶縁したって話だ」

「えっ、そうなの？　どうしてそんな……」

「俺も異動したから、よく知らない。久世さんの方から縁を切ったって話だけど」

諒は子どもみたいに小石を蹴って、細い小路の脇をちょろちょろと流れる狭い水路に投げ入れた。石はぽちゃんと音を立てて透明な水の中に紛れ込む。ごちゃごちゃと住宅の立ち並ぶ間を縫うように流れるこの水路も、はけの湧き水の通り道である。お鷹の道という名前は、かつてここが尾張藩のお鷹場だったことからつけられたそうだ。

「でも、それ、最近の話よね。例の単行本はちゃんとうちから出たんだから」

その単行本、つまり『情事の終わり』という榊の小説の作業が、編集者としての私の最後の仕事になった。榊はベストセラーを連発する人気作家だが、その新境地を拓《ひら》いた作品として『情事の終わり』は大きな話題となった。営業成績もよかったから、いい置き土産になった、と自分では思っている。会社の人たちにはいろいろ迷惑を掛けたけど、これが売れたおかげで少しは帳消しになったのではないだろうか。

「うん、だから、奈津子が取った原稿も、文庫化権は別の会社に移るらしい」

榊の原稿をあれほど久世課長は欲しがっていたというのに、決別した原因はなんだろう。単行本より今は文庫の方が売れる時代だ。そちらの権利も欲しかったはずなのに。

「それより、奈津子は誰から連絡もらったの？　会社の友だち？」

それ以上、榊の話題を続けるのが嫌なのか、諒は話題を変えた。

「書籍第二の中川さん。それで、編集部のみんなが、手分けして関係者に電話で課長の訃報を伝えたそうよ。それで、私にも連絡をくれたの」

「へえ、中川か。それはそれは……」

意味深な諒の言い方が、ちょっと引っ掛かった。

「どういうこと？　諒は中川さんのこと、知ってるの？」

「あいつとは同期だからね。いろいろ噂《うわさ》は聞いてるよ」

「噂って？」

「知らないの？　中川藍子と久世さん、つきあっていたんだ」

「嘘《うそ》！　そんな話、聞いたことない」

驚きのあまり、大きな声になった。前を歩いていた人がびっくりして振り返ったほどだ。私はショックを隠せなかった。一年以上すぐ隣で仕事をしていたのに、ふたりともそんな気配をまったく感じさせなかった。自分はふたりの関係をこれっぽっちも疑っていなかったのだ。

「わりと有名な話だよ。営業にいた俺でも知ってるくらいだから、書籍の連中はみんな、知ってたんじゃないの」

「私は知らなかった、そんな話……」

いままで抱いていた会社の人々に対するイメージがまるで変わってしまうほど、それは衝撃的な話だった。中川さんは独身だが久世課長は既婚だ。おまけに上司と部下。二重の意味で禁じられた関係になる。それなのに、平然と仕事をしていたなんて。

「まあ、そうだろうな」

諒はさもありなん、という顔をしている。なんとなく、その表情が小憎らしい。

「どういうこと？」

「奈津子は潔癖だからさ、つまらない噂話とか受け付けないだろうと思われるんだよ。課長と部下ができているなんて、うちの会社じゃ珍しくもない話だけど、奈津子はあんまり知らないだろう？」

「私が潔癖だなんて」

潔癖だったら、夫以外の男とこんな関係になっただろうか。そして、別れた後も、こうやってずるずると相手の男と会い続けるなんてことをしただろうか。

「だけど、そういう話は嫌いだろう？　人の陰口とか悪口とかをいっしょになって楽しむタイプじゃないし」

「まあ、そうかもしれないけど……」

そう言えばまだ会社にいる頃、中川さんには諒との関係についてあてこすりを言われたことがある。敏感な彼女は、私たちの関係に誰よりも早く気がついていたらしい。彼女はどんな思いで私たちを見ていたのだろう。すぐ人にばれるような、愚かな連中と笑っていたのだろうか。

「ふつうの人間は、やばい話ほど面白いし、無責任に騒ぎたてたい。だけど、そういうノリをわかってくれる相手じゃないと、人はこういう話を打ち明けないからさ。『噂話はよくない』なんて正論吐かれたら、しらけるしね」

確かに、自分はそうやって注意する側の人間だ。だから、同じ課の同僚の噂話でも打ち明けられなかったのだろうか。それくらい気安い相手ではなかったということなのか。

「うちの会社、結構、社内でつきあってるやつも多いんだけど、知ってる？」

そうして諒は何組かのカップルの名前を挙げた。知ってる話も少しはあったが、ほとんどが知らない話だった。

「それ、みんなほんとの話？」

「まあ、間違いない。そういう関係の連中は見ていればなんとなくわかるし。そもそもうちみたいな会社は、恋愛についてのモラルが世間一般より低いんじゃないかと思うよ。総務とか経理みたいな部署はともかく、編集の連中、とくに書籍には面倒な恋愛をするのが勲章くらいに思っているやつもいるからな」

「あなたはどうなの？」

ふいに私は聞きたくなった。書籍編集部の誰よりも、諒の方が遊び人として知られていた。目立つ容姿なので人の口の端《は》に上りやすいのかもしれないが、諒は自ら遊んでいることを吹聴するようなところがあった。

「俺はそういうことから卒業したよ。こうして奈津子と散歩している方が楽しい」

その言葉は、自分もかつてはそういう人間だったと認めているに等しい。

「じゃあ、諒も社内でつきあっていた人がいるの？」

私の言葉に、諒の目がすっと細くなった。私の気持ちを探るような目つきだ。

「ほんとに、知りたいの？」

「いいえ」

即答した。もし、私が知っている名前を出されたら、どうしてもいろんなことを考えてしまう。いつつきあっていたのか、どんなつきあいだったのか、どうして別れたのか、いろいろ知りたくなってしまうだろう。

「だろ。どうせみんな昔のことだ」

そう言って諒は私の髪をくちゃくちゃっと撫でた。

昔のこと。

相手を想う気持ち、いっしょに過ごした時間。

それもいずれは過去になる。

私との関係も諒にはいずれ過去のことになるのだろうか。すべては「昔のこと」という一言で終わらせてしまうことになるのだろうか。

ふと中川さんのことが思い浮かんだ。

彼女にとって久世課長との関係はどういうものになるのだろう。こんなふうに、死で強引に断ち切られた関係は簡単に忘れられるものだろうか。

「中川さんは、告別式の時、どうしていたの?」

「書籍第二の連中はみんな受付にいたよ。仕事関係の弔問客の相手をしていた。中川もそこにいたんじゃないかな」

「そう」

それでも、彼女は仕事関係の人間として告別式に立ち会うことが許される。久世課長との関係を知っている人間も、こういう時には彼女を責めたりしないだろう。

だけど、私はどうなるだろう。

もし、諒が突然、倒れたら。

もし、事故か何かで死ぬようなことがあったとしたら。

病院に行くことも、葬儀に立ち会うことも許されないだろう。

私が諒といることを許されるのは、こうして諒が私のいる場所に訪ねてくる時だけだ。いまの私は独身で、誰とつきあうのも自由。だけど、私のところに諒が来ることはできても、私が諒の世界に入って行くことはかなわない。

「あれが湧き水の元かな」

諒は私の屈託など気にすることもなく、景色に気をとられている。お鷹の道を二分ほど歩くと、黒塗りの塀のある大きな農家の家に沿って、水路が右へとカーブする。そこがお鷹の道で一番有名なあたり、真姿《ますがた》の池と呼ばれる湧き水の溜まった小さな池と神社がある場所だ。そのすぐ脇の農家では、無人スタンドを作って野菜の販売をしていた。東京郊外とは思えないのどかな光景だ。

「ふうん、なんかいい感じの場所だね」

この日は雲が厚く垂れこめ、寒さが足元から立ち上ってくるような日だった。そんな季節でも、はけの緑と水のある景色は美しい。はけの中腹にある鳥居の赤い色が緑と美しいコントラストをなしている。

「この辺は、大きな農家が残っているのがいいんだね。農家の門とか塀とかが背景になかったら、この景色もだいぶ印象が変わるだろうね」

諒は生き生きとした目をしている。諒がこんなひなびた風景を気に入るというのは不思議な気がする。興味深そうに真姿の池の謂《いわ》れを書いた立札を読むさまは、とても演技には見えない。渋谷や青山のバーやクラブの名前ならいくらでも挙げられる諒が、坂道だの湧水だのに興味を示すのは私との話題作りのためだと思っていたけど、案外それだけではないのかもしれない。もともと凝り性なので、何かに関心を向けたらそれを極めないと気が済まないようなところがあるから。

だけど、そんな諒の関心を、まわりの人は知っているのだろうか。諒の生活圏とはかけ離れた場所に対するこの好奇心に気づいたら、ほかの人たち、とくに諒の奥さんはどう思うのだろう。それが私のためと知ったら、どんな気持ちになるだろう。

それとも、私の存在だけでなく、こうした関心事すら、諒は巧みにまわりから隠し通しているのだろうか。

「あれ、雨？」

ふいに大粒の雨が肩に落ちた。まるで私自身の嘆きのようだ。

「天気予報じゃ、雨になるのは夜からだ、と言っていたのに」

雨粒はぱらぱらと続けて落ちてくる。

「傘、持ってくればよかったな」

「とにかく駅の方に戻りましょう。一里塚の方まで行けば、喫茶店があるから」

それまでどんよりと重さを漂わせていた湿気が、突然そこに活路を見出《みいだ》したかのように、雨となって勢いよく降り注ぎ始めた。地面の白っぽい砂色がみるみる濃い土の色に変わっていく。それまで静かだった景色が、屋根や竹藪や湧き水の水面にどしゃどしゃと雨粒のあたる音で満たされる。あたりは農家やアパートや空き地があるばかりで、雨をやりすごせるような喫茶店ひとつない。お鷹の道を通り過ぎたあたりに蕎《そ》麦《ば》屋の建物があったが、今日は休みだった。

「急ごう」

冬の雨は冷たい。大粒の雨が髪や首筋や手にあたる。そして首筋から衣類の内側へと流れ込もうとする。先ほどまでちらほら見られた人影がかき消すようになっていた。急な大雨に、みんな家の中に避難したのだろう。

「これ」

諒は自分が着ていた防水性のダウンジャケットを脱いで、私に着せようとする。

「大丈夫よ。あなたの方が濡《ぬ》れるじゃない」

「だけど、それじゃ、雨を防げないだろ」

私が着ているのはウールのコートだから、雨には弱い。

「いいの。どうせ少しの間だし。それに、あなたには私のコートは着られないでしょ。私だけ濡れないようにするなんて嫌だわ」

諒は溜息を吐くと自分のマフラーをはずし、私の頭を包んだ。

「これで少しはましになるだろ」

「ありがとう」

しかし、突然の雨はますます勢いを増し、あたりの景色をかき消すほどの降りになった。

「さっきの蕎麦屋の軒先で雨宿りしていればよかったわね」

まさかこれほどの雨になるとは思わなかった。ふいに諒が、

「あれ、これはどっちが正しい道だっけ？」

と、声を上げた。公園脇の三叉路《さんさろ》の前で足を止める。私も諒もここに来るのは初めてだから、道順がわからなくなっていた。目印になるようなものはない、住宅がだら

だらと続く道だ。

「たぶん、こっちでいいんじゃないかな」

私は左手に折れた。だが、それは間違った選択だった。行きには通らなかった上り坂に辿り着いた。左ではなく、右に折れる道が正しいのだ、とその時わかった。

「だけど、駅はこっちの方だよね。このまま行けば、どこかで駅に出る大きな通りに辿り着けるはずだ」

引き返すのも不安で、そのまま前に進み続ける。雨はますます激しさを増し、諒のかけてくれたマフラーもびしょびしょに濡れて、もはや雨をしのぐ役には立っていなかった。頭に濡れ雑巾を載せているような感触だ。寒さのあまり歯ががちがちと音を立てるのを聞いて、身体が震えていることに気づいた。

「このままじゃ、風邪をひくな。せめて、雨宿りできる店でもあればいいのに」

諒がつぶやいた時、目の前に白い壁の三階建ての家が現れた。住宅街の真ん中に、突然。

けばけばしいネオンや飾りはなかったが、その看板を見れば、そこがモーテルだということはすぐにわかった。こんなところにあって、誰が利用するのだろう、と不思議に思うような場所だ。

「しばらくここで雨宿りする？」

諒が探るように私を見る。私は何も言えなかった。

「大丈夫、何もしないから」

その答えがおかしくて、私は小さく笑った。下心がある男が女を連れ込む時の常套句のようだ。

「笑うなよ。こんなダサいこと言ったの、俺、初めてだ。本気で誘うなら、もっとましなことを言うよ」

諒は腹を立てていた。それで、そこに入ることにした。実際、選ぶ余地はなかったのだ。息さえ白く凍える寒さに、身体が暖を取ることを切実に欲していた。そこがモーテルであろうとなかろうと、濡れて身体にまとわりつく服を脱ぎ捨てて風呂に入れるのであれば、なんでもよかったのだ。

諒が私を背中に隠すようにして、狭い窓の内側にいる受付の人とやりとりをした。昼間からこういうところに出入りする女だと思わるのが恥ずかしくて、私は下を向いていた。この時間は空室ばかりだったから、すぐに部屋に入れることになった。鍵をもらい、ふたりでエレベーターに乗る。諒は私との距離を少しあけて立っていた。

室内は想像していたような派手な装飾やベッドではなく、シティホテルと変わらない白いシーツと白い壁のシンプルな内装だった。緊張が緩んで、身体の力が抜けた。諒のことを信用していても、いかにもそれらしい場所であれば、お互いいたたまれない気持ちになっただろう。それに、なにより部屋の暖かさが嬉しい。暖房がついているわけではないのに、外とははっきり気温が違うし、空気も乾いている。諒はエアコンのスイッチを入れた。たちまち温風が部屋の中に漂ってくる。

「先にシャワーを使って。着替えもあるから」

ベッドの上に置かれていたバスローブを私に手渡すと、諒は私に背中を向けた。そして、サイドテーブルからリモコンを取り上げ、片手でテレビのスイッチを入れる。テレビから芸人の無意味な高笑いが響いてきて、あたりの空気が少し緩んだ。

「じゃあ、先に使わせてもらうわ」

諒は返事をしなかった。テレビの画面に気を取られているようだった。

ホテルの風呂場は思ったより広い。浴槽も、洗い場もゆったりしている。これならふたりでも十分入れる、と思った途端、身体の芯《しん》が熱くなった。いくらシンプルな部屋でも、ここはそれだけが目的の場所なのだ、と改めて知らされる。

濡れた衣服を脱ぎ、裸になる。雨は衣類の奥まで染み渡り、下着まで濡れていた。熱いシャワーを裸の胸や脚に掛けると、冷え切った身体にじんわり温かさが広がっていく。しかし、壁一枚隔てたところに諒がいると思うと、落ち着かなかった。

こんなところにふたりでいるなんて、誰が思うだろうか。雨に降りこめられたなんて、誰が信じるだろうか。

私と諒がまた会っていることさえ、誰も知らない。ふたりの関係は誰とも繋がっていない。この世で、お互いだけなのだ。

そう思うと、急に寂しさが込み上げてくる。世界中の人たちから自分たちだけ隔絶されているようだ。

もし諒が病気で倒れたら。突然、事故で亡くなるようなことがあったら。

そこに立ち会うどころか、その事実にすら私は気づかないかもしれない。

たぶん誰も知らせてはくれない。私はすでに過去の人間で、彼のキャリアの汚点のような存在だから。かつてのふたりの関係を知る人は少なくないのに、誰も私のことを思い出したくはないのだ。

そうして何も知らない私は、諒が訪ねてくるのをいつまでも待ち続けるだろう。

それを思った瞬間、冷たいものが胸の奥をそっと撫でていった。ほんの一瞬だったが、それは痺れるように冷たく、冬の雨でさえまだしも温かい、そんな気持ちになった。

急にひとりでいることに耐えられなくなり、シャワーを止めると、外の気配に耳をすます。微かにテレビの音が聞こえてくる。私は急いで身体を拭くと、バスローブを纏《まと》い、脱いだものをかき集めて風呂場を出た。部屋に諒の姿を見て、妙にほっとした気持ちになった。しかし、諒の方は硬い表情をしている。

「俺、悪いけどやっぱり帰るわ。……このままここでじっとしているなんて、正直自信がない」

「諒」

欲望を感じているところを私に見られたくないのか、諒は視線を私から逸らした。

「俺も男だから、こういうシチュエーションはやばいんだ。奈津子とこんなふうにいられるなんて、滅多《めった》にないし」

「私を、ここに置いて行くの？」

諒は目を上げ、一瞬、困惑した表情を浮かべるが、すぐに思いついた、という顔をする。

「だったら、ホテルの人に聞いて、一番近いコンビニを探すよ。そこで傘とか雨具を買って戻ってくる。そうして、いっしょにここを出よう」

「それまで待っていろ、と言うの？」

「たぶん二十分も掛からないはずだ。いまネットで検索したら、駅まで案外近いみたいだし、それに」

「嫌」

思わず大きな声が出た。

「こんな場所でひとりになりたくない。私を置いて行かないで」

「そんなことを言っても、ほんの」

「だって、いつも傍にいるって言ったじゃない。それなのに」

言ってることが無茶苦茶だ、と自分でもわかっていた。諒がそれを言ったのは、一年以上前のことだ。諒がそれを口にした日を最後に、ふたりは会えなくなった。そして、それは私の方が一方的に彼の前から姿を消したからなのだ。

「だけど、それは」

それ以上、諒に何も言わせたくなくて、私は諒の胸に飛び込んだ。不意を突かれた諒は一瞬、ふらついたが、すぐに私を強く抱き返した。

「いいのか？」

「ええ」

「本当に？　後悔しない？」

諒がまだ疑わしそうに私の目を覗き込む。

「ええ」

明日、会えなくなるかもしれない。そうしたら、私は後悔するだろう。この人と、愛し合わなかったことを。この人ともう一度触れ合い、感じ合わなかったことを。

諒が緊張した表情を崩さないまま私に口づけた。深く、奥へと舌を滑り込ませる。生温かいその感触に、身体の内側がじんわりと緩んでいく。

諒は私の身体を抱きしめた。欲望よりも、その温かさに涙が出そうだった。シャワーを浴びても、雨で冷えきった身体は冷たい。暖房よりもなによりも、諒の身体の温《ぬく》もりが身体の奥に熱をもたらす。雨に降りこめられ、世界中から切り離されたふたりには、ただお互いの肉体だけが確かなよりどころだ。この世にこころを繋ぎとめる、ただひとつの碇《いかり》なのだ。

いつかは終わる関係だ。諒が結婚していてもしていなくても、恋は刹那《せつな》の快楽だから。どうせはかなく散るのであれば、いまこの瞬間だけでも求め合いたい。ひとつになりたい。身体の内側にこの人を感じ、快感に酔い痴《し》れたい。

私はキスを中断し、諒のシャツの一番上のボタンに手を掛けた。諒がそれを払いのけ、自らボタンをはずした。そうして、破り捨てるように素早く自分の衣服を脱ぎ捨てた。それから私のバスローブに手を掛けると、一気に取り払った。私が自分の身体を隠す隙をあたえず、私の上にのし掛かり、乳房の上に舌を這《は》わせた。

「ああ」

思わず、溜息が漏れた。諒の目が欲望に濡れて光っている。男に求められているという歓《よろこ》びに身体中が慄《おのの》いた。諒の指を、唇を、身体中に感じる。耐えきれずに嗚咽のような声が漏れる。自分の肉体なのに、制御できない欲望の波が何度も押しよせてくる。

そうして、快感のあまり私の意識は途切れた。死んだように空白になり、しばらく後に蘇った。限りない喜びにこころを満たして。

6

「それで、焼けぼっくいに火がついた、ってわけね」

長い私の話を聞いて、真紀は溜息を吐いた。「やめときゃいいのに、もう」

真紀は大学時代の友人だ。同じクラスの仲良し四人組のひとりだった。いままではそれぞれが忙しく、四人で会うことは滅多にない。誰かの冠婚葬祭の時くらいだ。真紀だけは独身で時間の融通がつけやすいことと、広告関係の仕事をしているので私とは職種が近いということもあり、会社勤めをしている頃からたまに連絡を取り、ランチをいっしょにしたりした。

「ほんとに、そう思うんだけどね」

「そう言いながら、元気じゃない。半年前会った時とは雲泥の差だよ。肌なんか艶々《つやつや》している」

露骨な真紀のあてこすりに、私は赤面する思いで下を向いた。しかし、それは事実なのだ。諒と会ったこと、諒と愛を交わしたこと。それが私を前向きにした。自分以外のものにも関心を向けることができるようになったのだ。そうでなければ、こうして友だちと会うことさえ、億劫《おっくう》なままだっただろう。

「でもまあ、なるべくしてなったと言うべきかな。嫌いになって別れたわけじゃないし、奈津子の性格からいって、そんなに簡単にあきらめられるわけないもんね」

「そう思う?」

「まあね。家族も仕事も捨てるほど惚《ほ》れ込んだ男と、そうそう簡単に切れるもんじゃないって。むしろ、いままでよく我慢してきたな、と思う」

口は悪いが、真紀は情が深い。私が離婚したことを聞いていちはやく連絡してきたのは真紀だったし、今回も、私がひとり暮らしを始めたことを知って、会おうと言ってくれたのだった。

「ああ、真紀がそんなふうに言ってくれるとは思わなかったよ。『そんな男、やめろ』って怒られるかと思った」

「言いたい気持ちもあるけどね、その男もちょっと哀れだと思うから」

「哀れ？」

「だって、男の方も最初は仕事も家庭も捨てる気だったんでしょ。相当な覚悟だったはずだよ。それを妻に止められ、愛人が全部面倒を引き受けてくれて、あとはちゃんとやりなさいって放り出されたわけだからね。男としたら立つ瀬がない。去勢されたようなもんだよ」

「そんな……」

「不満そうだね。自分がこんなにいろんなことを犠牲にしたのに、って奈津子は言いたいのかもしれないけど、まともな男だったら耐えられないと思うよ、そんな状況。逃げ出すか、弱い男なら自殺したんじゃないの。それで平気だっていうのは、よほど鈍感か、よほどエゴイストか、どっちかだと思う」

　私は息を呑んだ。そんなふうに諒のことを思ったことがなかったからだ。

「奈津子は男の気持ちがわかってないよ。だけどまあ、奈津子がそういう女だから、男の方もやられちゃったんだろうね」

真紀は「失礼」と言って、バッグから煙草を出し、火をつけた。

私は呆然とした。私が諒の気持ちをわかっていない。そうなのだろうか。私がしたことは、諒をただ傷つけていたのだろうか。

「で、これからどうするつもり？」

「わからない。いまは、できるだけ長くいっしょにいたい、と思うけど……」

「男はどう言っているの？」

「諒は、もう一度、奥さんと話し合ってみると言ってる」

「やめとき。やるだけ無駄。というか、そんなことすればますます相手の女は意地になって、離婚届に判を押さないよ」

「そうだよね、やっぱり。私もそう思ったから、諒を止めた」

男の気持ちはわからないのかもしれないが、女の気持ちならまだ見当がつく。あの奥さんのことだ、冷静に話し合おうとすれば、かえって逆上するだろう。

「奈津子にしたら賢明な判断だね。まあ、男が思い切って家を出て、奈津子と暮らすという手もあるけどね。そうすれば数年後には離婚訴訟を起こすことも可能だけど」

「それも考えたけど……」

諒の妻は離婚を阻止するためにはなんでもやるだろう。その怨念《おんねん》が怖い。できれば、ことを荒立てずにいたい。

「それをやるのは最後の手段だと思っている」

それを聞いて、真紀は無言で肩を竦めた。

「それで、あなた大丈夫なの？」

「何が？」

「以前は奈津子も結婚していたから、いわゆるダブル不倫、つまり対等な関係だったわけだけど、いまの奈津子の立場は妻のある男の愛人だよ。それでも平気なの？」

愛人。

嫌な言葉だ。本来は愛する人、という意味のはずなのに、家庭持ちの男の遊び相手、本命にはならない女。肉欲で繋がった関係。そういう薄汚いイメージがつきまとう。そのレッテルが自分に貼《は》られるのかと思うと、あまりいい気持ちにはなれない。

「仕方ないわ。いまは諒以外に気持ちが向かないもの。会社を辞めて一年ちょっとはひとりで耐えたけど、結局、感情は騙せない」

ごまかそうとすればするほど、かえって相手への想いは深くなる。諒との関わりで、さんざん思い知らされたことだ。そうやって自分の気持ちに抵抗することに、私は疲れてしまった。

「じゃあ、ずっとこのままなの？」

「わからない。いつか私が諒に飽きるか、幻滅することがあれば、と思うけど」

そうして諒から気持ちが離れたら、どれだけしあわせだろう。お互いここまで深い傷を負わせた相手だから、簡単に忘れることができない。それは不幸な繋がりだ。だけど、いまの私には、その繋がりのほか、何もないのだ。

「だったら男に頼らず、自分自身の力で生きていくようにしないと駄目だよ」

「えっ？」

「いつ男に捨てられるかわからないんでしょう。男も失い、仕事もなしじゃ、みじめじゃない」

つい先日まで、私は真紀の指摘するまさにその状態にいた。私は真紀の言葉に声もない。

「奈津子、仕事の方はどうなの？　うまく行ってるの？」

「ええ。まわりはみんないい人だし。残業とかで自分をすり減らすこともないし」

「それで十年後、二十年後、食べていけるの？　ずっと自分自身を養っていけるの？」

「それは……」

いまの仕事は代役だ。正規のスタッフの人が育児休暇から戻ってきたら、私は失職する。それもそんなに遠い日ではない。美和子さんは、その後も週に二回くらいのアルバイトなら雇ってくれると言ってるが、それではとても食べていけない。

「四十までずっと編集者としてやってきたのだから、ほんとはそのキャリアを生かせる仕事だといいんだけどね」

「だけど、雑誌編集者だったもの。雑誌編集者は感性と体力が勝負だから、四十過ぎてると、新しく雇ってもらうのは難しいわ」

「そういうものなの。じゃあ、小説の編集は？ 最後はそっちだったんでしょ？」

「それは……むしろ、そっちの方が難しいわ。小説編集をやっていた時期は短いし、これといった業績があるわけでもないし。……第一、私は榊聡一郎を怒らせた編集者として、業界に名前が残っていると思うわ」

文芸の世界は狭い。そして、その世界で一番好まれる話題は、作家や編集者の噂話なのだ。榊は売れっ子作家だし、関わっている編集者も多い。私のこともあれこれ人の口の端に上っているにちがいない。

「だから、編集じゃなくて、校正の方の仕事をもらえないかと思って、少しずつ勉強を始めてはいるけど、自己流ではなかなか。これもやっぱり専門職だから、いまから始めて一人前になれるかどうかはわからないし」

編集者時代、校正は仕事の一部だった。専門の校正者に頼む時間がない時、とくに雑誌をやっていた時などは、編集者だけがチェックして印刷所に戻すこともしばしばあった。その作業を面倒がる編集者もいたが、私は嫌いではなかった。ゲラに目を通して誤りがないか探すのは、自分が作ったページに最後のアイロン掛けをするようなものだ。それをやることでもう一段階創作物の完成度を上げた、という気持ちになれたのだ。

「校正？　ああ、その手があったか」

真紀がなるほど、という顔をした。

「どういうこと？」

「あなたにその気があるなら、うちの印刷物の校正をやってみない？」

「うちの、って、真紀のところで作っているパンフレットのこと？」

真紀は小さな広告代理店を経営していた。中堅の食品メーカーの下請けでやっているポスターとかパンフレットの制作がおもな仕事だったはずだ。

「いつもは専門の校正者に出しているんだけど、間違いがあっちゃいけないものだから。もし、奈津子がやりたいと言うなら、それを一部回してもいいけど」

「ほんとに？」

「やりたいの？」

「やりたいけど……」

いまの私にやれるだろうか。広告の仕事となれば、出版以上に誤植は許されないだろう。

「もちろん、奈津子がどれくらいできるかわからないから、こちらも最初は少ししか仕事を出さないけど、それでうまくやってくれれば、次はもっと量をふやせるかもしれない。だけど、最初で駄目だったら、次はなし。チャンスをあげるのは友だちだからだけど、これを継続できるかどうかはあなたの仕事のやり方次第。ビジネスを継続させるのは友情じゃなく、実力だからね」

これはたいへんな好意だ、と私は思った。こちらが未熟であることを考慮して、相応の仕事を与えてくれようとしている。何事もやってみなければ始まらない。そして、ひとつ経験を積むことが次に繋がるだろう。

「やるわ。いえ、やらせてください」

「そうこなくっちゃ」

真紀はにやり、と笑った。

「何事も習うより慣れろだし、奈津子がその気で頑張れば、必要な技術もついてくると思うよ」

「ありがとう。ほんとに……感謝します」

高飛車な言い方だが、それも真紀流の韜晦《とうかい》だった。私のことを心配し、なんとかして助けようとする善意をあからさまに見せるのは、彼女らしくなかった。気まぐれであなたにもちょっと仕事をやらせてあげるわよ、くらいな方が真紀らしい。

「貸しイチってとこね」

「いつ返せるかわからないけれど、そのうちきっと」

そして、その好意をさらりと受けるのがこちらの礼儀というものだろう。

「だったら、一つお願いがあるんだけど」

真紀は何かを企《たくら》んでいるような目をしている。

「お願い？」

「今度、その男に会わせてもらえない？」

「えっ？」

「その、関口って人。一度、会ってみたい」

「でも、それは……」

「いい男すぎて、私には見せたくない？　取られると思って怖い？」

真紀は冗談めかして笑っているが、目は本気だ。本心から諒に会いたいと思っている。

「そういうわけじゃないけど、どうして？」

「奈津子がそこまで惚れ込んだ男だもの。会ってみたいと思う。それに、その男が奈津子に本気なら、私とだって会えるはずよね。恋人の親友だもの。断る理由はないでしょう？　どう？」

「それは……諒に聞いてみないと、なんとも……」

諒はなんと言うだろうか。私には想像がつかなかった。以前の諒なら嫌がったと思うが、再会してからの諒は、正直なんと言うかわからなかった。やっぱり駄目と言うかもしれないし、あっさりOKするかもしれない。以前より諒は優しくなったが、その分何を考えているのか、私にはわからない時がある。

「奈津子をほんとうに大事に思うか、日陰者として隠しておこうとするのか。そういうところで、男の覚悟がどれほどのものか、わかると思うよ」

それを聞いて、真紀が諒を試そうとしているのだ、と気がついた。

奈津子のことを本気で好きならば、隠れたりせず、姿を見せろ。そんなふうに挑発している。

私のために。

「わかったわ。今度、会った時に聞いてみる」

怖いけれど、私自身も諒の気持ちが知りたかった。この要求に、どう返すだろうか。逃げずに受けてくれるだろうか。

「きっとよ。会うの楽しみにしているから」

真紀はおかしそうに笑ったが、やっぱりその目は笑ってなかった。

「俺に会いたい？　ほんとに？」

真紀の言葉を伝えると、諒は面食らった顔をした。モーテルで愛を交わしてから、諒は毎週金曜日の晩に訪ねてくるようになった。金曜の晩、会社が終わるとまっすぐやって来て、そのまま土曜いっぱいいっしょに過ごす。諒がどうやって自分の妻を説得したのかは知らない。だが、そうすることがふたりの新しい習慣になっている。

「ええ、真紀は真紀なりに心配してくれているのよ、あなたとのこと」

「そう……だろうね」

諒は困惑している。いきなりのことだから、それは仕方ないことだと思う。愛人の親友と会って、何を言われるのか恐れてもいるのだろう。

「奈津子も、そうした方がいいと思うの？」

ふたりのことは世間から隠した方がいい。それは私でも思う。後ろめたいからではない。世間は口さがないし、婚外恋愛にはいまでも風当たりが強い。よけいな波風は立てたくない。

だけど、そうやって自分が隠されなければならない存在だというのは屈辱だし、こころ寂しくもある。せめて、自分の親友にくらいは諒との関係を公表したい。それもまた正直なところだ。

「真紀なら、大丈夫だと思う。いままでも、いろいろ相談してきたけど、口が堅いから、それをほかの友だちにしゃべったりはしないし」

昔からの友人はみな結婚している。私が真紀だけに相談したのは彼女が独身だから、ということも大きかった。既婚者、とくに専業主婦はこういうことに対して見方が厳しい。

「それに、会ってほしいのはもうひとつ理由があるの」

「どういうこと？」

「あなたともし急に連絡が取れなくなったら……たとえば、病気で倒れるとか、事故に遭うとかしたら、私はすごく困ると思う。私から誰かに尋ねることもできないし」

諒ははっとした顔で私を見る。久世課長の時のようなことが起きたら、と私が恐れていることに気づいたらしい。

「そういう時、私の代わりに動いてくれる人がいればと思うの。真紀だったら、きっとやってくれる。だから……」

「わかった。そういうことなら会うよ。いつがいい？」

私が語り終わらないうちに、諒は快諾した。正直ほっとした。もし断られたら、諒の誠意を疑うだろうと思った。そんな私の気持ちを知ってか知らずか、諒は私の肩を黙って抱いた。


「こんばんは」

真紀が指定した代官山のイタリアンレストランに、諒は時間ぴったりに現れた。紺のスーツにブルーのシャツ、ネクタイだけは赤地に大胆な白の縫い取りとやや主張があるものの、諒としては地味だ。諒がこんな格好をするのは、社長列席の会議の時くらいだった。

「あ、真紀、こちら関口諒さん」

「はじめまして」

それほど大きい店ではないが、奥に個室がある。気兼ねなく話ができるように、と真紀はそこを予約していた。店の人がやって来て、飲み物のオーダーを聞いた。

「とりあえず、ビールでいいかしら」

真紀が挨拶を中断して諒に尋ねた。

「ああ、コロナがあるなら、それを」

こんな時でも諒はしっかり自分の好みを主張した。私は飲み物のことなど気にしている余裕はなかったので、諒と同じものにした。オーダーが済むと、真紀は諒の方に向き直って挨拶をした。

「はじめまして、吉田真紀です。奈津子とは大学の頃からの友人です。関口さんのお噂はかねがね伺っていましたから、お会いできて嬉しいわ」

真紀は口角を上げたビジネス・スマイルを浮かべている。諒も同様だ。

「こちらこそ。僕の方も楽しみにしていました。奈津子の友人に会ってもらえるとは思いませんでしたから」

人当たりのよさそうな、感じのいい笑顔。ああ、仕事モードだな、と私は思った。

諒は元は営業マンだったから、接待の時はこんなふうに愛想よくしていた。相手を立て、自分を下げて場を盛り上げる。今回もそれで乗り切ろうとしているのだろう。

「まあ、そうね。ふつう、会わないわね、親友の不倫相手なんて」

いきなり真紀は先制パンチを繰り出した。

「だけど、世間知らずの奈津子をたぶらかしたのがどんな男か、確かめておこうと思ったの」

笑みを消し、睨《にら》むように諒を見つめる。相手の出方を見定めようとするように。

「真紀！　やめてよ」

諒は笑みを崩さなかった。面白がっているような、微笑みでバリアを張っているような、そんな顔だった。

「それで、どう思われました」

「まだわからないわ。予想どおり、イケメンではあったけど」

「ありがとうございます。人にはよく言われます」

諒は顔色ひとつ変えず、しゃあしゃあと言ってのけた。私の方が動揺して、手に持っていたバッグを落としそうになった。

「おまけにジョークも通じるようね」

「そう思っていただければ嬉しいですね。顔の良し悪《あ》しより、そっちの方が男にとっては大事ですから」

諒の答えを聞いて、真紀はちょっと表情を緩めた。

「ふーん、最初の挨拶は合格ね。なかなかいい度胸をしているわ。頭の回転も悪くないし」

「真紀、お願い。もうやめて」

「あら、褒めてるのよ。もっとも、臆病者ならこんな席には来ないでしょうけど」

「お会いすると決めた時から、覚悟はしていましたから」

諒も笑みを消し、ひたと真紀の目を見つめた。目力のある諒と真正面に向き合うかたちになり、真紀の方が視線を逸らした。手元のバッグから煙草を取り出して咥《くわ》える。

真紀が自分で店を予約したのは、こうして煙草を吸える店を選びたかったのかもしれない。ボーイが飲み物を持って部屋に入ってきた。

「ここは私の負けね。とりあえず、料理をオーダーしましょうか。ここ、わりとおいしいのよ」

最初はひやりとさせられたが、それからあとはまあまあなごやかに進んだ。料理はシーフードがお勧めだというので、それを中心にいくつかオーダーした。ワインをボトルで頼み、乾杯した。真紀の言うように、料理は美味だったが、私はあまり味わえなかった。ふたりがこのあと何を言い出すか、気が気ではなかったのだ。料理が進むと、だんだん諒の方は調子が出てきた。

「じゃあ、真紀さんは女経営者ってわけですね。なるほど、できる女って感じがしますよ」

「それは、さっきのお返しかしら」

「とんでもない、思ったとおりのことを言っただけですよ。でも、ご自分でもそう思っているんじゃないんですか？」

先ほどとは逆に、今度は諒の方が積極的に質問をぶつけている。

「まあ、あなたが自分のことをイケメンと思ってるくらいにはね。そう見せないと、女のくせに、ってなめられますから」

「なるほどね。女の人はたいへんだ」

諒は苦笑している。真紀も笑っている。お互い相手のことを、少しは受け入れたのだろうか。

「ところで、代理店って、どんな仕事をやっているんですか？」

「うちは小さいところだから、なんでもやるんですよ。安定しているのは、中堅の食品メーカーの下請けでやっているポスターとかパンフレットの制作とかですけど」

「パンフレット？　じゃあ、編集みたいな仕事もやるんですね」

「ええ、そうなんですよ。今度、奈津子に校正を手伝ってもらおうと思ってるんですよ」

「校正を？」

「ええ、彼女も仕事をやりたいみたいだし、うちもプロの校正者に任せるよりは安く頼めるから、一石二鳥だと思って」

それを聞いて、諒は一瞬黙ったが、笑みが消え、神妙な顔になった。そのままナイフとフォークを置き、テーブルに手をついて真紀に頭を下げた。

「ありがとうございます。いろいろ考えていただいて。それから、先ほどはすみませんでした。失礼な言い方をして」

「諒」

「やめてください。なにを、そんな大げさな」

丁々発止のやり取りには顔色ひとつ変えなかった真紀が、困惑して顔を赤らめている。

「俺が、いいえ、僕は奈津子から仕事を捨てさせ、それに何も償えていない。次の仕事が見つかる手助けさえできない。だけど、あなたは少しでも彼女のためになるように動いてくれている。ほんとうにありがたいです」

「それは……二十年来の親友だし。奈津子だって、私が困った時に助けてくれたことがあるし。そういう関係性だから」

それを言われて思い出した。真紀が会社を立ち上げて間もない頃、仕事が少なくて困っている時期があった。私がまだ雑誌の編集部にいる頃だった。それで、編集プロダクションに発注するつもりだったカタログの仕事を、真紀の会社に頼んだのだ。面白い仕事ではなかったし手間も掛かったが、その分ギャラは悪くなかった。そうしてその仕事が終わる頃、大口の注文が取れて真紀の会社は忙しくなり、それっきりになった。

「そうだったんですか」

「だから、そんなにお礼を言われると、逆に困るわ。この仕事だって、一度きりで終わるかもしれないし」

真紀はまだ顔を赤くしている。

「昔の恩を忘れないって、なかなかないですよ。人というのは、受けた悪意は決して忘れないが、受けた恩はすぐに忘れたがるから」

「まあ、そうね。最近はその傾向がとくに強くなっている気がするわね。若い人ほどドライなのかもしれない。だけど、私は義理と人情の昭和の人間ですから」

真紀の言うのを聞いて、諒はくすくす笑った。

「おまけに、ツンデレですね。こういう言葉が昭和にあったかどうか、わかりませんが」

「ツンデレって、まあ……」

真紀が呆《あき》れたように口を開けている。真紀は諒のペースに巻き込まれている。

「誤解しないでください。褒め言葉ですよ。男は誰だって魅力的な女に振り回されたい、と心の底では思っている。男の理想ですよ。昔はファム・ファタールって言ってたのを、平成流にうんと軽くするとツンデレって言うんじゃないか、と僕は思う」

「あら、それだったら、私は奈津子には敵《かな》わないわ。私はせいぜい男の気持ちをかき乱すくらいしかできないけど、奈津子は男の生き方を変えさせてしまうようなことを平気でやってのける。しかも、無自覚にやられたんじゃ、たまらないわよね」

「真紀……」

真紀の言ってる意味が、私にはよくわからない。無自覚とはどういう意味だろうか。

「私は、あなたが奈津子に惹《ひ》かれた理由がなんとなくわかる。女性慣れしているあなたには、簡単に手に入る女よりも、奈津子みたいにガードの固い女の方が落とし甲斐《がい》があったんでしょうね。榊っていう強力なライバルがいれば、なおのことね。だけど、あまりに奈津子が無防備で計算がないから、かえって勘が狂ったんじゃないの？」

　真紀の言葉に、諒の笑みが消えた。

「ずいぶん意地悪な見方ですね」

「女ですから、基本は意地悪なんです。でも、そんなに外れてはいないでしょ」

「そうですね。確かに奈津子と関わったおかげで、俺は自分の甘さを嫌というほど思い知らされた。人の気持ちというのがどれほどやっかいで、理性では割り切れないものかっていうことも」

　諒は、いままで見たことがないような顔をしていた。素の顔というか、ものすごく繊細で、傷つきやすい子どものような表情だった。

「正直、奈津子に関わらなければよかった、と何度も思いました。そうすれば、お気楽で、深刻なことには縁のない、昔の俺のままでいられたのに、って」

「諒……」

「だけど、もうそれは遅い。そうなってしまったからには、行けるところまで行くしかない」

その場の空気は氷のように張り詰めていた。私は息もできず、ふたりのやり取りをただ聞いていた。真紀はじっと諒の目を見ていたが、ふっと視線を逸らして小さく笑った。

「つまり、どうしようもないほど奈津子にいかれている、ってわけね」

「まあ、そういうことです」

「うらやましいわね、奈津子が。そんなふうに言ってもらえる相手に巡り合えるなんて。しかも、あなたみたいないい男、いいえ、悪い男に」

「そうでしょうか」

「そうだと思うわ。恋愛は刹那の快楽。それで一瞬でも相手のこころに爪痕《つめあと》を残せれば、女としては本望よ。だけど、奈津子は、爪痕どころか、とんでもない傷をつけたようね」

「致命傷ですよ」

「でしょうね。奈津子は鈍感だから、自分のしでかしたことに気づいてすらいないみたいだけど。奈津子にとってそれはしあわせかもしれないけど、あなたにとってはどうなの？　そういう記憶に縛られて身動きがとれなくなっているのは、もしかしてあなたの方じゃないの？」

「そうかもしれない。男の方が精神的には弱い生き物ですからね。俺はもう、それに抵抗することは止《や》めた。そうして、奈津子のために生きることが俺のすべきことであるなら、そうすることに決めたんです」

高らかな宣言というよりは、敗者の弁のようだった。諒の端正な額に珍しく皺《しわ》が寄った。それで、年よりも老けたように見えた。

それ以上、真紀も諒も何も言わなかった。三人とも、食事をする手が完全に止まっていた。自分のことが話題になっているのに、私は何を言えばいいのかわからず、テーブルの上のスープが冷めて、うっすら脂の膜が浮くのをただ見つめていた。

7

その瞬間はいたたまれなくて一刻も早く逃げ出したかったけれど、ふたりで真紀に会ったことは、それまで思ってもみなかった安らぎを私に抱かせた。諒が自分のために生きる、と言ってくれたこと、それほどまでに私を大事に思ってくれているという事実を、ようやく受け入れることができたのだ。それはふたりだけの関係が外に向かう大きなきっかけにもなった。ふたりがふたりでいるための孤独、その状況から一歩前進したのだ。

私たちが会うことになったのは、真紀だけではなかった。土曜日のお昼前、その日は雨だったので外出を控え、ふたりで部屋にいた。ダイニングテーブルに地図を広げ、来週晴れたらどこに散歩に行こうか、などと他愛もないことを話していた。すると、玄関をノックする音がした。その日はネットで注文していた新しい玄関マットが届く日だった。それが届いたのだと思い込んだ私は、相手を確かめもせずにドアを開けた。

しかし、そこにいたのは、叔母の明子だった。

「うう、寒い。ちょっと中に入れてちょうだい」

「叔母さん」

私の返事を待たずに、玄関の中に入ってきた叔母は、すぐに諒の存在に気がついた。誰より慌てたのは、叔母だった。危うく、持っていた荷物を取り落としそうになった。

「あら、お取り込み中？　悪かったわね。ちょっとこっちに来るついでがあったから、あなたにシュークリームを届けようと思って。それから、おでんもたくさん煮たから持ってきたわ。今日の夕食にでもしてちょうだい」

叔母は持っていた荷物を押し付けるようにして私に手渡し、後ずさるようにして帰ろうとした。諒は立ち上がり、

「雨の中、わざわざ来てくださったんだから、上がってもらえば」

と私に向かって言う。

「え、いいんですか？」

叔母はちょっと驚いたようだが、すぐに嬉しそうな顔になって、靴を脱いで上がりこんだ。

「せっかくだから、お茶の一杯くらいいただいてもいいかしら」

姪の彼氏に会えることを、明子叔母は内心では喜んでいる。女性一般の常として、叔母もひとの恋愛ごとに興味津々なのだ。私はコンロにやかんをかけると、ダイニングのテーブルで諒と並んで叔母に向き合った。

「はじめまして。奈津子の叔母の明子です。今日はお邪魔しちゃってすみません。奈津ちゃんに、おつきあいしている方がいるなんて、全然知らなかったものですから」

そして、しげしげと諒の顔を見ると、

「はあ、ハンサムな方ですね」

と、感心したような声を出す。諒は悪びれずにっこり笑った。いつもの営業スマイルだ。

「はじめまして。関口です」

その名前を聞いて、叔母の顔色が変わった。

「関口さん……関口、何さん？」

「関口諒です。奈津子さんとおつきあいさせていただいている」

「関口さんって、奈津子と別れたんじゃなかったんですか？」

「ええ、一度は。だけど、結局……」

「焼けぼっくいに火がついたってわけね。まあ……」

明子叔母も、真紀と同じような古めかしい言い方をした。

「そりゃ、男と女のことだから、何があっても不思議じゃないけど、それにしてもあなた、奥さんと別れられたの？」

叔母はいきなり核心をついてきた。よくも悪くも叔母は率直な人間で、遠回しに聞くなんてことはできなかった。

「いいえ」

諒は溜息混じりに返事した。

「彼女は、絶対に別れない、別れるくらいなら死ぬ、と言っています」

「そりゃまあ、そうよね。正式な奥さんなんだから、それくらいの気持ちだわよね」

叔母もふうっと大きな溜息を吐いた。コンロにかけたやかんがしゅんしゅんと音をたてはじめた。

「お茶を淹れるわ」

私が立ち上がると、明子叔母は、

「できれば紅茶にしてくれない？　この前、あげたマークス&スペンサーのが残っていたらそれにして。持ってきたシュークリームをいっしょに食べましょう」

それで一時、休戦になった。そもそも叔母はあんまりこういう場が得意ではない。叔母は名前のとおり明るい陽気なことが好きな性質で、姪の泥沼不倫の深刻な話など、正直どう聞いたらいいのかわからないのだろう。

「これは、絶品ですね」

シュークリームを一口、ほおばると、諒が感嘆したように口走った。

「でしょう？　叔母さんのシュークリームは、世界で一番おいしいと思っているの。レシピを聞いて自分でも作ってみるんだけど、こんなふうに皮をぱりっと焼くのはなかなかできないわ」

小さい頃から叔母の家に行くと、何かしらお菓子をもらっていた。私にとってはなつかしい味、思い出の味だった。母もお菓子をたまに作っていたはずだが、ほとんど印象にない。そもそも母は「歯が悪くなる」と言って、子どもに甘いものを与えたがらなかった。だから叔母はいつも「おかあさんには内緒ね」と言いながら、母のいないところでお菓子をくれた。叔母のお菓子が美味だったのは、共犯者めいた叔母との関係性と、後ろめたさという甘美な風味が加えられていたからかもしれない。

「まあ、私の取り得はお菓子を作ることくらいだから。あなたのかあさんみたいに、お茶だのお花だのはできないし」

「いえ、ほんとうにおいしいです。僕はあまり甘いものは得意じゃないけど、これならいける」

「あら、ありがと。男の人にお菓子を褒められるってあんまりないから、嬉しいわね。うちのダンツクときたら、私がいっくら作ってもなあんにも言わないし」

明子叔母はにこにこしている。もうそれだけで諒に対する警戒心を解いたらしい。ダンツクというのは、叔父のことである。旦那というのも照れるのか、叔母は人前では夫のことをダンツクと呼んでいた。

「息子も小さい頃は喜んで食べてたけど、中学くらいになるとあまり食べてくれなくなってね。張り合いないったら。奈津ちゃんだけよね、いつも喜んでくれたのは。やっぱり私も女の子、産んでおけばよかったわ」

「息子さんはいまもごいっしょに？」

「ううん。大学出るとさっさとアメリカの大学院に行っちゃって、いまはサンノゼってところにいるわ」

「それって、つまりシリコンバレーですよね。すごい、エリートじゃないですか」

「そんなことないわよ。お嫁さんも向こうで見つけちゃうし、ひとり息子なのに、墓のお守りもしてくれない」

私にとっては九歳年上のいとこである忠司は、叔母の自慢の種であり、同時に後悔の種でもある。アメリカの大学院に行くまではよかったが、向こうの企業に就職し、日本語の通じない妻を娶《めと》るというのは、両親にも予想外のことだった。叔母夫婦は何度も息子と口論したようだが、結局彼は永住権を取り、アメリカに骨を埋める決意をしたようだった。叔母が私をかわいがってくれるのは、親子に間違えられるほど顔立ちが似ているということもあるが、息子のいない寂しさを埋めるためなのかもしれない。

「いまの時代、アメリカもそんなに遠くはないですよ。ネットを使えば連絡もすぐ取れるし。そんなふうに、世界を股《また》に掛けて活躍するなんて、素晴らしい息子さんじゃないですか」

「だけど、滅多に会えないし、お嫁さんとも話が通じないし、つまらないわよ」

それから叔母はひとしきり息子の愚痴をこぼしていたが、突然「あら、もうこんな時間。お昼の支度しなきゃ」と言って、ばたばたと帰って行った。

「いい叔母さんだね」

真紀の時とは違って、諒は終始なごやかに叔母の聞き役に回っていた。それは好印象を与えただろう。叔母が長居をしたのは、諒のことを気に入ったからに違いない。

「ええ、叔母さんのおかげですごく助かっている。私が寂しがっていないかって、あやってたまに顔を出してくれるし。叔母さんがいなかったら、この一年あまり、ちゃんとやってこられたかどうか、わからないわ」

「おかあさんはどうなの？」

「えっ？」

「奈津子のおかあさん」

「母は……真面目な人だから。それに、実の母親の方が、娘に厳しいのかもしれない。叔母さんはいくらでも甘やかしてくれるけど、母はそうはいかないし。……雨宮の家に対する義理もあるから、私に対しても手放しではなかなか……」

母のことを語ると、どうしても奥歯にものの挟まったような言い方になる。母のことを、諒に悪く思われたくない、と身構えてしまう。

「俺とのことを怒っているんだろうな」

「それは……ずっと専業主婦できた人だし、年齢も年齢だから、娘の不倫を受け入れられないんだと思う」

母はきちんとした人だ。専業主婦という自分の役割を、全力で全うしようとしていた。兄や私のためにきちんとしたものを食べさせたいと、味噌《みそ》から手作りするような人だった。朝早くから夜遅くまでばたばたと家事をこなし、合間に趣味のお茶やお花を嗜《たしな》み、それでいて私が受験勉強で遅くまで起きている時は、裁縫などしていつまでもつきあう。そんな母の愛情を、時に息苦しいと感じても、振り払うことはとてもできなかった。母はいつも正しく、いつもきちんと行動していたから。そして、できればそんな母の期待に、私も応えたかったのだ。

「それがまともな親の反応だと思うよ。娘のしあわせを願うなら、妻のある男とはきっぱり縁を切れと言うのがふつうだろう。俺みたいな男につきまとわれて、喜ぶ親の方がおかしいよ」

「そう……かもしれないわね」

結局、私は母の期待を裏切り続けている。母に叱《しか》られても仕方ないのだ。そう思っても、気持ちが重い。母にふたりのことが伝わる日を想像すると、溜息を吐くことしかできなかった。

その日は夕食を簡単にすませ、真紀にもらった仕事をやりはじめたところだった。久しぶりにゲラを前にして、気持ちが高揚していた。印刷された文字を見ると心が躍る。赤ペンを持って、ひとつひとつの文章をチェックしていると、自分が本来やるべきことをやっている、と思えるのだ。お年寄りのお世話をすることも嫌いではないが、二十数年やっていた仕事だ、やっぱりこちらが自分の本来の仕事だという気がする。

その時、ドアが突然、激しくノックされた。同時に声も聞こえる。

「奈津子、いるんでしょ。開けてちょうだい」

玄関を開けた途端、ただならぬ母の気配を感じて、私は諒のことが伝わったのを覚悟した。母は眉間《みけん》に皺をよせ、口を真一文字に結んでいる。こういう顔をするのは、母が私に何かを問い質《ただ》そうと決めている時だ。

「こんな時間にどうしたの?」

私の問いを無視して、母はずんずん部屋の奥へと入ってきた。そして、クローゼットを開けて何か確認したりしている。

「ねえ、何のつもり?」

私の問い掛けを無視して、母は光る眼で私に聞いた。

「あなた、男と暮らしているんじゃないわよね」

「まさか、そんな」

いきなり先制パンチだ。私はたじたじとなった。

「じゃあ、男がここに通ってくるってわけ?」

図星である。私は何も言えなかったが、母はそれで自分の予想が正しいことを知った。

「明子から聞いたわ。まだあの男と切れていなかったのね」

私は黙ったままだ。それを見て、母は呆れたというように小さく肩を竦めた。

「あなたはほんっと馬鹿ね。ほんとに、どれだけその男に愚弄されれば気が済むの? 家庭も仕事もめちゃめちゃにされて、それでもまだ足りないの?」

母が攻撃する的を定めたのなら、もう逃れられない。私はうなだれて母の言うことを黙って聞くしかない。

「これ以上、その男は何が目当てなの? あなたから何を搾り取ろうとしているの?」

「おかあさん!」

もう、やめてほしい。しかし、母がこんなふうに逆上してしまうと、手がつけられなかった。いつもは冷静な母が、際限なく相手を攻撃し続けるのだ。

「まさかあなた、その男にお金を貢いだりはしてないわよね」

「お金なんて、とんでもない。そういう関係じゃないわ」

「じゃあ、どういう関係なの？」

母の問いに答えられず、私は再び黙り込む。

「あなた、うちに戻ってきた時『男とは別れた』って、言ってたわね。それは嘘だったの？　親を騙していたの？」

「それは……」

「答えなさい」

教師のように厳しい口調で母は私に命じる。口答えは許されない。

「一度は別れました。でも、別れきれなくて、やっぱり……」

軽蔑したように、母はふん、と鼻を鳴らした。

「男が忘れられなかったってこと？」

「ええ、まあ……」

「あなたが、これほどだらしない女だとは思わなかったわ。そんなふうに……身体の関係に溺《おぼ》れるなんてね」

母は慎重に言葉を選んでいる。古い教育を受けた人だし、娘に対してセックスだとか肉体関係といった露骨な言葉を口にするのは、どんな時でもはばかられるのだ。

「あなた、自分がどれだけみっともないことをしているか、わかってる？　四十過ぎて年下の男に入れあげるだけでも恥ずかしいことなのに、それが原因で離婚して、仕事も失って、それでもまだ未練がましく男にしがみつくなんて。そんなの、よほどの大馬鹿か、よほどの好き者か、どっちかしかないわ。自分の娘がそんな女だなんて、本当に恥ずかしい」

母の言葉のひとつひとつが鋭い石つぶてのようにこころにぶつかって痣《あざ》となる。その痛みに耐えかねて私が黙っていると、

「ねえ、何か返事しなさい。そんなふうに開き直るなんて、ふてぶてしい」

「開き直ってるわけじゃないわ」

「じゃあ、どういうつもり？」

「その……どう説明したら、おかあさんにわかってもらえるか、と考えていたの」

苦しい言い訳だ。どう説明しようと、この母に諒とのことをわかってもらえることがないのは、誰よりも娘である私がわかっていた。

「それで、どう説明するの？　ちゃんと申し開きできるって言うの？」

　母にがんがん責められると、自分がまるで小学生の頃に戻ったような気持ちになる。母は強く絶対的な存在で、自分は力のない弱い子ども。だから、母には絶対逆らえない、と思うのだ。

「私たちは、お互いの存在が必要なんです。お金とかそういうことじゃなく、相手がいないと生きていけない。だから……」

　私がしどろもどろに説明すると、母は鼻で笑った。

「男にそう言われて、あなたはのぼせ上がってるわけね」

「おかあさん」

「そうまで言うなら、男はなぜ離婚しないの？　本気でそう思うなら、さっさと離婚して、あなたと再婚すればいいじゃない。それをしないっていうのは、結局は別れる気がないってことでしょう。妻は妻として大事にして、あなたは気の向いた時にだけ相手をする愛人にしときたいんだわ」

「もう、やめて」

「男はね、やっぱり家庭が一番大事なの。妻の存在は特別なの。毎日傍にいて男の生活を支えているし、いい時も悪い時もずっといっしょに過ごしているんですからね。まともな男なら、根っこのところでは絶対に妻に感謝しているし、それをないがしろにすることはできないものなの。だから、恋だのなんだのに一時的にのぼせ上がっても、結局は家庭に戻って行くものなのよ。だから、あなたもいずれ男が飽きたら捨てられるんだわ。どうしてそれがわからないの？」

自信たっぷりに語るのは、専業主婦として何十年も家庭を守り続けてきたという自負があるからなのだろうか。それで少しばかり私も反論したくなった。

「うまくいってる家庭ばかりじゃないわ。いっしょにいるより、別れた方がいい関係だってあるし」

私自身がそうだった。夫と私の間にそんな感謝の念があったら、もうちょっと違う展開になっていただろう。そもそも、私が諒に惹かれることもなかったのではないだろうか。

「それに、結婚した後、妻や夫以上の相手に巡り合ってしまうことだって、きっとあると思う」

それを聞いて母の顔色がさっと変わった。

「あとからいい相手が見つかったら、さっさと乗り換えればいいってこと？　妻は若さも美しさも何もかも犠牲にして、家庭に尽くしているのに？」

「そんなこと……」

「男はいくらでもやり直しがきくのに、女は若さを喪ったら、もう家庭の中で朽ちていくしかないっていうことなの？」

母の言うことはめちゃめちゃだ。怒りのあまり度を失っている。

私の言葉の何が母の怒りの琴線に触れたのだろうか。

「おかあさん、私そんなことは言ってないわ。それぞれの家で事情があるって言いたかっただけ」

「事情？　それであなたの方の事情はどうなの？　いつまでその男を待つつもりなの？」

「それは……」

「二年？　三年？　それとも、一生愛人をやっていくつもりなの？」

「わからない」

「どういうこと？」

「いまの私はあの人なしではやっていけない。……もしかしたら、ずっとこのままかもしれない」

それを聞いて、母は心底軽蔑したようなまなざしで私を見た。その目の色の冷たさに、私は背筋が寒くなった。

「ほんとあなたはお父さんの娘だね」

「えっ？」

「そんなわがままはうちの血筋じゃない。お父さんの方に似たんだね。そんな好き勝手やりたいなら、もう私は知らない。野垂れ死んでもあなたの人生だわ」

「おかあさん」

母は席を立ってまっすぐ玄関に行き、靴を履いた。そして、憎々しげな眼で私を睨みつける。

「それから、もう二度とうちには足を踏み入れないで。孫たちに、こんなけがらわしい叔母を会わせるわけにはいかない。香苗さんにも、なんて言えばいいのやら」

そうして、ドアを開いて出て行きかけたが、くるりと振り向いて、

「この色情狂！」

と、一言叫んで出て行った。

母が帰ると、私は力が抜けて、へたへたとその場に座り込んだ。悲しい気持ちが込み上げ、その場でわあっと声をあげて泣きたかった。だけど、泣く気力もなかった。

母に理解してもらえるとは思わない。味方になってもらうことも難しいだろう。だけど、せめて攻撃する側には立ってほしくなかった。誰に責められるよりも、母

に責められるのはつらい。

『妻は妻として大事にして、あなたは気の向いた時にだけ相手をする愛人にしときたいんだわ』

諒はそうじゃない。事情が許せば、私といっしょにいることを選ぶだろう。

だけど、傍《はた》から見れば同じことだろうか。結局は私も都合のよいただの愛人ということだろうか。

ふと諒の声が聞きたくなった。諒の携帯電話の番号は知っている。だけど、自分から掛けることはしなかった。もし、私が電話を掛けたとき、まわりに私の存在を知られたくない人がいたら——たとえば諒の奥さんとか——きっと諒が困るだろう。だけど、いまは諒の声が聞きたかった。この痛みを分かち合えるのは、諒以外誰もいないはずだから。

携帯を取り出し、諒の電話番号を呼び出す。しかし、それを鳴らすことはできなかった。

もし、電話に出なかったら。

私はいろいろと勘ぐるだろう。奥さんが傍にいるのだろうかとか、私のことを知られたくない人がいっしょなのだろうか、とか。

あるいは、まだ火曜日なのに、私とは関わりたくないと思っているのだろうか、とか。

もし、電話に出たとしても、迷惑そうな声を出されたらどうしよう。

まわりに聞こえないように、こそこそした話し方だったら。

それとも『そんなつまらないことで、いちいち電話するな』と言われたら。

そのどれでも自分が傷つくような気がした。母の罵倒《ばとう》よりも、諒のちょっとした態度に自分は苦しむだろう。

電話を睨んだまま、しばらく動けなかった。そうして、節電モードで画面が暗くなると、私は携帯をしまって溜息を吐いた。

8

「ごめんね。ほんと、姉さんにしつこく責められたら、黙っていることができなくて」

翌日の晩、訪ねてきた叔母が申し訳なさそうに謝った。

「あなたが最近、明るくなってきたから、何かあるんじゃないかって勘づいたみたいなのよ。聡子姉さん、そういうところ、鋭いから」

「叔母さんのせいじゃないわ。おかあさんがその気になったら、隠し通すのは不可能だもの」

それは、幼い頃からの経験で身に染みていた。ほんのちょっとした顔色の変化とか言葉の端から、こちらが隠しておきたいことを母は鋭く読み取るのだった。

「自分の娘なんだから、もうちょっと優しくしてあげればいいのに。どうしてあの人は、奈津ちゃんにはあんなに厳しいんだろう。宏ちゃんには許すことでも、奈津ちゃんにはダメだと言うし。大学選ぶ時だって、ねえ」

「母は保守的だから、娘も自分と同じような生き方を選ぶことを望んでいたんだと思うの。だけど、私が全然違う方向に行っちゃったから、きっと怒っているんだわ」

進学でも就職でも結婚でも、私は母の期待を裏切ってきた。母は私が短大を出て、大企業に二〜三年勤めて結婚、というルートを選ぶことを望んでいた。それまでの女性が辿ってきた、一番堅実な道のりである。しかし、私が進路を選ぶ頃は、ようやく男女雇用機会均等法が施行され、キャリアウーマンがもてはやされていた時代だった。ほかの多くの女子学生と同じように、できるだけ偏差値の高い大学に進みたかったし、自分の働きが認められる職場を選びたかった。母はそれに反対したが、存命だった父が私に味方した。これからは女性も能力に応じていくらでも活躍できる時代だ、と言って母を説得したのである。

「姉さんは自分が正しいと思ったら、絶対に引かないからね。世の中、白か黒かしかない、と思っている人だし。それにしても、もうちょっと言い方ってものがあると思うんだけどねえ」

母が私に投げつけた捨て台詞《ぜりふ》を聞いて、叔母はしきりに気の毒がった。

「頭に血が上ってたんだと思う。昔から母はかっとなると何を言い出すかわからないから」

叔母にというより、私は自分自身に言い聞かせていた。たぶん母は本気ではないのだ。いま頃きっと言い過ぎたと思っているだろう。そう信じたい。

「それにしても、言っていいことと悪いことがあるよ。いくら自分の娘だって。敬之さんの時にも、せめてもうちょっと寛容な態度でいれば……」

ふいに父の名前が叔母の口から出され、私は思わず聞き返した。

「お父さんの時、って、どういうことなの？」

「知らない？　まあ、あの人が娘に言うわけないか」

「なんのこと？」

こころがざわざわと波立った。『ほんとあなたはお父さんの娘だね』という母の言葉を思い出す。だが、叔母は淡々と話を続ける。

「よくあることだよ。敬之さんが一時だけほかの女によろめいたことがあってね。まあ、すぐに熱は冷めたんだけど、姉さんが大騒ぎをして、敬之さんをやんやと責めてたの。あれじゃ、敬之さんの方がかわいそうだったわ」

「それ、いつの話？　私、全然、知らない」

「それはそうよ。ちょうどあなたが大学受験の時だったから、姉さんはあなたにだけは知られたくないって神経使っていたっけ」

その時期なら、気づかないかもしれない。当時、私はあまり家にいなかった。学校が終わると毎日塾に行き、講義を受けるか、塾の学習室で勉強するかしていた。そうでなければ図書館に行った。家で勉強するより集中できたからだ。

いや、家に居着かなかったのは、家の空気がひりひりしていたからだ。父と母の間がうまく行っていないということに、私もなんとなく気づいていたのだ。だけど、あまりそこに気持ちを向けたくなかった。受験もあったし、父と母の不和を信じたくない気持ちもあった。それまでどおり、仲の良い家族だと思っていたかった。

「もう昔の話だから時効だと思うけど、あの時はたいへんだったんだよ。うちのダンツクまで呼んで、どうしたらいいか家族会議で話し合おうということになって。だけどねえ、話し合ったからって人の気持ちがどうなるってものでもないし、そこまで大げさにしなくてもよかったのにねえ」

それまでもひとより敏感だった母が、あの頃は輪を掛けて神経質になっていた。ささいなことにイライラしたり、怒りっぽくなって怒鳴ったりした。それについては、更年期だからなにかと気持ちが動揺しやすい、と母は自分で言っていたし、私もその説明を受け入れていた。

「相手は、どんな人だったの？」

五十を過ぎていただろう父が恋した相手。いつ、どこで、どんなふうに知り合ったのだろう。どうやってこころを通わせたのだろう。

父が亡くなって何年も経ったいまとなっては、怒りもとまどいも起こらなかった。父は真面目な人だったが、そんなふうにこころを迷わせたことがあったというのは、どこかほっとすることだったのだ。それほど、父の晩年は静かで孤独だった。

「感じのいい人だったよ。敬之さんより、一回りくらい若かったけど、真面目そうで……」

まるで見てきたように相手の女性を説明する叔母。そのことに私は驚いた。

「叔母さん、その人と会ったことあるの？」

「姉さんがどうしても会いたいって言い張ってね。その人を呼び出したんだよ」

母は相手の女性をひどくなじったそうだ。相手は泣きながら「もう二度とお会いしません」と謝ったらしい。

「それは……嫌な話ね」

「うんまあ。私だって、あんないたたまれない思いをしたことは、後にも先にもあの時だけだよ。そりゃ家族持ちの男に手を出したんだから、相手の女が悪いんだけど、あそこまでやりこめられるとさすがにかわいそうだった。それに、誰より敬之さんがねえ。背の高い人だったのに、ひとまわり小さくなったような感じだったよ」

父と彼女が知り合ったのは電車の中だったそうだ。夜遅い電車で、酔っ払いにからまれて困っていた彼女を父が助けたのが始まりだった。そのお礼に、と食事に誘われ、一回だけのつもりで行くことにした。その一回が、思いのほか楽しかったのだ、と父は苦しそうに打ち明けたそうだ。

「敬之さんも五十過ぎて出世コースから外れ、子会社に出向になった頃だったからね。気持ちにぽっかり穴が開いたみたいになってたんじゃないか、ってうちのは言うんだけど」

その後も、同じ落合が最寄り駅だったから、ふたりはたびたび電車の中で顔を合わせることになる。そうして今度は父の方からお茶に誘い、次は食事に、そうして呑みにと誘う頃にはお互いの好意を隠しきれないようになっていた、と言う。

「騒ぎ立てなければ、そのまま消えてしまう感情だったのかもしれない、と私は思うのよ。敬之さんも真面目な人だし、結局は家庭を捨てて女に走れるような人じゃないからね。姉さんが騒ぎ立て、生木を裂くようなやり方で別れさせたのはよかったのかしら、といまでもよく思うわ。あの女と顔を合わせるのは嫌だから、と、家移りまでしてねえ」

やっぱりそうなのか、と思った。それまでぼんやりとこころに引っ掛かっていた事実が、急にくっきりと形になったような気がした。

私が大学に入ってすぐに母は引っ越しを決めた。いきなりのことだったたし、引っ越し先が叔母の住む小金井だというのも、なんとなく不自然だった。それまで母は落合を気に入っており、叔母のことを「よくあんな田舎に住めるものだ」と常々口にしていたからだ。

それでも深く追及しなかったのは、マンションから一戸建てに替わるのだから都落ちも仕方ないと説明されたし、それまでイライラしていた母が、住居を替えたことで精神的に落ち着いたように見えたからだ。新しい家のためのカーテンや家具を調えている母は、これまでになく元気でほがらかだった。

しかし、父はどうだったのか。もともと口数は多くない人だったので、それほど変わったようには見えなかったが、あの頃からあまり笑わなくなった。それに外出することも減った。好きだったゴルフをやめ、週末も家にいる。そうして、なにをするということもなく、リビングのソファに座って日がな一日ぼーっと過ごしていることが多くなった。

「通勤距離が長くなったのが、意外と身体に堪えてね。父さんも年だなあ」

体調でも悪いんじゃないかと心配する私に、父はそんなことを言ってごまかした。

父はどんな気持ちだったのだろう。

妻が愛人を責めたてている場に同席して、何を思ったのだろう。

自分のふがいなさ。怒り。悲しみ。

愛人に対する憐憫《れんびん》の情は募っても、妻に対して以前のような愛情が蘇るなんてことがあっただろうか。なぜ父は怒ってその場から愛人を連れ出そうとしなかったのだろうか。

「おとうさんは、どういう気持ちだったのかしら」

口に出して言ってみた。いまの自分の立場は母よりも父の恋人の方に近い。そのせいもあって、母に同情する気にはなれなかった。父が悪いにしても、母のやり方は横暴すぎる。

「私もそれが疑問だった。そりゃ自分が悪いに決まっているけど、男だもの、長い人生のうちに一度や二度は目移りすることだってあるわよ。だけど、遊びは遊びなんだから、そこまで奥さんにいいようにやりこめられることはないのにって」

叔母の述べる考えは、私の思うこととはちょっと違う。

「でまあ、全部終わった後、敬之さんに聞いたことがあるのよ。どうしてそんなに姉さんの言いなりになるのか。もうちょっと自分を主張してもいいんじゃないかって」

「それで？」

「敬之さんはね、何よりそこまで聡子を精神的に追い込んだことがつらい。半狂乱になる聡子が哀れで仕方ない。だから、それで聡子の気が済むなら好きなようにさせてやりたいって言ったのよ。それを聞いて、ちょっと敬之さんを見直したわ。やっぱり長年連れ添った夫婦だわね。結局は奥さんのことを一番に考えているんだわ」

それは父の本心だったのだろうか。妻の身内だから、あたりさわりのない答えをしたのではないだろうか。いまとなっては、何もわからない。父はこちらに越してきて、十年を過ぎた頃に病を得て亡くなった。進行の早い食道癌で、気づいた時にはもう手遅れだった。医者には、体調の変化が前からあったはずだと言われたが、それに家族は誰も答えられなかった。父は具合が悪くても、誰にも訴えようとしていなかったのだ。十カ月にわたる闘病生活の間も、黙って痛みに耐えていた。看護師さんに「こんな我慢強い患者さんは初めて」と言われたくらいだ。母は最期まで父に癌の告知をしなかった。だけど、父は知っていたのだろう。たまたま病室に私とふたりだけになった時、ふと、

「来年の桜は見られないかもしれないな」

と、口にした。

「なに気弱なことを言ってるの？　来年は病気を治して、またみんなで小金井公園に花見に行きましょう。理沙も来年の花見の時には、おじいちゃんのために自分でおにぎりを握るって楽しみにしているのよ」

まだ理沙が小学生の頃だった。理沙はどうしたものか、日頃から面倒を見てくれる父方の祖母よりも、私の父の方になついていた。

父はそれには答えず、

「ああ、ちょっと眠くなった。悪いけど、そろそろ帰ってくれるかな」

そう言って目を瞑った。私がはっきり覚えているのは、それが父との最後の会話になったからだ。その晩、父の容体は悪化し、そのまま六十六歳の生涯を閉じた。

父がもし生きていたら。

私のいまの状況をどう思うだろうか。私や諒に対してどんなことを言うだろうか。少なくとも、母のように頭ごなしに怒ったりはしないだろう。

もしかしたら、少しは同情してくれたんじゃないだろうか。自分と同じ躓《つまず》きをした娘に、少しは優しくしてくれたのではないだろうか。

その想像は私を少し慰めた。母や兄は身内であればこそ厳しい態度を見せるけれど、父だったら身内ならではの優しさを示してくれただろう。叔母の明子がそうであるように。

週末訪ねてきた諒に、私は母の話ができなかった。話をしたとしても、諒につらい思いをさせるばかりだし、それでいいことは何もない。ふたりでいられる短い時間を曇らせるだけだ。それに、たぶん諒にしたって、私とのことで嫌なことを言われたりすることもあるだろう。だけど、それを私に告げることはしない。

「今日はどこに行こうか」

「たまには北の方に行ってみない？　小金井公園の梅がそろそろ見頃じゃないか、と思うのよ」

他愛のないやり取り。他愛のない時間。

それがどれほど貴重なものか、いまの私は十分知っている。いつまでも続くものなどない。突然、それは途切れるかもしれない。明日、諒と会えなくなるかもしれないことも覚悟しなければならないのだ。

だから、なんということのないこのふたりの時間を大切にしたかった。できるだけ、外の汚れた空気を持ち込みたくはなかった。

戸外ではそこここに春の訪れを感じさせる。つぼみが膨らみ、木々も芽吹き始めている。冬の厳しい時期は終わり、張りつめた冬の空気も緩み始めているのだ。

「そこまで北に行くとはけとは別だけど、たまにはいいか。玉川上水の方も見てみたいしね」

諒は優しい目でそう言って、私に微笑んだ。

9

その日、私は渋谷に向かった。真紀に頼まれた校正の仕事の出来が及第点だったらしく、次の仕事をもらえることになったのだ。ちょうど銀行や市役所に行く用もあったので、その日の午後は仕事の休みをもらい、雑用を片付けることにした。校正の仕事も、宅配便ではなく、直接受け取りに行くことにしたのだ。渋谷駅から宮益坂を上がって青山通りに入ったあたり、一階が無国籍居酒屋になっている雑居ビルの三階に、真紀の事務所があった。

「予想以上に丁寧な仕事だったわ。奈津子、校正に向いているんじゃない」

と、真紀に言われたのが嬉しかった。前にもらったのは十ページくらいだったが、今回は三十二ページ分のゲラを渡された。

「表組みが入っているから、ちょっと面倒だけど、やれるわね」

「それで、締め切りは？」

「あんまり時間ないけど、週明けの月曜までに戻してもらえる？」

「ええ。これくらいの量なら大丈夫だと思います」

たぶん真紀の同情だと思うが、それでもこうして仕事がもらえるのは嬉しかった。

そうして駅への下り坂を速足で歩いていると、ばったり知り合いに出くわした。

「雨宮さん！」

結婚していた時の姓で呼びかけられたが、私の方は驚きのあまり咄嗟《とっさ》に言葉が出てこなかった。東京の繁華街ではひっきりなしに人が行き来するが、知り合いに偶然会うということはあまり経験がない。もしかしたらすれ違っているかもしれないが、あまりに人が多すぎると、かえってひとりひとりには注意を払わなくなるものだ。まわりのペースに巻き込まれないように、誰かにぶつからないように気をつけるだけで精いっぱいだからだ。しかし、渋谷と言っても、宮益坂の方は時間帯によっては意外とすいていることがある。金曜日の午後二時過ぎ、エアポケットのように人が途切れたその瞬間、お互いの視線の先に相手を見つけたのだった。

相手はかつての同僚の中川藍子さんだった。

「偶然ね、こんなところでお会いするなんて」

「中川さんはどちらへ？」

「覚えていらっしゃいますか？　平野デザイン事務所」

「ああ、この先の……」

その事務所は、辞めた会社と付き合いの深いデザイン事務所だった。腕がよく、スケジュールもきちんと守ってくれるので、編集部の人たちは何かと仕事を頼んでいた。

「雨宮さんはどこかお出掛けですか？」

「私は、この先に友だちの事務所があって、それでちょっと。用が終わって帰るところですけど」

「そうですか。もしお急ぎでなければ、せっかくですから、お茶でもしませんか？」

「えっ？」

「そんなにお時間は取らせません。お話ししたいこともあったし、ほんの十分だけ」

「そ、そうね」

私がどうやって断ろうかと考えているうちに、中川さんは私の腕を取り、

「ほら、ちょうどそこにカフェがあるし」

と、強引に店の方に引っ張って行かれた。

「おひさしぶりですね。お会いするのは一年……ちょっとになりますか？」

カフェの一番奥の席に座り、飲み物を注文すると、中川さんはじっと私の顔を見た。

私はなんとなく気恥ずかしくて視線を床に落とした。

「お変わりないようですね。よかった」

「中川さんこそ」

　そう答えたものの、中川さんは記憶にあるより痩せていた。顔もちょっとやつれている。久世課長の件が堪《こた》えているのだろうか。

「そういえば、この前はありがとうございました。お知らせいただいたおかげで、不義理をせずにすみました」

「いえ、当然のことをしたまでです。課長も雨宮さんには知らせることを望んだと思いますから」

　それに、中川さんには以前のようなぎらぎらしたところがない。かつて席を隣にしていた頃は、仕事への野心をむき出しにしているような感じだった。私のように家庭と仕事を両立させるだけで精いっぱいの人間には、どこかつきあいづらい気がしていた。

「いえ、そんな。私は出来の悪い部下でしたし、いろいろご迷惑もお掛けしましたし……」

「とんでもない。課長は亡くなる直前まで、雨宮さんのことを気にかけていらしたんですよ」

「それは……どういうことでしょう。課長は私のことを怒っていらしたんじゃないんでしょうか」

「いいえ、逆です。すごく後悔されていました。榊さんとのこと、もうちょっと自分が配慮していれば、って」

「ほんとに？　課長がそうおっしゃったんですか？」

耳を疑う話だった。仕事に厳しい久世課長は、私の不始末に激怒しているだろう、ずっとそう思っていたからだ。

「ええ、私が最後にお見舞いした時にも、おっしゃっていました。雨宮をセクハラから守れなかったのは、上司である自分の責任だって」

胸が詰まった。榊とのあの邂逅《かいこう》を、久世課長がそんなふうに思ってくれていたとは。

私が自分の意のままにならないと知った作家の榊聡一郎は、わざと諒の目の前で私にセクハラ行為を働き、諒を挑発した。それに乗せられた諒は、自分の上司がいる前で榊を殴り倒した。久世課長はその悲惨な場に証人として立ち会わされたのだ。

「教えてくださって、ありがとうございます。正直、課長が私のことを気にかけてくれているとは思いませんでした。あんなひどい事態を起こしてしまって、怒っていらっしゃるとばかり……」

退職後、会社の人間とは完全に没交渉になった。久世課長に限らず、会社の人間みんなに嫌われ、軽蔑されているとばかり思っていたのである。だから、久世課長が自分のことを案じてくれていたと知って、強張ったこころが溶けていくような思いがした。同時に、その課長本人がもうこの世にいないということが、無性に悲しかった。

「いまさらながら、課長が亡くなられたのが残念です」

「ほんとに、どうして榊のような下劣な人間でも長生きするのに、課長のような方が早く逝ってしまうのでしょう」

中川さんの目が潤んでいる。かつては少し苦手だった中川さんだけど、同じ人の死を悼んで、わずかにこころが触れ合った気がした。

「実はね、うちと榊聡一郎とは、関係が完全に切れたんです。ご存じでした？」

「噂は少し」

「その原因が何か聞いていますか？」

「いえ、そこまでは……」

「榊が次の小説の企画をうちに持ち込んだんです。その内容は、あなたと関口くんをモデルにした話でした」

「そうだったんですか」

私は驚かなかった。最後に榊聡一郎の秘書と会った時、そういう話をほのめかされていたからだ。

「それだけじゃなく、ちゃんと取材したいから雨宮奈津子に会わせろ、って榊が言ったんです」

さすがに溜息が出た。榊聡一郎はどうして私に会いたいと言うのだろう。私に会って、いまさら何を聞きたいというのだろうか。

「久世課長はさすがに腹に据えかねたみたいで、そんな小説を書くなんて信じられない、あなたは作家としたら一流かもしれないが、ひととしては最低だ、って言い放ったんです」

「ほんとに？　そんなことを？」

「ええ。私も同席していたから間違いありません。それで榊が怒って、以来うちとは絶縁状態」

「そうだったんですか……」

「だけど、ほんとおかしかった。課長に言われた時のあの榊の顔。まさか、編集者にそんなこと言われるとは思ってなかったんでしょうね。しばらく、ぽかーんとしてました」

その時の光景を思い出したのか、中川さんはおかしそうにくすくす笑った。

「だけど、作家に対してそんなことを言ったとしたら、久世課長、あとでたいへんだったでしょうね」

榊は売れっ子作家だ。昨年出た『情事の終わり』は三十万部を超えるベストセラーになった。売上高は五億を超える。榊との関係を絶つということは、彼がこれからもたらすはずの何億もの利益を断念するということだ。榊聡一郎ほどの作家とのつきあいは、だから一担当の好き嫌いで決められることではない。会社全体の問題になる。

「それが、そうでもないんです。部長に呼ばれて事情説明させられましたけど、部長も『それじゃ仕方ないね』ですませましたし、編集部のみんなは『よくぞ言ってくれた』って、内心快哉《かいさい》を叫んでいるし」

「喜んでいる？　ほんとに？」

「榊はほんとうに嫌なやつだし、なにより自分たちの仲間を追い出すように仕向けた人間に、私たちが好意を持てると思います？」

仲間、という言葉にぐっときた。ちょっと目が潤む。この一年、大事なものをいろいろ失ったが、仕事仲間というのもそのひとつだと思っていたから。

「みなさんがそんなふうに思ってくださるなんて……。いろいろご迷惑お掛けしたし、軽蔑されてるとばかり思ってました」

「そんなわけないですよ。婚外恋愛くらいではみんな驚かないし、うちの部署、そんな清廉潔白な人間ばかりでもないし」

中川さんはちょっと肩を竦めた。自分自身のことを含めてそう言っているのだろうか。

「あ、もうこんな時間。そろそろ行かなくちゃ」

時計を見た中川さんが、慌てたように身支度を始めた。もしかして、しゃべり過ぎたと思っているのかもしれない。私も自分の荷物を手元に引き寄せた。

「すみません、ばたばたで。平野さんのところに、三時までに行くことになってるので。でも、お会いできてよかったです。次はもっとゆっくりお会いしたいですね」

「ええ、そうですね」

次の機会などないだろうと思う。あたりさわりのない社交辞令だと思うが、そう言われるのは悪くなかった。

「ところで、雨宮さん、いまはどんなお仕事をされているんですか？」

「えっ？」

「課長とも時々、話をしていたんです。離婚したのであれば、いろいろたいへんだろうって」

「いまは、デイケア・サービスのホームで働きながら、校正の勉強をしています。今日もそれで渋谷に来たんです」

咄嗟に、少し見栄を張った言い方になった。実際は友だちのお情けで仕事をちょっとまわしてもらっているだけで、勉強というほどたいそうなものではない。

「そう、校正の勉強ですか」

中川さんは納得したようなしてないような、あいまいな顔をした。

「編集者からの転身としては、女性にはいい仕事かもしれないですね。家でできる仕事だし」

「ええ、まあ。もっとも、いまはひとり暮らしで家族に気を遣う必要もないので、家でやる仕事でなくてもいいんですけどね」

「ああ、そうでしたね。いまはひとりでお住まいでしたっけ」

「ええ、名前も雨宮から旧姓の松下に戻しました」

「あ、ごめんなさい。つい呼び慣れた名前で呼んでしまって」

「いえ、かまいません。会社にいた時は雨宮で通していましたし、気になさらないで下さい」

「ありがとうございます。ところで、名刺とかは持っていらっしゃるんですか？」

「いえ、まだ」

「じゃあ、メールとか、教えていただけません？　今日はばたばただったから、またゆっくりお会いしたいと思いますので」

メールアドレスを教えるのは気が進まなかったが、とくに断る理由もない。私が伝えると、中川さんは近いうちに連絡する、と言って足早に去って行った。


「へえ、中川が？」

話を聞いた諒はちょっとへんな顔をした。

「また会いたいなんて、珍しいな」

「どういうこと？」

「会社辞めた人間と、何度も会いたがるほど感傷的な女だとは思えないからさ」

「どうせ社交辞令だと思う。ところで、諒って中川さんと同期だって言ってたけど、よく知ってるの？」

「うちの同期は、酒好きが多いからね。たまに集まって呑んでるよ。情報交換も兼ねて」

「ふうん。そうなんだ」

「奈津子は同期会はやらないの？」

「私はほら、もともとは別会社だし……」

「ああ、そうだっけ」

　私が卒業して入社したのは、百貨店系の出版部門だった。前の夫と知り合ったのも、そこでの話である。その部門は私が入社して二年後に出版社として独立したが、経営がうまくいかず大手出版社、つまり私が去年まで勤めていた会社に吸収合併されたのである。独立・合併のどさくさで退職した人間も多く、入社直後はさかんに行われていた同期会も、いつのまにか立ち消えになっていた。

「中川は計算高いからね、自分の得にならないことはやらない女だよ」

「ずいぶんひどい評価ね」

「まあ、あいつとはそれなりにつきあい長いから」

　何気ない調子で言った諒の言葉が、なんとなく引っ掛かった。でも、それ以上追及することなく、聞き流した。

　それから一週間もしないうちに中川さんから連絡が来た。次の木曜日の晩に会いたいと言う。社交辞令ではなく、本気だったようだ。金曜日以外なら予定はないので、承諾することにした。

中川さんが指定したのは、渋谷の道玄坂にあるバールだった。聞いたことがない名前の店だったが、着いてみたら、以前、諒と来たことがある店だということを思い出した。まだ恋愛関係になる前、ただの同僚の頃の話である。

「ここ、会社のみんなとたまに来る店なんですよ。安くておいしいし、意外と静かだし。結構穴場です」

中川さんに言われて納得した。おそらく同期会などもこの店でやったのだろう。自分の知らない中川さんと諒の繋がりに、私は軽い羨望《せんぼう》のようなものを覚えた。あるいは嫉妬《しっと》だろうか。どちらにしろ、まだ同じ会社にいるふたりには、私にはない繋がりがある。

注文したビールといくつかのおつまみがテーブルに並べられると、中川さんはバッグから何か包みを取り出した。

「実は今日、お会いしたかったのは、これをお渡ししたかったんです。久世課長から頼まれていたので」

「私に？」

手渡されたのは、手のひらに載るくらいの小さな薄い木箱だった。

「開けてみてください」

中川さんに言われて開けると、それは銀のペーパーナイフだった。シンプルな美しいデザインだ。実用というより、オブジェとして飾るためのものだろう。箱には会社の名前と創立五十周年記念式典　社長賞正賞という銘が刻んである。

「これは？」

「これ、『情事の終わり』が社長賞の正賞になった時の記念品です。よければ受け取ってもらえますか？」

「ほんとに？　いいんですか？」

『情事の終わり』は、私の編集者としての最後の仕事、榊聡一郎の担当として関わった因縁の作品である。

「雨宮さんは榊を思い出すようなものは受け取ってくれないかもしれないな、と課長は危惧《きぐ》していたんですけど」

「いいえ、久世さんが私に残してくださったものですから、喜んでいただきます。榊ではなく、久世課長の思い出として」

「よかった」

中川さんはほっとした顔をした。

「嫌だと言われたら、どうしようか、と思いました」

「そんなこと……。久世さんの形見なのに」

「課長は『情事の終わり』が正賞に決まった時、ほんとは、雨宮さんの仕事なのに、ってぼやいていたんです。できれば辞退したいとも言っていたんですけど、昨年の一番の大ヒットだし、書籍第二の仕事として社内へのアピールにもなるという社内政治的な意味合いもあったみたいで……」

「そうなんですか。ほんとに、そんなに気を遣っていただけるなんて……」

ペーパーナイフは曇りひとつなくきらきらと輝いている。同じように、久世課長の好意もきらきらしてまぶしいほどだ。

「実はね、いまだから言えるんですけど、課長は酔っぱらうとよく言ってました。『関口は会社員としては大馬鹿野郎だけど、男としてはまぶしい』って」

「課長が、そんなことを?」

「ええ。私もそう思います。あの関口くんに、そこまでのことをやらせるなんて、雨宮さんがちょっとうらやましい」

中川さんの目がなんとも言えない光を湛《たた》えていた。羨望というより嫉妬のようにも見える。その光に気圧されて、なんと応えていいのかわからずに黙っていると、ふいに後ろから「あら、おひさしぶり」という声がした。振り向くと、日焼けした肌に白髪交じりのベリーショートの、華やかな雰囲気の女性が立っていた。六十を越えたくらいの年頃だが、スタイルがよく、黒の革のジャケットに黒のタイトスカートが似合う、かっこいい女性だ。

「ああ、工藤さん、奇遇ですね。こんなところで会うなんて」

「ここ、中川さんに紹介されたでしょう？　気に入ったので、あれから何度も来ているのよ」

「ああ、そうでした。私が紹介したんでしたっけ」

「ところで、こちらは？」

工藤と呼ばれた女性が私の方を見た。

「昔の同僚の雨宮さん。……こちら、校正者の工藤さつきさん」

「はじめまして」

私が挨拶すると、相手は一瞬、値踏みするような表情をしたが、すぐに笑顔になった。

「はじめまして、と言いたいところですけど、以前、どこかでお会いしてません？」

「えっ？　書籍第二にいた時、お目に掛かっていたでしょうか？」

「いえ、もっと昔。あの、失礼ですけど、以前『ハウスマム』って雑誌にいらっしゃいませんでした？」

「ええ、いましたけど」

「ああ、やっぱり。私も昔、D社にいたんです」

D社というのは、私が最初に入社した会社だ。

「えっ、そうなんですか？　すみません、気づかなくて」

「あの頃、私は編集じゃなくて総務の方にいたし、会社が合併する前に辞めたから、雨宮さんとは時期がそれほど重なっていないかもしれません」

「立ち話もなんだし、工藤さんもお座りになったら」

横から、中川さんが口を挟む。

「あ、いいかしら。友だちが十五分ほど遅れるっていうメールが来たところなので、しばらく同席させてくださいね」

そうして工藤さんは私の前の席に座った。工藤さんはじっと私の顔を見ると、

「なつかしいわね。いま頃昔の同僚に会うなんて、思いもしなかったわ。だけどお名前が——。雨宮さんっておっしゃいましたっけ。総務にいたので、新入社員で入った方の名前はチェックしてたけど、雨宮という名前は記憶にないわ」

「雨宮というのは、結婚していた時の姓なんです。旧姓は松下といいます。松下奈津子。いまはその名前に戻りましたけど」

「ああ、松下奈津子さん。確かにいましたね。きれいな字面だな、というので覚えています」

「ほんとに？　すごい記憶力ですね」

　私が感嘆すると、中川さんが解説する。

「工藤さんは、一度見たものは、写真のようにずっと覚えてるんですって。校正者としても、だからすごく優秀な方よ。言葉のあれこれを細かく記憶していらっしゃる」

「ああいいですね。私は年のせいか、ちっとも覚えられない。辞書も、同じところを何度も引き直したりしています」

「そうそう。松下さんも、校正の仕事を始めたところなんですよ。もし、工藤さんのところでお仕事があったら、手伝ってもらったらいいんじゃない？」

　中川さんが軽い調子で私を売り込んだ。

「ほんとに？」

　工藤さんの目が一瞬鋭くなった。が、すぐに笑顔に戻る。

「ええ、まだほんの駆け出しなので、たいしたことはできないんですけど」

「そうですか。じゃあ、名刺いただけません？　もしかすると、何かお願いすることもあるかもしれないし」

「あ、すみません。私、まだ名刺がないんです」

「駄目よ、それじゃ。フリーでやっていこうと思ったら、いつなんどき仕事に繋がる出会いがあるかわからないから、まず名刺は作らなきゃ。……私の名刺を差し上げますから、あとでこちらに連絡先、いただけますか？」

長年フリーランスでやってきた人間らしく、さすがに工藤さんはてきぱきしている。名刺すら持たない私は、自分のもたつき具合を少し恥じた。

「遅くなってごめん」

そう言って現れた工藤さんの連れは、彼女と同年配の男性だった。背が高く、年齢のわりには体型もすらりとしている。なかなかの男ぶりだ。ふたり並ぶと、恋人かなと思うような独特な感じがしたので、私も中川さんも強いて『いっしょに呑みませんか』とは誘わなかった。ふたりは店の奥の方の席へと移って行った。

「工藤さんは、校正者の事務所をやっているのよ。そんなに大きくはないけれど、しっかりした仕事をするところなの。うちも最近はもっぱら工藤さんのところでお願いしているわ」

「そうですか」

「だから、帰ったらすぐ連絡取られるといいと思います。何かお仕事に繋がるかもしれません。面倒見のいい、姉御肌の人ですから」

「ありがとうございます。じゃあ、そうします」

正直、メールを送ったものか、迷っていた。酒の席のことだし、自分で売り込むほど校正の技術にまだ自信もない。だが、中川さんに薦められたこともあるし、帰宅したらメールだけは出しておこうと私は思った。

10

いつのまにか季節が変わり、春の気配が漂っていた。張りつめたような冬の寒さが和らぎ、公園や雑木林や近所の家の庭先の木に花が咲き始めている。冬枯れで殺風景だったあたりの様子が、梅や桃の開花で一変する。まだ若芽も芽吹かぬ木々の枝に、白や薄紅色や黄色の花が溢れ、そこだけ華やかになる。季節始めのまだたどたどしいウグイスの啼《な》き声も聞こえ、春の訪れを実感する。

「そろそろ桜の季節だね。このあたりは江戸時代から花見の場所として有名なんだろ?」

「ええ、桜の名所はあちこちあるわ。玉川上水の脇とか小金井公園とか。わざわざ遠出しなくても、野川の両岸の桜もなかなかのものよ。ずっと先の、武蔵野公園の近くまで行くと、枝垂桜《しだれざくら》が続いているしね」

「花見って言えば、ほら、会社の近くに靖国神社があっただろ? 営業部は例年そこで花見をするのが恒例だったんだけど、俺、ちっとも桜の印象がないんだ。記憶にあるのはブルーシートと屋台とゴミの山だけ。東京を代表する桜の名所のはずなんだけどね」

「花より酒だったんでしょ。会社の花見なんて、酔っ払うのが目的だもの」

「それに俺、たいてい幹事をやらされてたからな。場所取りとか酒の手配とか、そんなことばっかり考えていたし」

私自身は会社の花見の記憶はあまりない。子どもが生まれてからは、そうした酒宴もあまり参加できなかったからだ。歓送迎会のようなものを除けば、部の呑み会にも欠席することが多かった。

「さすがに小金井公園はすごい人出だけど、この辺は近所の人しか来ないような穴場も多いのよ。だから、ゆっくり見られるわ」

「来週あたりが見ごろかな。俺、ワイン持ってくるよ」

「じゃあ、私はチキンでも焼こうかしら。連雀通りのパン屋でパンを買って、あとはサラダとチーズを用意すれば、立派なピクニックランチになるわね」

気持ちがわくわくと浮き立つ。春の訪れとともに、私を取り巻く厳しい状況も緩んできたようだった。校正者の工藤さんにメールを出したところ、すぐに返事が来て、雑誌の仕事を手伝ってほしい、と頼まれた。不安はたくさんあるが、やりながら勉強しよう、未熟なところは時間でカバーしようと考えて、引き受けることにした。三月いっぱいでデイケア・サービスの仕事も一旦《いったん》、お終いになった。育児休暇を取っていた正職員の人が戻ってきたからだ。だが、美和子さんの好意で、その後も引き続き週二日のアルバイトを続けさせてもらえることになった。まだ校正だけでは食べていけないから、仕事が少しでも続けられるのはありがたかった。なにより、デイケア・サービスのスタッフや通ってくる人たちが好きだったから、関係がこれからも続くのは嬉しかった。

そんなふうに、私の環境が安定して、しばらく経った頃、思いがけぬことが私の身に降りかかった。

その日は朝から体調が悪かった。貧血なのか身体がだるい。妙に熱っぽい。デイケア・サービスの仕事が減って気が緩んだのか、最近、時々こういう状態になる。年齢的にはちょっと早いが、更年期なのだろう。閉経が近づいているせいか、一年前から生理の周期が狂いはじめていた。無い時は三カ月くらい停《と》まり、ある時には二週間しか間をあけずに次の生理が始まったりする。こういう状態がしばらく続き、やがて間遠になり、ある日を境にぴたっと停まるのだ、と聞いていた。

その日の夕方は南阿佐ヶ谷に行く用事があった。新しい仕事があるからと、工藤さんの事務所に呼ばれていたのだ。週が明けるともうゴールデンウィークだ。その前に打ち合わせをしておきたい、と工藤さんに言われていたので、日にちをずらすわけにはいかなかった。身体を布団から引きはがすようにして起き出し、バスに乗って駅に向かった。調子がよければ自転車で行く距離だが、この気だるさではとても駅までの坂道を登れそうになかった。電車に乗ると、症状は少し治まっていた。更年期は気分の持ちようも大きい。むしろ仕事をしていた方が症状は軽い、と聞いたことがあった。適度な緊張感が逆に身体にはいいのかもしれない。

「ああ、いらっしゃい」

工藤さんの事務所は、一階に大きな本屋がある雑居ビルの四階だった。本屋があると必要な資料を買いに行くのに便利だから、とここに決めたらしい。事務所には工藤さんが作業する机がひとつと、打ち合わせ用の応接セット、あとは大きな作業用のテーブルがあるだけだ。事務所といってもそこに常駐しているのは工藤さんだけ。あとはフリーの校正者が何人か登録しており、工藤さんが出版社から受けた仕事をそれぞれに割り振りしているのだ。

「これ、やってみない？」

工藤さんが出してきたのは小説のゲラだった。薄いが、単行本一冊分の量がある。作家は最近注目を浴びはじめた新人で、私自身はまだこの人の作品を読んだことはない。

「これ、丸一冊ですか？」

私は驚いた。まだ経験の浅い私に、こんな仕事を振ってくれるなんて。

「すごく嬉しいのですけど、私でいいんでしょうか。まだそんなに経験もないのに」

「大丈夫だと思わなければ頼まないわよ。校正って仕事は知識も大事だけど、結局はセンスだから。なんというか、書いてある文章を言葉の集積として捉《とら》えられる勘みたいなものがあるかないかだから。知識があってもその勘がないと見落としがぼろぼろある。あなたはさすがに編集経験があるからか、とても勘がいいと思う。経験を積んでいけばいい校正者になれると思うわ」

「ありがとうございます。そう言っていただけるとすごく嬉しいです」

校正をする時の読み方は、通常の読書とは違う。たとえば小説の場合、ふつうは書かれたものに感情移入して、好き嫌いで読んでいる。だが、校正するつもりで読む時は、全体と部分を分析しながら読んでいる。感情移入して読むと、細かい部分を見落としてしまう。それぞれの読み方では、使っている脳の場所が違うような気がする。これは、誰かに教えられたというより、編集の仕事をしながらなんとなく身につけたことだった。

「それに、この人の作品はまあ、そんなに難しくはないから。語彙《ごい》は少ないけど使い方は正確だし、日本語としてはまあまあ。ほんとは自分でやりたいところだけど、あいにく面倒な仕事が立て込んでいてね。あなたは小説の編集をしていたって言うし、こういう仕事がいいんじゃないかと思うのよ」

嬉しくて、頭がぼーっとなった。急に熱があがったみたいだった。

「ありがとうございます。ご期待に沿えるよう、頑張ります」

「そう、助かるわ。それで、やる前に小説の校正で気をつけることをちょっと説明しておくとね」

そうして工藤さんは丁寧に解説をしはじめた。私はメモを取りながらそれを聞いていたが、だんだん熱が高くなってくる気がした。それ以上に耐えがたいのは、気持ち悪くなってきたことだ。昔から緊張すると首が凝って吐き気がした。会社を辞めて以来治まっていたが、どうやらそれが戻ってきたらしい。

「すみません、ちょっとお手洗い、お借りしてもいいですか？」

ついに耐えられなくなって、工藤さんの話を遮った。

「ええ、どうぞ。……あら、あなた顔色が真っ青。具合でも悪いの？」

工藤さんの問いに答えることもできず、私はお手洗いに駆け込んだ。トイレの芳香剤の匂いがきつくてさらにむかむかする。便座を上げると同時に胃の中にあったものを吐き出した。一度吐いてしまうと、次から次へと嘔吐《おうと》の波が突き上げてきて、しばらく便座の前から動けなかった。

ふと気づくと、工藤さんが背中をさすってくれていた。

「大丈夫？」

「ええ、胃の中のものが全部出ちゃったのか、落ち着きました」

工藤さんは洗面所の水を汲んで私に差し出した。

「うがいした方がすっきりするわ」

勧められたように口の中を濯《すす》ぎ、汚した便座の周囲をきれいにしてトイレを出た。

「ご迷惑、お掛けしました。朝から体調悪くて」

「お大事にね。私たちフリーは身体が資本だし、病気で倒れたら仕事を失うばかりだから」

「ありがとうございます。たぶん更年期だと思うんです。ここのところ生理が狂っているし、体調もしんどくて」

それを聞いて工藤さんはへんな顔をした。

「でも、あなた若いじゃない」

「いえ、もうすぐ四十四歳なんですよ。うちの母も更年期は早かったし、たぶん私も……」

「そうかもしれないけど、それより妊娠ってことは考えられない？」

「えっ？」

いきなり胃が冷たくなるような衝撃だった。

妊娠？　まさかそんな。

「まだお若いんだし、生理が狂っているんなら、そちらの可能性を疑った方がいいわよ。たとえ更年期が始まっていたとしても、妊娠する時はするものだから」

工藤さんの声が、血の気の引いた頭にがんがんと響いていた。

妊娠検査薬は簡単に手に入る。いまではどこの薬局でも売っている。工藤さんの事務所を出ると、駅のそばにある大きなドラッグストアで手に入れた。小金井で買っているところを、知り合いに見られたくなかったからだ。それから急いで家に帰ると、検査薬の説明書を読んだ。思ったより簡単だった。スティック状の検査体の先の方に尿を掛け、一分ほど置くだけだ。指示どおりの作業を行い、祈るような気持ちで結果を待った。

判定が出た。願いは裏切られた。

判定窓に紫色の筋がくっきりと表れている。陽性、つまり私は妊娠していたのだ。

頭がぼおっとして、しばらく何も考えられなかった。それから、震える手で電話を取った。電話番号のリストから諒の名前をピックアップする。息を大きく吸い、電話番号を押した。数コール鳴ったが、やがて留守番電話に切り替わった。それで、力が抜けて畳の上に倒れこんだ。身体がだるかったし、これからどうすればいいのか途方に暮れたのだ。

妊娠。私と諒の子ども。

どうしたらいいのだろう。

祝福されない子ども。産むわけにはいかない子ども。

私に子どもができたからって、諒の奥さんは離婚を承諾はしないだろう。かえって意地になって離婚を阻止しようとするだろう。

諒にしても、こんな状況で子どもは望まないだろう。

じゃあ、私ひとりで子どもを育てられるだろうか。仕事も中途半端で、自分自身を食べさせていくのもやっとの人間が。自分自身と、生まれた子どもと、ふたりぶん養っていけるだろうか。

それに、何より子ども自身がこんな状況の両親の元に生まれることを喜ぶだろうか。婚外子に対する差別や偏見に苦しみ、産んだ私をいずれ憎むのではないだろうか。

やはり中絶するしかないのだろうか。

中絶という言葉が浮かんだ途端、お腹《なか》が締め付けられるように痛んだ。再び、嘔吐の発作に襲われる。起き上がって風呂場に行くと、洗面器を取り、内側に新聞紙を敷いた。その中に嘔吐する。空っぽの胃は吐き出すものもなく、ただ黄色い胃液が次々とこぼれ出るだけだ。

産みたい。ほんとうは。

諒と私の子どもだから。こころから好きな相手と契った証だから。

涙がぽろぽろこぼれた。

諒とふたりでこの子を育てられたらどんなにいいだろう。再会してからこの数カ月、少しずつふたりの関係を育ててきたように、ふたりで子どもを育てていけたら。

その時、玄関のドアがノックされた。

「奈津ちゃん、いるんでしょう?」

明子叔母だ。私は急いで涙を拭い、ティッシュで洟《はな》をかんだ。そして、たよりない足取りで玄関まで行き、ドアを開けた。

「ごめんなさい、気分が悪くて横になっていたの」

「あら、体調悪いの? 大丈夫? 今日は下のデイケア・サービスに差し入れを持ってきたので、ついでにあなたに会って行こうと思ったんだけど、今日は来ない日だって聞いたんで」

「ちょっと熱があるみたい。気持ちも悪くて」

「あら、ら、風邪かしら。今年の風邪は胃腸にくるみたいだしねえ。具合が悪いなら、横になってて。何か欲しいものはある? お粥《かゆ》でも作ってあげようか?」

「ありがとう。いまは食欲がないんで大丈夫だと思うけど……」

「でも、お腹がすいた時、何もないと困るでしょう? いつでも食べられるように、用意だけはしておくから。この前、梅干持ってきたわね。まだ残ってるかしら」

叔母がキッチンの戸棚を開け、中を物色しはじめた。止める気力もなく、私は奥の六畳間に引っ込み、そのまま横になった。

「一人暮らしだと、病気になった時が一番困るってうちの忠司も言ってたわ。それが辛くて結婚する気になったんだと」

叔母がキッチンであれこれひとりでしゃべっている。返事をする気力もなく、私は黙って目を瞑った。

「菜ばしはどこだったっけ。まったく人の家のキッチンはわかりにくいからねえ。えっと、これはなんだろう」

ふいに叔母が静かになった。あまり沈黙が続くので、気になってそっと目を開けた。叔母は何か小さな紙を持って、じっとそれを見ている。白い紙。何かの説明書のようだ。

説明書？

はっとなって私は上半身を起こした。

「叔母さん、それ」

しまった、と思った。妊娠検査薬を使って、そのままテーブルの上に置きっぱなしにしていたのだ。

「あなた、まさか——妊娠しているの？」

叔母はそう言いながら、私の横にある洗面器を見た。吐瀉物《としゃぶつ》を入れるための洗面器だ。

「ほんとうなのね」

叔母が手にしているのは妊娠検査のための道具だ。それにははっきりと陽性反応が出ている。

「相手は関口さんね。まあ、彼しかいないものね」

叔母は私の傍に来た。慰めるように、励ますように、私の肩を抱いた。

「それで、関口さんは知ってるの？」

「いいえ、私もついさっきわかったばかりだし。生理不順なのは更年期のせいだとばかり……」

「更年期で生理が止まっていても、完全になくなったわけでなければ、妊娠はできるのよ。ほんとまあ、うかつだったわねえ。妊娠なんて、いちばん避けなきゃいけない状況なのに」

その時、携帯電話が鳴った。諒からだ。先ほど私が電話をしたのに気づき、折り返し掛けてきたのだろう。

「もしもし」

『ごめん、さっきは会議中で取れなかった。どうしたの？　何か急用？』

「いえ、大丈夫。ちょっと用があったんだけど、無事にすんだから。……そう、ごめんね。まだ仕事中でしょ。明日来た時に、ちゃんと話をするから」

そうして電話を切ろうとした時、叔母が横から電話を奪い取った。

「何するの？　やめて」

叔母は私の抗議に耳をかさず、電話の向こうの諒に話しかけた。

「あの、奈津子の叔母の明子です。この前、お目にかかった。……そう、そうです。おぼえていてくださって、嬉しいわ。……いえ、そんなんじゃなく」

私は必死になって腕を伸ばし、電話を奪い返そうとしたが、叔母は私の攻撃を避けて部屋の隅に行き、電話を取られないように壁側に電話を持った。

「あのね、奈津子がちゃんと話せないから代わりに私が言うわ。奈津子は妊娠している。あなたの子よ」

叔母は一息に言い切ると、呆然としている私を見ながら話を続けた。

「そう。今日わかったの。……いえ、まだわからないわ。この子も途方に暮れているみたいだし。具合が悪くて、いま横になっているの。……そう、そう。わかりました。ええ、大丈夫です。……はい、はい。じゃあ後ほど」

　そうして叔母は電話を切ると、私の方に向き直った。

「関口さん、八時過ぎにはこっちに着くって。それまで私が傍についているから」


　うちに着いた諒の表情は、思ったよりも落ち着いていた。

「奈津子は大丈夫ですか？」

　そう言って、部屋に上がりこむと、私の傍に来て顔を覗き込んだ。私は叔母が敷いてくれた布団に横たわっていた。

「具合はどう？　まだ気分悪いの？」

　諒のまなざしは優しい。それで少しほっとした。

「昼は吐き気がひどかったけど、いまはだいぶ落ち着いた」

「そう、よかった」

　諒は私の目を覗き込みながら、腕を伸ばし、ゆっくり髪を撫でてくれた。私は目を瞑って、されるままになっていた。

「病気というわけではないので、心配することはないと思いますよ。ただの悪阻《つわり》でしょう。さっき、私が作ったお粥もちゃんと食べられたし。どちらにしても明日にでも病院に行って、診てもらった方がいいと思うけど」

「まだ、病院には行ってないの？」

「ええ。妊娠検査薬で調べただけだから」

「でもまあ、いろいろ思い当たる節はあるんでしょう？」

　叔母に言われると、確かにそうである。十八年前、娘を妊娠した時も、初期の頃は同じように熱っぽく、吐き気がした。だけど、それも忘れていたし、不調なのは更年期のせいだとばかり思っていた。

「そうね。たぶん間違いはないと思う」

「まあ、そういうわけなの。子どもが生まれるっていうことは、ほんとは喜んであげたいことだけど、あなた方の状況では、それも難しいわよね。これから、どうするつもり？」

　叔母は私ではなく、諒の方を向いている。

「俺ではなく、奈津子はどう思うの？」

「それは……」

　諒の言い方はずるいと思った。諒は中絶という言葉を私に言わせようとしている。

「私より、あなたの気持ちが知りたい。……こうなったこと、怒ってるの？」

「怒ってなんかいない。ちょっと驚いたけどね。俺は奈津子がしたいようにすればいいと思うんだよ」

諒の言い方は優しい。優しいが無責任な気がして、思わず私は諒が期待している言葉と逆を口にした。

「じゃあ、私が産みたいと言ったら、産んでもいいと言うの？」

「もちろん。できれば俺もそうしてほしいと思っていた」

諒は力みなく、さらりと言った。

「ほんとに？　ほんとにいいの？」

中絶してくれ、と言われると思っていた。結婚できない、いっしょに暮らすこともできない関係だから。それだけじゃない、諒自身が子どもが好きにはとても見えないからだ。むしろ、父親になることを拒むタイプだと思っていた。

「ただ、子どものこととなれば、どうしても女性の側に負担が掛かるし、生まれてからもいろいろたいへんなことがある。嫌なこともあるだろうし、俺が代わってやれないような面倒を奈津子が引き受けることになるかもしれない。だから、無理強いはできない、と思っている」

諒の言葉は優しさなのか、優柔不断なのか、責任逃れなのか。全部に当てはまるような気もする。

「それはそうよ。こういうことは、男じゃなく女の側がたいへんなんだからね。この子にしてももう四十四歳だし、子どもを産むだけでもたいへんなことなのに、私生児ってなるとねえ、まわりにどんな目で見られるか」

「叔母さん……」

「わかっていると思うけど、あなたの母親は怒り狂うと思うよ。兄さんもね。望まれない子どもを産むって、たいへんなことなんだよ」

望まれない子どもという言葉に、ちょっとひるむ。母や兄が激怒することも想像がつく。諒と会ってることを知っただけでもあの騒ぎだ。子どもを産みたいなんて言ったら何が起こるかわからない。

「それに、その子自身がなんて思うかねえ。大きくなって、自分の出自を知ったら、恥ずかしいと思うんじゃないかしら」

叔母は手厳しいが、それも仕方ない。たぶん私だって、もし姪が結婚しないで子どもを産みたいと言ったら、同じような言葉で忠告するだろう。

「きついこと言ってごめんね。奈津ちゃんが産みたいと思う気持ちはわからないじゃないけど、これぱっかりはね、無理を通そうとすると、いろいろたいへんなことになるから」

そう言って、叔母は立ち上がった。

「そろそろ私は帰るわ。うちのも待ってるし。……今日はふたりでちゃんと話し合いなさい。どっちにしても、こうしたことは早めに決めた方がいいからね」

叔母が去ったあと、ふたりで部屋に残された。叔母がいる時は叔母の存在が気詰まりな気がしたが、いなくなると逆にどうしたらいいのか、わからなくなった。

こんな時、人はどんな話をするのだろう。

諒は黙ったまま私の髪を撫でている。諒は優しい目をしている。何を考えているか、よくわからない。沈黙に耐えかねて、私の方から話し掛けた。

「諒は、子どもができたこと、ほんとはどう思っているの？　困ってるんじゃないの？」

「困っているというか、ちょっとどきどきする」

諒の返事に、私は面食らった。

「どきどきするって、どういうこと？」

「好きな女に自分の子どもができるって、思っていたより生々しくて、すごいエロチックだ」

そう言いながら諒は布団にもぐりこんできた。そうして指をすべらせ、私の耳朶《みみたぶ》を軽く触った。

「だって、そうじゃないか。俺たちがセックスした証だし、俺の放った精子が内側から奈津子を侵しているんだぜ。いまこの瞬間も。これってすごいエロスだろ」

諒は私の耳朶《みみたぶ》を軽く噛《か》んだ。そうしてうなじに舌を這《は》わせる。

「ふざけないで」

諒の言葉が恥ずかしくて、私の頬は赤く火照《ほて》った。諒の顔を手で押して遠ざけ、かぶっていた布団を目のところまで引き上げた。

「ふざけてなんかいない。俺は喜んでいるんだよ」

諒は上半身を起こし、私の肩の両側に手をついた。そして、身を乗り出すようにして口づけた。そのまま舌を入れてくる。私は再び諒を振り払った。

「ほんとに？　ほんとに子どもを産んでもいいと思っているの？」

「ああ、奈津子がそれを望むなら」

「その言い方はずるい。結局、最終的には私に決めさせようとしている。産むのも中絶するのも、私次第なんて」

それを聞いて、さっと諒の表情が変わった。浮かれているような調子はなりをひそめ、見ているこちらがはっとするような、哀《かな》しいような、困ったような目をして私を見た。そうして溜息交じりに言う。

「……そんなに俺を疑わなくてもいいんだよ」

「疑う?」

「そうだろ。俺のこと、ほんとは信じていない。面倒なことがあれば、逃げ出すんじゃないか、と思っている」

「そんなことない」

やっぱり諒はわかっていない、と思う。信じていないのではなく、信じてはいけないのだ。

「ほんとに?」

「だけど、諒がいなくなるかもしれないことは覚悟しとかなきゃ、といつも思ってる。何かの事情で、この家に来ることができなくなるかもしれないし」

少し声が震えた。

「だから、愛しすぎないように、このしあわせがいつまでも続くと思わないように、と自分に言い聞かせている」

この一年の孤独があまりにも辛くて、そして、諒と再会してからがあまりにもしあわせで、失われるのが怖い。怖いから、しあわせに溺れたくはない。

「ごめん。そんなふうに思っていたんだな」

諒は優しく私の肩を抱いた。

「俺を信じてくれ、と言っても難しいかもしれないけれど、俺は二度と奈津子から離れるつもりはないんだ」

抱きしめられているので、諒がどんな表情をしているか、わからなかった。

「前にも言っただろう。奈津子に会うまでの一年、俺はどうしようもなく不幸だった。それで俺は酒に逃げた。毎晩、浴びるように呑んでいた。呑んでいる間だけはいろんなことを忘れられるから」

諒の腕に力が入った。苦しいほど強い力で私を抱きしめている。

「ほんとに？」

「ああ、ほんとだ。美那《みな》が心配して、精神科に行ったらどうか、と勧めたくらいだ。人前でリストカットする女に、そんなことを言われたんだぜ」

諒は自嘲《じちょう》的に笑った。ちっともおかしそうではなかった。美那というのは奥さんの名前だ。再会してから諒がその名前を口にしたのは初めてだった。

「まだ……呑んでいるの？」

「いや、奈津子に会えた日から酒はほとんど呑んでいない。自分から逃げる必要がなくなったから。もし、会わなければ、いま頃依存症で病院送りになっていたかもしれない」

　そんな情けない諒の姿は想像できなかった。私の知ってる諒はいつだって自信家で、酒に逃げるような弱さは微塵《みじん》もなかったから。

「奈津子がいないと駄目なのは俺の方だ。だから、俺の方から離れていくなんて、思わないでくれ」

「わかった。諒を信じる」

　諒は黙ったまましっかり私を抱きしめている。溺れかけた人が海に浮かんだ木切れにしがみつくように。

　諒の奥さんがここに通うのを黙認しているのは、そのためじゃないだろうか、と私は思った。週末外出することで諒の飲酒が止まるのなら、それはそれで仕方ない、と思っているのだろう。酒で廃人になるよりは、浮気の方がましだろうから。

「だけど、子どものことは？　ほんとはどう思っているの？」

「正直、喜んでいる。子どもができたってことは、俺と奈津子の縁がよほど深いということだから。子どもがいれば、奈津子は俺から逃げ出そうとは思わないだろう？」

「逃げるだなんて、そんな」

ふつうは逆だ。子どもができる面倒から逃げたがるのは、きまって男の方だ。

「一度逃げたじゃないか。俺を置き去りにして」

そのことが、諒にこれほど衝撃を与えていた、というのは意外だった。そうして、その衝撃から諒はまだ立ち直っていないのかもしれない。

「私はもうどこにも行けないわ」

そこまで私を求めてくれるなら、諒がいない場所には行くことはできない。

「子どもを産むから？」

「ええ、産むわ。だけど、ここにいるのは子どものためじゃない。あなたがそれを望むからよ」

私は不思議なほど平静な気持ちだった。なんだか、子どもを産むのは当たり前のことのような気がした。お互いを好きで、お互いを必要としているふたりがいて、そのふたりの間に子どもができたのなら、産んで育てるのが当然のことだろう。法律だのモラルだのの前に、生き物として、それがいちばん大事なことじゃないだろうか。

「ありがとう」

諒はようやく顔を上げて私の方を向き、柔らかく微笑んだ。

「俺は認知もするし、経済的にもできるだけのことはする。奈津子にだけ重荷を負わせるようなことはさせないから」

その時、私はふと諒の脆《もろ》さを知った気がした。

諒は正面からぶつかってくる敵には平気でも、自分の誇りが保てない状況ではおそらく立っていられないのだ。私を支えること、生まれてくる子どもを支えることで、自分自身の存在意義を見出そうとしているのだろう。

それはもしかすると、男というものが持っている本質的な脆さなのかもしれない。自分で子どもを産むことができない男という生き物の、そうすることで種の存続に関わっていけるという、ＤＮＡに刻まれた本能かもしれない――。

「だけど、大丈夫なの？　会社のこととか、家族のこととか……」

「それを言ったら、奈津子だって同じじゃないか。それに、うちの親兄弟は何も言わないよ。……というか、言われる筋合いはない」

妻の名前は出さない。口に出さなくとも、諒の奥さんが賛成するはずはないし、問題にならないはずはない。だが、それだけではない、諒自身の親にとっても大問題のはずだ。

「そういうわけにはいかないでしょ。諒の親にとっては、孫にあたるんだし」

もし長男であれば、跡取りの血筋だ。古い家ならそういうことも問題にする。

「うちの親は奈津子んちみたいにまっとうじゃないんだよ。そもそも父親からして浮気が原因で離婚して、その相手と再婚してるしね。兄貴の方は俺に輪を掛けた遊び人で、離婚歴二回。いまは慰謝料の支払いに汲々《きゅうきゅう》としている」

「まあ……」

ずいぶんと複雑な家庭だ。父親の不倫相手が母親として乗り込んでくるというのは、いったいどんな気持ちなのだろう。

「離婚って、諒がいくつのとき？」

「中二の夏。父が再婚したのはその半年後」

十四歳、いちばん多感な時期だ。諒がどこか厭世《えんせい》的なのは、そういう生い立ちだからだろうか。

「それに比べりゃ、俺なんてまともな方だ。というか、なぜ俺が離婚しないのか、兄貴たちはそっちの方を不思議に思ってるかもしれない」

「おかあさんはどうされているの？」

「離婚して二年後には再婚した。そちらに子どもも生まれて、仲良くやってるみたいだよ」

「そう……」

「だから、うちの家族からはうるさく言われることはない。それだけは確かだ」

いろんな家族があるんだ、と思う。うちのように保守的で家を大事にする家族もあれば、諒のようにばらばらな家族もある。だけど、子どもにとっては、安定した環境の家に生まれる方がやっぱりしあわせなのではないだろうか。

とは言うものの、ばらばらな家族だから、諒の親から非難されることはない、というのもほっとする事実だ。自分の親より、諒の親に非難される方がもっとつらいだろうから。

その日、諒は私のアパートに泊まった。翌日は会社を休み、いっしょに小金井の北にある病院に出掛けた。カトリック系の総合病院である。地元でも評判のいい病院なので、待合室は混雑していた。自分より年下ばかりだろう、と思っていたが、あまり変わらない年齢の人も多かった。理沙を産んだ時より、出産の平均年齢が上がっているというのは事実なのだろう。待っている間、諒はほとんどしゃべらなかったが、ずっと私の手を握っていてくれた。諒がついて来てくれてよかった、と思う。もしひとりなら、もっといたたまれなかっただろう。

「おめでとうございます。予定日は十一月十日ですね」

私より少し若いくらいの年頃の医者ににこやかに告げられた。妊娠検査薬で調べていたのでわかっていたはずなのに、あらためて医者に告げられると、気持ちがどんどん重くなった。間違いであってほしい、という気持ちがどこかにあったのだろう。子どもを持つことが嫌だというより、これから起こるだろう面倒を避けられたら、という気持ちがどこかに働いている。

だが、これが現実なのだ。隣の諒の顔を見ると、やはり生真面目な顔をしている。

「この後もこちらに通われますか？　もし、別の病院に移られるのでしたら、紹介状を書きますが」

そう問われて、私は「はい」と答えた。地元にはほかにもお産で有名な個人病院もあるが、高齢出産のリスクを考えると総合病院の方が安心だと思うのだ。さらに、医者には近いうちに市役所で母子手帳をもらってくるように、と告げられた。その後、一階の会計で精算して、病院を出た。

「やっぱり、緊張するね」

正面玄関を出た途端、諒は大きく伸びをした。

「まわりは妊婦ばっかりだし、男はやっぱり場違いだったなあ」

「ありがとう、今日はついてきてくれて」

「どうする？　これから市役所にまわる？」

母子手帳を取りに行こう、と諒は言うのだ。

「いえ、今日はいいわ。もう疲れちゃったし」

なんとなく、このまま役所に行くことには抵抗があった。役所に届ければ、出産は避けられない事実になる。それを受け止めるには、もう少し時間が欲しかった。

「そう、だったらいいけど」

諒はさりげなく私の腕に自分の腕をからませた。そういうことをしたがらない人だと思っていたので、少し驚いた。私が妊娠したから、いたわってくれているのだろうか。

「じゃあ、駅前でお茶をしてから家に帰ろう」

諒が家に帰る、という言葉を使ったのは嬉しかった。私のアパートをいっしょに戻る場所だと思ってくれるのは嬉しい。

これからもずっとそうなら、どれだけいいだろう。

ふと自分の中に浮かんだ欲望を、あわてて打ち消した。これ以上を望んではいけない。そうすると、自分が苦しくなる。奥さんへの嫉妬や猜疑心《さいぎしん》を意識したら、苦しくて息もできないくらいだ。だから、なるべくそちらに意識を向けたくない。諒が目の前にいる。子どもを産んでもいい、と言ってくれる。それだけで十分なはずだ。

先のことなど考えない。ふたりでいられるこの瞬間を大事にしよう。いつものように、それを強く念じた。

11

案じたように、私の妊娠はすぐに母の耳に入った。それも、思っていたよりずっと早く。私が病院に行ったのを、近所の人に見られていたのだ。件《くだん》の総合病院は、実家から歩いて十分もかからない場所に位置する。何かあっても職場から行きやすい都心の病院にばかり通っていた私は、病院が地元の中高年の社交場であることをすっかり失念していた。

「娘さんの旦那さま、ずいぶんお若いのね。ふたりで産婦人科にいらしたようですけど、おめでたなのかしら」

そんなふうに言われたらしい。母はその場では「人違いだろう」と否定したらしいが、例によってすぐに叔母を問い詰め、事実を聞き出した。怒ってうちまで乗り込んでくるかと思ったが、そうしなかった。

母は「見るのもけがらわしい」と言ったのだそうだ。昔から母がほんとうに怒った時は、そんなふうに完全に相手を無視することを私は知っていた。

「もし子どもを産むつもりなら、今後一生親子のつきあいはしない。葬式にも来てくれるな。娘は死んだと思うことにする。だから、二度と線路から北側には足を踏み入れるな。できれば遠くに引っ越してくれ」

叔母に向かってそう言ったのだそうだ。

「言ったとおりでしょ。姉さんがそんなこと許すはずがないって。ほんとに、そこまで言われても産むつもりなの？」

姉と姪の間に挟まれた叔母が、困惑したように言う。

「ええ」

「ほんとにねえ。あなたも言い出したら聞かないから。そういう頑固さは、姉さんそっくり」

叔母は溜息を吐く。

「ごめんね。こんなにお世話になっているのに、叔母さんには迷惑を掛けてばっかりで」

正直、母と直接対決せずに済んで、私は安堵していた。母に理解してもらうことはできないし、私も母のために子どもをあきらめることはできない。だから、これ以上関わらない方がお互い気持ちは楽なのだ。

「仕方ないわ。あなたは娘みたいなものだし。それにね、忠司に聞いたらね、奈津ちゃんの方が正しいって言うのよ。アメリカじゃ、愛が無くなったら離婚するのは当然のこと。無理に結婚の形態を取り繕う方がおかしい。愛せないのにいっしょに暮らす方が不自然で罪深いっていう考え方なんだって。さすがに合理的な考えの国は違うわね。忠司の同僚にも、籍を入れない事実婚が多いし、シングルマザーも珍しくないって」

「事実婚……」

確かに、自分と諒の関係はそうなるだろう。

「あの子は昔から奈津ちゃん贔屓《びいき》じゃあるけれど、ところ変われば考え方も変わるんでしょうね。フランスじゃ大統領が愛人と仲良くしていても誰も問題にしないし、ひとりで子どもを産む女性も多いっていうけどね。ここは日本だからねえ」

やれやれ、と言いながらも、忠司さんがいろいろ言ってくれたおかげか、叔母は私

が子どもを産むことをどうやら認めてくれたらしい。それに心優しい叔母は、

「実の母親に拒絶されたのに、私まで見捨てるわけにいかないからね」

とも言ってくれる。美和子さんに相談して、府中にある評判のいい病院を見つけてくれた。うちから通うにはバスの本数が少なくて不便なので、検診のための送り迎えも引き受けてくれる。

「何かの時はタクシーを使えばそんなに遠くもないし、府中の方なら姉さんの知り合いもあまりいないだろうから、安心だよ」

まだお腹も目立たないのに、諒はマタニティドレスを買ってきた。おしゃれな諒が選んだものらしく、アイボリーカラーの薄い綿を二枚重ねたロングドレスで、内側と外側の重なりによってきれいなドレープができる。マタニティとは思えないセンスのいいデザインだ。諒のこうした気遣いは嬉しかった。こういう服があると、マタニテイライフが楽しくなりそうだ。これからつらいことは避けられないだろう。だから、楽しめることはできるだけ楽しもうと思う。

「母子手帳もらってきたわ」

「この表紙、なに？　なにかのキャラ？」

赤い前掛けをした金太郎のような子どものイラストを、諒が物珍しそうに見た。

「こきんちゃんって言って、小金井市公認のゆるキャラ」

「ふーん、ちょっと微妙だね」

「このイラスト、アニメ監督の宮崎駿が描いたのよ。スタジオジブリが東小金井にあるから、その縁で」

「へえ、そりゃすごい。それを聞くと、なんかありがたみがある気もするけど」

「母子手帳向きのキャラだと思うけど、ゆるキャラとしては、この辺では西国分寺のにしこくんの人気がダントツかも。グッズもいろいろ売ってるし」

「にしこくんはテレビで見たことがある。頭がタイヤで身体が銀色タイツのやつだろ？　あれが人気っていうのもわかんないなあ」

そんな他愛のない話を諒とするのも楽しかった。諒は金曜日以外にも時々うちに泊まるようになった。そのたびに、部屋着や替えの背広など、少しずつ家から持ってくる。うちにはないから、とCDレコーダーのような機械も運んで来たりした。諒は二重生活を本格的に始めるつもりらしい。私の箪笥は嫁入り道具に母が買ってくれたものだったので、私ひとりには大きすぎる。諒のために二段を明け渡したが、すぐにそのスペースは埋まっていった。諒は本も持ち込んでいた。小説ではなくノンフィクションや仕事の資料が中心だったが、はやりのイクメンの本なども買っていた。そして、

「やっぱり立ち会い出産がいいのかな。俺、ちょっと自信ないけどなあ」

などと口走ったりしている。

「無理に立ち会ってくれなくても大丈夫よ。二回目だし、部屋の外で待っていてくれればそれで十分。傍にいてくれるだけでも、私はこころ強いから」

理沙を産んだ時には、前の夫は大事な出張が入っていたので、出産には間に合わなかった。まだ元気だった父が、陣痛が起きた私を車で病院まで送り、母とふたりで出産が終わるまで廊下で待機してくれていた。

その父はおらず、娘の出産をあれほど喜んでくれた母とは、この子が原因で絶縁状態になった。それを思うと溜息が出る。

同じ私の子どもなのに、この子だけ歓迎されないなんて悲しいな。

いつか母がこの子を認めてくれる日が来るのだろうか。それとも、死ぬまで認めてくれないのだろうか。

幸いだったのは、そうした母との葛藤《かっとう》に悩んでいる暇がないほど私が忙しかったことだ。工藤さんに妊娠の事実を告げ、校正の仕事をどうしようか、と相談すると、

「だったら、なおのこと頑張らなきゃいけないわね。親子ふたり分、稼がなきゃいけないんでしょ」

と、逆に励まされた。相手が誰とか余計なことは一切、詮索《せんさく》されなかった。確かに工藤さんの言うとおりだ。シングルマザーであればこそ、仕事も頑張らなければならない。それに、校正の仕事は家でできるから、ほかの仕事よりも続けやすい。工藤さんがくれたチャンスを、何がなんでもものにしたい。多くはないが、真紀の事務所からも定期的に入ってくる。さらに週二回のデイケア・サービスの仕事や、検診、出産のための準備などもしなければならなかった。

そんなある日、私は中川さんに呼び出された。いっしょに食事をしたい、と言われると、拒む理由もない。安定期に入って悪阻も一段落している。それで、中川さんに指定された、吉祥寺の住宅街にある中華レストランに出掛けた。その日は、ちょうど工藤さんからもらった単行本の仕事が一段落した日で疲れが出ていた。締め切りに合わせるために、ここ数日、睡眠時間を削っていたのである。

「雨宮さんはお酒じゃない方がいいのかしらね」

中川さんが探るような目で私を見る。妊娠のことを知っているのだな、と思った。体型の目立たないチュニックを着ているし、まだお腹もそれほど目立たないから、ぱっと見ただけではそれと気づかれないはずだが。

「ええ、できれば」

と返事をする。もともと工藤さんは中川さんの紹介で知り合ったのだ。私の妊娠が彼女の耳に入らない方がおかしいだろう。

「やはり、本当だったんですね、雨宮さんが妊娠したってこと」

中川さんの声の調子は少し硬い。まるで怒っているような、羨《うらや》んでいるような緊張感がある。

「ええ」

「まさか関口くんとよりを戻すなんて思いませんでした。彼、女性関係にはドライだし、別れた女には見向きもしない性質《たち》なのに」

「誰からそれを聞いたのですか？」

工藤さんは私の相手が誰だかは知らない。どうして結婚しないのかなどと詮索をする人ではなかった。私の相手が諒だということを、どうして中川さんは知ったのだろう。

「やっぱりそうなんですね。真面目な雨宮さんが、シングルマザーでも子どもが欲しいと思うような相手は、関口くん以外には考えられなかったから」

それでようやく中川さんにカマを掛けられたということを悟った。

「それを確かめるために、私を呼び出したんですか」

中川さんの態度には、好奇心を満たすという以上に、女としてのライバル意識のようなものを感じさせた。中川さんの目は、嫉妬と、どこか羨望のような色を湛えている。だが、それもほんの一瞬のことで、すぐに真顔になってバッグから本を取り出した。

「いえ、そんなことよりこれをお渡ししようと思って」

それは『愛人《ラ・マン》』というタイトルで、作者名は榊聡一郎となっている。帯の文言は「大ヒット作『情事の終わり』に続く榊聡一郎の新境地。夫ある身の奈々子が愛したのは七歳年下の同僚。それまで知らなかった官能と情念に、奈々子は激しく焼き尽くされる！」と、なっていた。中を確かめるまでもない。これは私と諒のことを書いた榊の新作だ。ハードカバーで箔押《はくお》し、人気イラストレーターの官能的なイラストが表紙を飾る。お金が掛かっていそうな装丁だ。版元は業界最大手の出版社だった。

「榊聡一郎が、うちの編集部に献本として送りつけてきたんです。雨宮さんに渡してほしいって」

いずれは出るという覚悟はしていたものの、いざこうして本のかたちになると、思っていた以上に抵抗感があった。私と諒との関係に土足で割り込んできたような、そんな嫌な感じだ。渡された本をぱらぱらとめくってみた。ふと目についたのは、主人公の奈々子の過去の男性体験を書いた部分である。

「奈々子はそれほど遊んでいたわけではない。夫以外の男はふたりしか知らないからむしろ真面目な方だろう。初体験は大学三年のとき。つきあっていた同じ大学の同級生とふたりで旅行に行った。ふたりとも自宅通学だったから家ではできないしその辺の安いホテルで初体験を迎えるのは抵抗があったのだ。両親には友達と旅行に行くといって清里のペンションに泊まった。そのときはあまり快感を感じなかった。男の前で自分の裸をさらけ出す羞恥心《しゅうちしん》と破瓜《はか》の痛みに耐えるばかりだったのだ。快感を覚えるようになったのは肌を合わせるようになって三回目か四回目だっただろうか。その日初めてラブホテルというところに出掛けた。その前に居酒屋に寄ってお酒を呑んでいた。酔いがふたりに羞恥を忘れさせた。ラブホテルの扇情的な雰囲気にも刺激された。部屋に入ると剝《は》ぎ取るように服を脱がされた。いきなり乳首を吸われて思いがけず大きな声が漏れた。それが男を興奮させるのだと奈々子は知った」

それ以上、読むのに耐えられなくて、思わず本を閉じた。息が苦しい。これは、私自身が話したことを基にしている。以前、取材と称していろいろ榊に聞かれたことを膨らませ、濃厚な性愛描写に仕立てている。最初につきあったのが大学の同級生だとか、つきあった男の人数だとか、半端に事実が加えられているから、よけいに性質が悪い。

「私はすでに読ませてもらいましたが、これは……なんというか、榊の悪意に満ちている感じがします。雨宮さんのことも関口くんのことも、職業とか住んでる場所とか家族構成とか、知ってる人には誰のことかはっきりわかる形で書かれているし」

「そのうえで、あることないこと書き加えているわけね」

私と諒がどんなつきあいをしていたのか、榊が詳しく知っているわけではない。諒と安易に肉体関係に陥ることは、最後まで私が拒んでいた。だが、おそらく榊の筆にかかれば、諒と私は家族の目を盗んで焼き尽くすような愛欲の日々を送ったことになっているのだろう。帯のキャッチがそれを暗示している。

「どこまでが事実か、私には……。実際より扇情的に描かれているのだろうとは思います。全編濃厚な愛欲描写に満ちていますし、官能小説のようだと評判になっているくらいですから」

お腹の底が冷たくなるような感じだった。ほとんどの読者はこれを榊の想像の産物だと捉えるだろうが、私や諒を知っている人はそうではないだろう。すべてではないにしろ、かなりの部分に真実が含まれていると思うだろう。

「嫌らしいのは、わざわざこんなことを書いているのですよ」

中川さんが開いたページには、謝辞が掲載されている。

「作者の想像力の限界を教えてくれたN・AとR・Sに捧ぐ」

N・Aは雨宮奈津子、R・Sというのは関口諒のつもりだろう。しかし、諒はあきらが本名だから、正しいイニシャルはA・Sだ。諒をあきらと読むことを知っているのは、家族をふくめごくわずかの人間だ。たいていの人はりょうが本名だと思い込んでいる。

「版元の編集部に知り合いがいて教えてくれたんですけど、最初榊は実名を出したいと言ったそうです。それはさすがに編集者が止めたそうですが」

血の気が引いていく。

榊の悪意、確かにそうだ。自分のプライドを傷つけた私と諒に、こうして復讐《ふくしゅう》をしているのだ。

身体がふらついた。姿勢を保っていられない。

自分を見る時の、榊の粘りつくような視線が思い出される。まるで獲物を狙う鷹のような目だと思っていた。その執念はこういう形で表されるのか。

二年近く経っても、まだ榊は私に執着しているのだろうか。

「雨宮さん」

中川さんが私を呼んでいる。その声がずいぶん遠くで聞こえる。ふいに目の前が真っ暗になった。そのまま私は意識を失った。


気がついたら、ベッドに寝かされていた。まわりは見たことのない光景だ。

「ここは？」

「ああ、よかった。気がついたんですね」

中川さんがほっとした顔をしている。それでようやく状況がわかった。

「ああ、すみません。私、気を失ったんですね」

「ええ、突然だったので、びっくりしました。ここ、病院です。レストランのすぐ裏手の。お店の人が雨宮さんをおぶって運んでくれたんです」

「そうだったんですか。ごめんなさい、ご迷惑お掛けして」

「いえ、私の方こそ考えなしですみません。お医者さんにも怒られました。妊婦を動揺させるようなことをしてはいけないって」

「そんな。中川さんは頼まれただけですし、気にしないで」

「幸い赤ちゃんの方は心配ないそうです。ただの貧血だってお医者さんは言ってました。かなり疲れが溜まっているんじゃないかって」

「そうだと思います。校正の仕事の締め切りだったので、昨日はあまり寝ていないし」

「駄目ですよ、倒れるまで頑張るなんて。ひとりの身体じゃないんだから」

「そうね。この年だと、やっぱり無理はきかないわね」

二十代で妊娠した時に比べると、疲れ方が全然違う。当時は雑誌編集者だったので、妊娠後期でも校了時には徹夜に近い状況だった。それでも、翌日少し休めばすぐに回復した。いまはそんなスタミナはとても望めない。

「今日は私、いつまでここにいられるのかしら。もうちょっと休んでいっても大丈夫かな」

「ああ、もちろん。あとでまたお医者さんが診察に来られると思いますが、今晩は大事をとって泊まった方がいいっていう話でしたから」

「でも、中川さんの方は大丈夫でしょうか。帰りの電車の時間は？」

「ええ、私も代わりが来たら、そろそろ失礼するつもりですけど」

「代わり？」

その時、病室をノックする音がした。

「あ、噂をすれば影だわ」

ドアが開いて、息を切らした諒が飛び込んできた。

「奈津子、大丈夫？」

「三十五分、まあまあのタイムね」

中川さんが腕時計を見ながら言う。諒に電話して、ここに着くまでに掛かった時間、ということだろうか。

「茶化すなよ。それより、奈津子の具合は？」

「ただの貧血。母体にもお腹の子どもにも別状はないから安心して」

「ああ、よかった」

諒は枕元に来て、私の顔を覗きこんだ。

「何かあったら、どうしようかと思った」

そうして、私の手を軽く握った。

「ごめん、心配掛けたのね」

「いや、奈津子と子どもが無事なら、俺は大丈夫だ」

「大丈夫じゃないわよ。雨宮さんがこんなふうになったのは、諒《りょう》のせいだからね」

思わず私は中川さんの顔を見た。諒と呼び捨てにするほどふたりは親しかったのだろうか。

「俺のせい？」

「だって、そうでしょ。雨宮さんが倒れるまで無理をして仕事をしているのはどうして？　子どものためにも頑張らなきゃ、と思っているからでしょ。諒には経済的に頼れないと思っているからなんでしょ。それに、この本」

中川さんは榊聡一郎の著書を諒の目の前に突き出した。

「これは、なに？　こういう本を書かせる原因を作ったのは誰？　榊聡一郎の恨みを買うようなことをしたのは諒の方でしょう」

諒は榊の本を開き、最初の部分を読みはじめた。たちまち顔がこわばった。

「これは……」

「これをあなたじゃなくて、榊に言われるままに雨宮さんに渡した私も悪かったわ。だけど、これからもこういう悪意は雨宮さんに降りかかるわよ。榊の本のモデルがその後、私生児を産んだってことになれば、業界関係者は面白おかしく噂するでしょうし」

「おまえは、何が言いたいんだ」

諒はむっとした顔をして、中川さんを睨みつけた。ふたりの会話に私は入っていけない。まだうまく頭が働かないこともあるが、なんとなく、ふたりの間に流れる空気が、よく知った者同士の親密さを漂わせていたからだ。

これはまるで――痴話喧嘩みたいだ。

「つまり、そういうことから雨宮さんを守れるのは、諒だけだってこと。結婚もできないのに雨宮さんに子どもを産んでもらおうというなら、せめて傍にいて諒が盾になるべきでしょう。その気もないのに自分の子どもを産んでくれだなんて、無責任すぎやしない？」

諒はこわばった顔のまま、中川さんの話を聞いている。

「ほんというと、私、榊の小説読んでちょっと感動したんだ。まあ、半分は榊の妄想にしても、本当のことも書かれている。近くにいたからあなた方がどんな状態だったか、少しはわかってるつもりだし。これを読んで、いろんなことを思い出したよ。よくあんな状況で想いを貫きとおそうとしたな、とあらためて思ったよ。私にはできないことだったから、ちょっとうるっときちゃった」

中川さんが、照れたような表情を浮かべる。私の知っているクールな中川さんのイメージとは違い、素直に感情が表れている。私ではなく、諒が相手だからなのだろう。

「だからね、私のこの感動をなかったことにしないでちょうだい。雨宮さんが身体を張って頑張っているんだから、諒だって同じように身体を張ったらどう？　また、前と同じように、雨宮さんにだけたいへんなことを背負わせるつもり？」

　諒は眉根を寄せたまま、まばたきひとつしない。怖いくらい真面目な顔だ。

「なんてね。他人事だから私も好き放題言えるけどね」

　中川さんは軽く溜息を吐いた。

「まあ、同期のよしみで言いたい放題言わせてもらったこと、大目に見てね。もう私、帰るわ。まだ夕食も食べてないし」

「あ、ごめんなさい。私のせいで」

　そう言えば、私が倒れた時、まだ食べ物のオーダーすらしていなかったのだ、と気がついた。空腹のまま、中川さんは私に付き添っていてくれたのだ。

「いえ、いいんです。また落ち着いたらゆっくりお会いしましょう。じゃあ、今日はこれで」

　中川さんはサイドテーブルに置かれていたバッグを取り上げ、病室を出て行こうとした。

「藍子」

その背中に、諒が呼びかける。中川さんが振り向いた。

「ありがとう。おかげでようやく心が決まったよ」

諒の言葉に、中川さんはにやっと笑顔を返し、そのまま部屋を出て行った。

「どういうこと？」

心が決まったってことの意味と、藍子と名前で呼びかけたこと。

どちらも私のこころに粟立《あわだ》たせた。

「もう少しだけ、待ってくれ。ちゃんと話ができる状態になったら説明するから」

諒はそう言いながら、私の頰を手のひらでそっと撫でた。

諒はその日私に付き添って病院に泊まり、翌朝私を家に送り届けると、そのまま帰って行った。諒が何を決意したのかわからないが、諒を信じて待つことしか私にはできなかった。

しかし、その週の金曜日、諒は訪ねてこなかった。

「ごめん、今日はそっちに行けない。でも、明日には必ず行くから」

簡潔なメールが私の携帯に送られてきた。諒はこういう時、来られない理由を言い訳したりはしなかった。いろいろ説明すると、家のことや奥さんのことに触れることになるからだろう。私は久しぶりに週末の夜をひとりで過ごすことになった。校正の仕事もなく、とくにやることもない夜を私はもてあました。独身の頃は親と、結婚してからはずっと自分の家族と住んでいた私は、ひとり暮らしの楽しみ方をよく知らない。本を読むか、テレビを見るかくらいしかやることはなかった。そうして早めに風呂に入り、さっさと寝ることにした。翌日、早起きをして諒を待ったが、なかなか諒は現れなかった。十時を過ぎ、十一時を過ぎた頃、ノックの音がした。

「遅かったのね」

そう言いながらドアを開けると、そこにいたのは諒ではなかった。

「理沙！」

ちょっとふてくされたような顔で娘の理沙が立っていた。理沙に会うのは五カ月ぶりだ。私が諒と会っていることを知って、怒って出て行って以来のことだった。

「お邪魔だった？」

「そんなことないわ。よく来てくれたわね」

理沙がなぜ来る気になったのかはわからないが、とにかく来てくれたのは嬉しかった。

「上がってちょうだい。いまは私ひとりだから遠慮しないで」

「いいわよ、来ていたって。どうせここにいっしょに住んでいるようなものなんでしょ」

そう言いながらも、理沙は靴を脱いで部屋に上がった。

「そういうわけじゃ……」

理沙がどういうつもりでここに来る気になったのか、私には判断がつきかねた。ふてくされたような態度は理沙なりの照れ隠しで、怒っているわけではない。そもそも怒っていたら、ここに来ることはない。

「何か、あったの?」

「あったのは、そっちの方でしょう? あの人の子どもを産むんだってね」

そう言って、理沙は私のお腹のあたりを睨むように見た。今日着ているワンピースは身体の線をあまり隠さない。お腹の膨らみをごまかしようもない。

「誰からそれを?」

「小金井のおばあちゃん。だからもう自分は奈津子とは縁を切るけど、理沙はいままでどおり遊びに来てくれていいから、って電話が掛かってきた」

「そんなことを……」

小さく溜息が出た。母はやはりきつい人だ。まだ十七歳の理沙まで、自分の怒りの渦に巻き込もうとしなくてもいいのに。

理沙は言わないが、母は理沙にも私との縁を切れ、という話をしたのではないだろうか。そうでなければ、わざわざ理沙に電話をしたりはしないだろう。

「だけど、おばあちゃんとおかあさんの間の繋がりが切れたら、おばあちゃんと私の繋がりだって切れると思うんだけどね。おかあさんを抜かしておばあちゃんと私との間に新しく線ができるなんてこと、あるのかな」

理沙が少し弱っているような声を出した。祖母に言われたことは、彼女なりに堪えたのだろう。

「あると思うよ。血の繋がりという意味では遠い先祖からずっと川の流れみたいに繋がっているけれど、人と人との関係性っていうのは、それぞれのものだから。おばあちゃんと私の関係が悪くなったからって、理沙とおばあちゃんとの関係まで駄目にする必要なんてないから」

理沙は黙っている。

「それに、私と理沙との関係だって変わらない。理沙はいつだって私の大事な娘だし、何よりも大事な存在であることは、私が死ぬまで変わらない」

「だけど……子どもを産むんでしょう。その子が生まれれば、そっちの方が大事になるんじゃないの？」

「そんなこと」

私は笑った。理沙の考えが子どもっぽく思えたから。同時に、それを心配するだけ、私の愛情に期待していることがわかって嬉しかったから。

「親にとってはどの子どもも大事な存在だもの。新しい子が生まれたから、理沙を忘れるなんて絶対にない。ひとりしか大事に思えないのだったら、世の中の親はみんなひとりしか子どもが持てないことになるわ」

理沙は弱々しく微笑んだ。十七歳というより七歳くらいの子どもみたいな、頼りない、寂しそうな笑顔だった。

「何かあったの？」

それは母親としての勘だ。それだけのことを確認したいために、わざわざここに足を運んだわけではないだろう。何か、私に聞いてもらいたいことがあったのに違いない。

「えっ？」

「誰かに、何か嫌なことでもされたの？」

「そうじゃなくて……」

「そうじゃなくて？」

「この前、パパに言われたの。つきあっている人がいるから、今度紹介したいって」

どきっとした。この子の父親、つまり私の別れた夫にそんな相手がいるなんて。

理沙に紹介したいということは、結婚も考えたつきあいということだろう。私と別れて二年も経たないのに、そんなに早く切り替えられる人だったのだろうか。

軽い嫉妬のような感情を抱いた自分に、私は少し驚いた。元の夫に未練はないのに。

「なんか、早すぎるよね。離婚したばっかりだっていうのに。ただのおつきあいなら私に紹介するわけないから、その人と、結婚も考えてるってことでしょう」

私と同じ感想を理沙も口にした。

「私は何も言えないわ。私だって、離婚してすぐにこうして子どもを産もうとしているのだから」

「だけど、相手は関口さんでしょう。前からつきあってる相手だし、それが離婚の原因だもの。だけど、パパは切り替えが早すぎる。何考えているかわからない。奥さんに逃げられたのが恥ずかしいから、慌てて再婚して体裁を繕いたいってこと？　それとも、実は前からその人とつきあっていたとか、そういうこと？　なんでいまさら再婚なんかしなきゃいけないわけ？　勝手すぎるよ」

理沙はここぞとばかりに鬱憤《うっぷん》を吐き出した。

「おばあちゃんは、なんて言ってるの？」

おばあちゃん、すなわち理沙と同居している父方の祖母のことだ。

「パパがいいなら、いいって言ってる。パパのこと、女房に逃げられた甲斐性《かいしょう》なしだといつまでも世間に言わせておくわけにはいかないし、だって。つまり、世間体のために再婚に賛成するんだわ」

「理沙……」

「パパもママも勝手だわ。理沙の気持ちなんか、全然考えていない。私はどうすればいいの！」

理沙が大きな声を上げた瞬間、玄関のドアが開いた。諒は大きなトランクを提げていた。「お取り込み中、ごめん」

まったく悪びれた様子もなく、諒は家に上がりこんだ。理沙はちょっとひるんだような顔で黙り込んだ。

「理沙ちゃん、おひさしぶり。邪魔してごめんね。だけど荷物だけ置かせてくれ。これを置いたら、どこかその辺で時間つぶしてくるから」

「どうしたの？　この荷物」

「とりあえずは身の回りのもの」

「どういうこと？」

私が尋ねると、諒は思わせぶりな顔で、

「あとで説明するよ。それより、理沙ちゃんの話の方が大事だろ」

「え、ええ」

「大事って、聞いてたの」

理沙が動揺したように聞き返す。

「聞こえるもなにも、この家、安普請だから、理沙ちゃんの声は廊下にまで響いていた」

「まあ……」

聞こえていても、知らん顔していてくれればいいのに、と私は思う。しかし、諒は理沙の方を向いて諭すように言う。

「ねえ理沙ちゃん、きみの言うように、親なんて勝手だ。あてにならないんだよ。親は親である以前にひとりの人間だから、いくつになっても自分のしあわせを探したいんだ。それに、もしきみのために自分のしあわせを犠牲にしたなんて言われたら、きみだって嫌だろう」

「諒、やめて」

諒の言い方は、傷ついた理沙の神経を逆撫《さかな》でするだけだ。そもそも母親の愛人に何か意見されるだけでも、理沙は嫌がるだろう。

「だけど、親がしあわせになったからって、きみが不幸になるとは限らないよ。新しいおかあさんと仲良くなれるかもしれないし」

理沙はきっ、と諒を睨みつけた。

「人ごとだと思って、勝手なことを」

「人ごとじゃないよ。俺がそうだったから」

諒はしれっとしている。理沙の睨みにもまったく動じていない。

「えっ？」

「俺の親だって、勝手に離婚して勝手に再婚した。しかも、再婚相手はオヤジのかつての浮気相手、離婚の原因になった女だった。ね、複雑だろ？　だから、俺にもちょっとばかりはアドバイスする権利があるかな、と思ったのさ」

「諒、そんな話」

「おかあさんは黙っていて」

諒を止めようとする私を、今度は理沙の方が遮った。

「それ、ほんとの話？」

「うん。俺が十四歳の時の話だ。オヤジが再婚したのは、離婚から半年後」

「それって、かなりひどい話じゃない？」

「まあ、ふつうはそう思うよね。だけど、当事者になってみればそうでもないんだ。オヤジはフリーの建築家でその筋ではそこそこ有名だったから、女にはもてたんだよ。それが原因で両親の間には喧嘩が絶えなかった。女と浮気するオヤジが悪いんだけど、母の騒ぎ方もヒステリックで、俺たち兄弟はうんざりしていたんだ。何よりめんどくさいと思ったのは、二言目には母に『あなたたちのために私は耐えているのよ』と言われたことだった。俺らのためなら、さっさと別れてくれた方がこっちの神経も休まるのに、と思っていた。……なんて、この話の続き、聞きたい？」

理沙はまるで小さな子どもみたいに、こくんと素直にうなずいた。

「結局、俺が十四歳になった頃、ふたりは離婚した。オヤジが珍しく相手に本気になって、離婚したいと言い出したんだ。すったもんだした挙句、ようやく離婚が決まった時、正直ほっとしたよ。それまでは毎日毎日親の喧嘩するところを見せられていたから。『おまえはどっちの味方するの？』と、聞かれたり。そんなこと、俺らのいないところで勝手にやってくれよ、と言いたかった。きみにはわかるかな？　こういう気持ち」

理沙は首を横に振った。

「うちの場合は、私のいないところで勝手に離婚したから、喧嘩しているところはあまり見なかった」

「きみにとっては不満かもしれないけれど、そっちの方がましだと俺は思う。親の喧嘩ほど神経に堪えることはない。こっちだってそれなりに愛情ってやつもあるし、どっちの味方もしたくないし。夫婦は離婚すれば他人だけど、親子はいつまでも親子だからね。どっちの悪口も聞きたくはない」

理沙は黙ってうなずいた。同じように、親の離婚を経験した諒の話は、素直に理解できるのだろう。

「ショックだったのは、母親が親権をあっさりオヤジに譲り渡したことだ。あれだけ『あなたたちのために別れない』と言っていたくせにね。『あなたたちに経済的な苦労を掛けたくない』なんて言い訳してたけど、新しい女とやり直そうとするオヤジに子どもを押しつけて、嫌がらせしたかったんじゃないか、と思ったもんだ。そうでなければ、自分だけ身軽になって、新しい人生をやり直したかったんだろう。まあ、そんなふうに母親のことを思わなければならないって、ちょっと可哀想な気がしない？」

冗談めかして諒は言ったが、理沙は笑わなかった。むしろ、諒に同情するような顔をしている。

「離婚が決まると、オヤジはすぐに再婚を決めた。それを知ると、兄貴の方は大学の勉強が忙しいという口実をつけて、さっさと大学近くの下宿に移った。うちから兄貴の大学まで、たった三十分しか掛からなかったんだけどね。つまり、合法的な家出ってやつだ。まだ十四歳だった俺はそういうわけにもいかず、家でオヤジの女と暮らすことになった」

「まるでドラマみたいな環境ね」

「まあね。親戚や友人には気の毒がられたよ。おかあさんを追い出した女と暮らさなきゃいけないなんて、諒くんもたいへんだねって。俺も、最初はその女を憎いと思った。離婚が決まってすぐに家に乗り込んでくるなんて、相当なタマだって。まあ、誰だってそう思うだろうな」

「そうじゃなかったの？」

「実際に暮らしてみると、彼女がいい人だってことはすぐにわかった。人柄はいいし、家事もてきぱきこなすし。あまり家庭的でなかった母よりも、ほんとのところ料理も掃除も洗濯もずっとうまかった。俺に対しても、気の毒なくらい気を遣っていた。オヤジがなんでおふくろよりもこっちを選んだのかわかる気がしたよ。だけど、俺もしょせん子どもだったし、いろんなことに怒っていたし、正直にそれを口にすることはなかった」

「それがふつうだと思う。理性ではわかっていても、感情では割り切れないもの」

「うん、だけど、俺はその人に恩がある。ちゃんとお礼を言わなければならないことがあったんだ。それを言わなかったことはいまでも後悔している」

「恩がある？」

「俺が二十二歳の時だった。その頃、俺は大学に行かずに遊び呆《ほう》けていて、その結果として二度目の留年が決まった。それを知ったオヤジが怒り狂って『そんなにやる気がないなら、大学辞めて自分で働け』と言ったんだ。俺は俺で『言われなくてもこんな家、出て行ってやる』と返して、実際に荷物をまとめて出て行こうとした。すると、彼女が玄関に立ちふさがって、出て行こうとする俺を止めたんだ。そして、オヤジに向かって啖呵《たんか》を切った。『この子をこんな形で追い出さないでください。いまは目標がみつからなくて迷っているけど、ほんとは賢い子です。いつまでも駄目なままじゃない。やるべき時が来たらちゃんと立ち直ります。いちばん近くで見ていた私が、この子のことをいちばんよく知っているんです』って。すごい剣幕だった。いつもはおとなしい、俺にもオヤジにも遠慮ばかりしている人が、初めてオヤジに食って掛かったんだ。……ごめん、喉《のど》が渇いた。水をもらえるかな」

私は水道の水をコップに汲んで諒に渡した。諒は一息にそれを飲み干す。私も理沙も諒の話に圧倒され、黙ったままだ。呑み終わって一息吐くと、諒は話を続けた。

「オヤジは毒気を抜かれて、それ以上何も言わなかった。俺もショックだった。なんというか、彼女の熱意に負けたっていうか、打ちのめされたんだ。この人は、本気で俺の親になろうと思っていたんだ。オヤジとの再婚を決めた時から、そうあろうと決めてたんだって。その凄《すご》みを目の当たりにして、自分がひねくれているのが、すごく子どもじみた態度に思えたんだ。それで俺は大学に戻り、ちゃんと単位を取って就職も決めた。俺がまともに社会人になれたのは彼女のおかげだ」

カッコつけの諒が、自分からこんな話をするとは思わなかった。これは理沙のため、私の娘のためだからだ。

「だけど、なかなかそれを口にする機会がなくて、初めての給料を貰ったその日、当時流行していたブランドもののキーリングを買った。そんなに高いやつじゃないけど、それまで俺からプレゼントなんてしたことがなかったから、きっと喜んでくれるだろうと思っていた。だけど、結局それは渡せなかった」

「どうして？　やっぱり恥ずかしくなったの？」

「その日、彼女は交通事故に遭ったんだよ。自転車に乗っていて、カーブを曲がろうとしたトラックに接触して、タイヤに巻き込まれた。ほとんど即死だったらしい」

「まあ……」

「俺はその時、生まれて初めて心の底から後悔した。言うべき時に、言うべき相手に気持ちを伝えないと、一生言えなくなるかもしれない。死んでから、いくら墓前でそれまでの態度を詫《わ》びたって、そんなの何にもなりゃしない」

「もしかすると、そのプレゼントって、これのこと？」

私は自分の鍵をつけているキーリングを示した。

「ああ、そうだ。捨てるに捨てられなくてずっと取っておいたのを、奈津子に渡したんだ。使ってくれたんだね」

「私にも見せて」

理沙が私から取り上げ、シルバーのしゃれたデザインのそれをじっと見つめた。

「だからね、俺なんかがエラそうに言えた義理じゃないが、義理の母だからって、悪い母親になるとは限らないよ。まずはフラットに会ってみたらいいんじゃないの？」

理沙はキーリングを握ったまま考えている。諒の言葉を噛みしめているようだ。

「それでやっぱり合わないと思ったら、きみだってもう十七歳だ。さっさと見切りつけて、家を出ればいいんだよ。遠くの大学に行くとか、合法的な家出ができる時期だし」

「合法的な家出——」

「もし、ひとり暮らしが嫌だというなら、こっちに来て、俺たちといっしょに住んでもいい」

「えっ？」

私と理沙が同時に声を上げた。

「奈津子はきみの母親だし、生まれてくるのはきみの弟か妹だし、いっしょに暮らしたって悪くないだろう。その場合は、ここよりもうちょっと大きい家に越した方がいいと思うけど。俺はきみの父親になるつもりはないけれど、友だちとか叔父さんくらいにはなれると思う。だから、ほかに帰るところがないなら、ここに来ればいい。ここがきみにとって居心地のいい場所になるように、俺も努力するから」

「そうは言っても、あなた、ここに住んでいないんでしょ。まだ、奥さんとだって別れられないくせに」

理沙がふてくされた声を出す。そんなこと、できっこない、と言うように。

「今日から俺もここに住む」

「ほんとに？」

さらりと言ってのけた諒の言葉に、私と理沙の声が同時に反応した。

「ああ、ほんとうだ。今日、義父と美那に『もうここには戻らない』と宣言して家を出てきた」

「だけど、会社は？　仕事はどうするの？」

理沙の前なのに、私は思わず声をあげる。

「会社には昨日、辞表を提出した。だから、ここを追い出されたら、俺は職なしのホームレスだ」

私は言葉がなかった。心を決める、とはそういうことだったのだ。そこまでの決意をしてくれた諒が嬉しくもあり、申し訳なくもあった。

「馬っ鹿じゃないの。いまさら会社辞めるくらいなら、一年前に辞めときゃよかったのに」

理沙がふん、と鼻を鳴らす。軽蔑しているというより、そこまで深刻な話を聞かされてどう反応したらいいのか、とまどっているようだ。

「そうかもしれない。だけど、男の方が急な変化には弱いからね。これができるようになるまでに一年半という時間が必要だったんだ。どんなに努力しても、いまの妻とはやり直しができない、と見極めるために。そして、きみのおかあさんと別れられないと思い知るために」

「諒……」

それ以上、私は言葉がなかった。

「やっぱり私の方がお邪魔みたいね。もう、帰るわ」

理沙は立ち上がって身支度を始めた。

「邪魔なんてことないのよ。まだあなたの話があるんじゃないの？」

「もういい。聞くべきことは聞いたと思うし、そっちはそっちでこれから話し合うことがあるんでしょ」

「だけど、せっかく来たのに……」

「ひとりでしばらく考えたいの」

そうして、玄関を出ようとしたが、ふと諒の方を向いて「ありがとう」と言った。諒が率直に話したことが、理沙に伝わったのだ、とそれでわかった。諒も大きくうなずいた。

理沙が帰ると、私はすぐに諒に尋ねた。

「ほんとにいいの？　後悔はしない？」

「後悔なら、奈津子と離れている一年間で嫌というほど味わった。これ以上後悔しないために、俺はここに来たんだ」

「だけど、会社も辞めるなんて」

「長瀬の義父のことを考えれば、辞めるしかないしね。ちょうど会社が早期退職者制度という名のリストラを始めたところだから、退職金も割増でもらえるし。質素にやれば当分は食うのにも困らないだろう」

「ほんとに、ほんとにいいのね」

「いいに決まってるじゃないか。これからは、奈津子と、お腹の子どもと、ずっといっしょだ」

ようやく私の胸に嬉しさが込み上げてきた。

これからは、ずっといっしょだ。

あまり期待をしすぎないように。そう自分に暗示を掛けていたから、どんなにその言葉を自分が求めていたか、諒に言われて初めて気がついたのだ。

いっしょにいたい。諒といつまでも。自分の望みはそれだけなのだ。

ふいに涙がぽろぽろこぼれ、やがて嗚咽となった。諒は優しく私を引き寄せた。

「泣くなよ。優柔不断な俺がようやく決断できたんだから、笑ってくれよ」

そうして、両手を私の背中に回すと、私を強く抱きしめた。


「ひとつだけ、聞いてもいいかな」

その晩、布団の中で私は諒に尋ねた。電気が消え、部屋の中は真っ暗だ。外はたまに車が通る音が微かに聞こえるくらいで、いつものように静かな晩である。

「聞きたいって、何を？」

諒が身じろぎする気配がした。暗くて表情は見えない。そのことに勇気づけられ、私は言葉を続けた。

「諒の奥さんってどんな人？　どうして結婚することにしたの？」

「知りたいの？」

「ええ。……ほんとは、ずっと気になっていた。諒の奥さんのこと。若くて美人で素敵な人だって聞いてたから」

そのうえ、大手出版社の社長一族に連なる家系。世田谷育ちのほんもののお嬢様だ。大きな娘のいる四十代の私よりも、ふつうの男ならそちらを選ぶのではないだろうか。

「美那という名前しか知らないから、逆にすごく不安なの。ぼんやりとした幽霊を敵に回しているみたいにとっかかりがなくて、どう考えたらいいのかわからない。……もしかしたら、諒はその人といる方がしあわせなんじゃないか、私といっしょに居たいというのは、私に対する同情じゃないか、とか、よけいなことを考えてしまうの」

小さな吐息の音が聞こえた。暗闇の中で諒が溜息を吐いている。

「お願い、教えてちょうだい」

「わかった。そんなに楽しい話じゃないけど」

みじろぎする気配があった。うつ伏せに体勢を変えたらしい。

「最初に美那とつきあうきっかけになったのは、賭けだった。営業部の男連中が、暇つぶしに始めたんだ。誰が彼女を落とせるか、ということを」

大学を卒業しても就職せず、家事手伝いをしていた美那さんは、退屈しのぎに父親の会社でアルバイトを始めた。ちょっとした社会勉強のつもりだったらしい。美那さんが営業部に現れた時、営業部の男たちは色めきたったという。男性が圧倒的多数の営業部に久々に現れた若い女性。しかも、専務の娘で相当の美人だ。男連中は誰が彼女を落とせるか、という賭けをしたのだ。

「最初に彼女をデートに誘い出したやつが賭けの勝者、というわけだ。賭けと言いながら、真面目に彼女のことを考えているやつも多かった。営業には独身男も少なくないし、冗談まじりに、彼女を射止めたら出世も約束されているなんて言うやつもいた。俺自身は、そんなふうに熱くなっている連中と競うのは鬱陶しかったし、専務の娘なんてめんどくさいと思っていた。その頃はつきあっている彼女もいたから、最初は賭けに参加するつもりもなかったんだ。だけど、まわりからはもてる男だと思われていたし、オッズが発表されてみたら、俺が一番人気だった。まあ、そんなわけで、参加しないわけにはいかなかったんだ」

その状況は想像できた。営業部の連中は、時々そんな馬鹿な遊びをやっている。それに部署全体が体育会系だから、先輩に「おまえも参加しろ」と言われれば、断れない雰囲気がある。

「彼女も結構、堅くて、男性とふたりきりではお茶に行くのも警戒していた。その気のあるやつらが次々と彼女を誘っては玉砕を繰り返していた。片っ端から討ち死にしたあと、ついに彼女に声を掛けていないのは俺だけになった。みんなに促されて仕方なく、俺は彼女を映画に誘った。そうすると、あっけなく彼女は承諾した」

おそらく、美那さんは最初から諒に好意を持っていたのだ。諒に誘われるのを待っていたのだろう。

「それで、いっしょに映画に行って、帰りに食事をした。もちろん俺の奢《おご》りだ。俺は賭けに勝って賭け金をせしめた。それで終わるはずだったんだ。ところが、その翌日、映画のお礼をしたいと言って、逆に彼女に昼食に誘われた。それからなんとなくいっしょにお茶や食事に行くようになった。最初に誘ったのが自分の方だったから、あとで断るのもおかしいし、まわりの連中が興味津々で観察しているのもわかっていたから、見せつけてやるのも面白かった」

諒だったらそうだろうな、と思う。みんなに注目されていると思えば、それを意識して行動する。それに、みんなのマドンナの関心を独り占めしていることに快感を覚えないはずがない。

「だが、一方で俺は警戒していた。下手に彼女と深い関係になったら、あとがやっかいだ。それで、同僚以上の行動は避けていた。手も握らず、期待を持たせるようなことは絶対、言わず、夜十時の門限に間に合うように彼女を家に帰した。ところが、ある時、ふたりで飲みに行った帰り道、彼女に言われたんだ、『今日は帰りたくない』って」

なんとも古典的な口説き文句だ。それが専務の娘でなかったら、諒も喜んだだろうな、と私は思う。間違いなく、諒は据え膳食わぬはなんとやら、と思うタイプだ。いや、言われるのを待つまでもなく、専務の娘でなければ自分からさっさと口説いていたかもしれない。そういう軽薄なところが、かつての諒にはあった。

「俺は躊躇した。今までそういうシチュエーションで俺は断ったことがない。だから、どう言えばうまく切り抜けられるか、咄嗟に出てこなかったんだ。彼女はなおも詰め寄った。『私のこと、嫌いなんですか。そんなに私、魅力ないのでしょうか』って。それで俺がもごもご言い訳をしていると、追い討ちをかけるように彼女が言った。『私が専務の娘だからですか？　手を出したらやっかいなことになると思っているんですか？　私の恋愛と父とは関係ない。結婚してくれ、なんて言いません。どうぞ、私をひとりの女として見て下さい』。そこまで言われて俺は陥落した。かわいいと思った。そんなにも俺を慕ってくれるのが嬉しかった。それに、ちょうどそれまでつきあっていた彼女と別れたところだったから、この女と新しく始めるのも悪くない、と思ったんだ」

再び、諒は体勢を変えた。今度は仰向けになっている。

「俺と美那がほんとうにつきあいはじめたとわかった途端、営業部ではセンセーションが巻き起こった。ふたりは結婚する。いや、関口にその気はない。もし別れたら、関口はクビだ。みんな言いたい放題だ。いろいろ詮索してくるし、部長までがわざわざ俺に『いい加減なつきあいはするなよ』と釘《くぎ》を刺しに来る始末だ。だが、美那はみんなのそんな反響が嬉しそうだった。友人たちに俺を紹介し、さらに偶然を装って自分の親と俺をレストランで鉢合わせさせたりした。そうなると、もう結婚という二文字が具体的になってくる。断れば会社を辞めなければならないような状況に、いつのまにか俺は追い込まれていた。『私の恋愛と父とは関係ない。結婚してくれ、なんて言いません』という美那の言葉は完全に反故《ほご》にされていた。嵌《は》められたな、と俺は思った」

諒は少し黙った。私の反応を確認するように。それからまた語りはじめた。

「だが、その時点では、それもいいか、と思っていた。結婚なんて、案外そんなふうに決まるものかもしれない。本人に強い意志があれば別だが、そうでなければノリとかタイミングとか、まわりの賛同の方が大事なのだろう。まともな家庭に育っていないから、俺はあんまり結婚というものに幻想をもっていなかった。それに俺も三十だし、そろそろ年貢の納め時かもしれない。専務の娘というのも、結婚するということであれば悪くないか、と」

「その時点では、ってどういうこと？」

「結婚が決まるといろいろ具体的な話をするだろう？　そこで意見の食い違いが出て

きたんだ。たとえば、彼女の希望では、式は一流ホテルで招待客を百人とか二百人とか呼んで盛大に行いたい、仲人は現社長に頼みたいとか。俺は反対した。式なんて、ハワイあたりで身内だけ集めてすればそれでいいじゃないか。俺はそんなに大げさにしたくない。すると彼女は言うんだ。『結婚式は自分たちの楽しみのためだけにやるものじゃないの。父の体面もあるし、これをうまくやるかどうかで、あなたの今後の会社人生が変わってくるのよ』って」

「そんなことを……」

いい家のお嬢さんだから、そういう教育を受けてきたのだろうか。それとも自分の父親の立場を気遣ったのだろうか。

「その時は俺が怒って『それなら結婚をやめる』とまで言ったから、彼女が引き下がった。というより、長瀬の義父が仲裁に入ったんだけどね。結婚式はきみたちのやりたいようにすればいい。自分のことは気にするな、と。そんなわけで式はまあ、そこそこのものになった。だけど、式が終わった後、彼女が言ったんだ。『これであなたも私たちの一族に入ったのだから、父の片腕になって父の仕事を支えてちょうだい。あなたなら、きっとできるわ』って」

私なら絶対、言わない台詞だ。もっとも私自身は誇れるほどの家系でもないから、言いたくても言えないが。

「それではっきりした。俺と彼女は合わない。結婚に求めるものが違いすぎる。彼女にとっては父とか家が大事なんだ。結婚することは家を守り、強くしていくための手段。俺に、それを助ける夫になってほしいんだ。俺は真っ平だ」

諒なら怒るだろう、と私は思った。諒は男としてのプライドが高いし、誰かに何かを強制されることを嫌がる。諒より父親を立てるようなことを言えば、自分がないがしろにされたと感じるだろう。そういうことを美那さんが理解していなかったとすれば、諒とつきあっていくのは難しい。

「まあ、そんなふうに思ってしまうと、いろんなことが不満になる。相手のかわいさとか、恋愛感情で気づかなかったことが、醒《さ》めてみるとはっきり見えてきた、ということだったのかもしれない。趣味とか、食べ物の好みとか、ユーモアの感覚とか、ささいなことが美那とは合わない。それ以上に、結婚観や家に対する意識、金銭感覚といった大事なものの考え方が全然、違っていた。俺たちの関係は、結婚すると同時にどんどん悪くなっていったんだ」

「結婚を急ぎすぎたのね」

「そうかもしれない。だけど、美那が悪いかというと、そういうわけではない。主婦としての彼女はとてもよくやっている。料理はうまいし、掃除も丁寧だし、家計のやりくりもしっかりしている。ただ、俺といろんな面で話が合わない。それだけなんだ。たとえば、いっしょに映画のＤＶＤを見る。ほとんどの場合、彼女が面白がるもののどこがいいのか、俺にはさっぱりわからない。それでつまらなくなって別の部屋に行く。だけど、彼女はいっしょに何かをするのが家族なのだと思いこんでいて、それをとても嫌がる。感動を共有したいと言う。俺は彼女にあれこれ言われることにうんざりする。料理についても、俺は平日は接待で外食が多いから、休みの日はご飯と味噌汁と漬物くらいでいい、と思う。だが、料理の得意な彼女は、たまの休日だからとはりきって、凝ったご馳走《ちそう》を作ろうとする。やめてくれと言うと、せっかくあなたのためにしようとしているのに、と涙目になる。まあ、そんなことの繰り返しだ。いまのマンションを買うと決めた時にも、俺は自分の収入だけでなんとかしようとしたのに、彼女は親に金を貰って、サラリーマンには分不相応なところに住もうとする。俺が反対すると『いずれは私のものになるお金を前倒ししてもらうだけよ。何が悪いの？それに、住むところでつきあう人のレベルが違ってくるから、やっぱりいいところに住んだ方がいいのよ』と言う。俺はそういう考え方が嫌いだ。彼女はなぜ俺が怒っているのかがわからない。それで喧嘩になる。そんな具合で、いっしょにいると毎日何かしら苛立つことがある。気持ちが休まらない。だけど、他人から見ればささいなことだから、そこをわかってもらうように説明するのは難しい。だから、彼女自身も納得できないんだ、と思う」

私は何も言えずに黙っていた。趣味も価値観も違うふたり。おそらく、同性だったら友だちにすらならなかったのかもしれない。

「そのうち俺は『家庭はそんなものだ』と割り切って、楽しみは外に見つけるようになった。美那も、そんな俺のことを見て見ぬふりをした。それで表面的には平穏な関係に落ち着いた。だから奈津子に会わなければずっと続いていただろう。だけど、会ってしまったんだから、もう仕方ない」

「私のせい？」

「違う。俺のせいだ。俺が結婚というものをいい加減に考えていたからだ」

そう言って諒は腕を伸ばして私を引き寄せた。

「奈津子はそれに気づかせてくれただけだ」

私を気遣って諒はそう言ってくれるが、やっぱり私のせいでもある。私と関わって、諒はそれまでと変わってしまった。そうなった時、それまでの環境に留まることができなくなったのだろう。それは私も同じだ。恋とは人を根底から変えてしまうエネルギーを持つものだから。

「ありがとう、話してくれて。美那さんという人が、少しわかった気がする」

「もう幽霊と戦っているような気はしない？」

「ええ。ちゃんと等身大のおんなの人が見えた」

私とは全然違う。そして、たぶん私の方が諒とうまくやっていける。いっしょにいるのが楽しい。しゃべっていても黙っていても。同じ景色を見て同じように感動できる。同じことで笑うことができる。これから続く長い一生を、諒となら楽しく歩いていける。

「じゃあ、もう寝るよ。おやすみ」

「おやすみなさい」

眠る時に「おやすみ」と言える相手がいる。それはなんとしあわせなことだろう。今日をいっしょに過ごした。明日もいっしょに目覚め、いっしょの時を過ごす。「おやすみ」は、それを約束する言葉だ。私と諒には、これからもずっと「おやすみ」と言える日が続くのだ。

だけど、いま頃美那さんはどうしているのだろう。諒のいない寝床を、ひとり見つめているのだろうか。

それを思うと気持ちが暗くなる。彼女にもきっと同じことを同じように感動できる相手がいるはず。身勝手な願いだけど、嫉妬と怒りでこころを曇らせることなく、いつか彼女もそういう人に巡り会ってほしい。そうすれば、諒に執着する気持ちもなくなるだろう。

ほんとうに、こころから、それを願っている。

彼女のため、諒のため、私自身のためにも。

ほどなく、諒の寝息が聞こえてきた。私は暗闇の中、目を開けて、しばらく諒の寝息に耳をすましていた。

12

季節は夏になり、窓の外の緑の色が濃くなってきた。近くの墓場のイイギリの枝も、緑の葉で厚く覆われている。生き生きとした緑の葉を茂らせていると、冬のさなかに見た時とはまるで違う木のようだ。枝を四方に伸ばし、堂々とあたりを睥睨《へいげい》しているように見える。昼間は暑いのに閉口して出歩くのはひかえていたが、身体を動かした方がいいとお医者さんにも言われていたので、あいかわらず散歩は続けている。早朝の貫井神社に安産祈願のお参りをしたり、日が落ちたあとの野川沿いの道を歩いてホタルを探したりした。

八月後半から諒は新しい職場に通うことになった。同じ会社の早期退職制度を利用した同期の仲間が集まって、会社を興すのだという。編集者ばかり三人なので、ひとりは営業に詳しい人間が必要なのだそうだ。

「最初はあまり儲《もう》からないだろうけど、やる気のあるやつらばかりだし、面白いことをいろいろ考えているから、きっとうまくいくよ」

四人で資金を出し合い、東中野の駅近くのマンションに事務所を構えた。そうして毎日打ち合わせやらリサーチやらで出歩いている。

「いままで総務だとか経理だとかがやってくれてたことを、一から自分たちでやらなきゃいけないから、とてもたいへんだ」

そう言いながら、諒は楽しそうだった。やはり営業の仕事が向いているし、そこに戻れるのは嬉しいらしい。

「同期の三人って、中川さんもいっしょなの?」

「いいや、男ばかり三人だ。あいつは世渡りのうまいやつだから、海のものとも山のものともつかない新会社に参加するなんてことはやらないよ」

諒はその昔、中川さんとつきあっていたのかもしれない、と私は疑っている。ただの同期という以上の親密さ、それに中川さんが諒について語る時たまに見せる嫉妬のような感情、それらはかつて男と女の関係だったからではないだろうか。諒の昔の女性関係は詮索しない、と決めてはいるものの、気にならないというのは嘘になる。いっしょの会社ではない、という事実に、私はひそかに安堵していた。

ともあれ、諒の仕事が決まったことで、精神的にはすごく楽になった。金銭的なこともあるが、私と子どものために会社を辞めたことが、諒の心に傷を残すのではないか、と私は恐れていたのだ。だから、前の会社にいた時よりも生き生きしている諒を見るのは嬉しかった。あとは子どもを無事に迎え入れるばかりだ。仕事から戻ると諒は毎日、「今日はどうだった?」と尋ねる。私はその日あったことを報告する。その日の体調とか、検診で言われたこととか。お腹の子に関することは、どんなささいなことでも諒は知りたがった。時々、妊娠中期に入って大きくなってきた私のお腹に諒はそっと触れて「早く会いたいよ」とささやく。そうしている時が、私にはいちばん幸せな時間だった。

諒の仕事が忙しくなるのとは逆に、私の方は仕事を減らしていった。理沙を産んだ後、一度流産を経験しているので、無理をしてはいけない、とお医者さんにも強く言われていた。校正の仕事は根を詰める作業だし、お腹が大きくなってくると、うつむいてデスクワークを続けるのは苦しい。足もむくみやすいので、長く座っているだけでも辛いのだ。

「子どもが生まれたら、またバリバリやってもらうわよ。いまは、元気な子どもを産むことに集中してね」

工藤さんはそんなふうに励ましてくれる。真紀にも妊娠したことを伝えると、

「やっぱりね。そんなふうになるんじゃないかと思っていたよ」

と、溜息を吐かれた。だが、そこは友だちなので、

「だったら、なおさら仕事は辞められないね。産休明けに、またお願いするわ」

と言ってくれる。だが、デイケア・サービスの仕事だけはあいかわらず続けている。美和子さんの配慮で、私は老人の世話でなく、保育所の方を専門に手伝うことになった。

「お子さんが生まれた時の予行演習になるでしょう」

と、美和子さんは笑う。予行演習かどうかはともかく、幼い子どもたちに接していると気持ちが安らいだ。幼い子ども特有のおっとりした動作や笑顔を見ていると、それだけでしあわせな気持ちになる。もうすぐこういう存在が自分の傍に来ると思うと

嬉しくなる。それに、予想外だったのは、そこに子どもを預けているおかあさんたちと仲良くなれたことだ。以前は会っても挨拶するだけだった人たちが、私のお腹を見て「予定日はいつですか?」とか「どこの病院に通っているんですか?」などと話しかけてくれる。なかには第二子を妊娠中という人もいて、妊娠談議に花が咲いたりする。子どもという存在があると、こんなに人との距離が近づくものなのだ、とあらためて思う。それまで地域との繋がりはなかったが、子どもを中心にした人間関係の輪であれば、私もすんなりと入っていけそうだ。美和子さんにも、

「子どもが生まれたら、うちに預けるといいわよ。そうすれば、仕事の合間に子どもの様子を見に来られるじゃない」

と、言われたりする。そういうことができればいいな、と私も思う。

苦しい時間はゆっくり過ぎるが、しあわせな時間は早い。生まれてくる子どものために部屋を整えたり、産着や布団を用意したり、肌着を手縫いしていると、あっという間に時間は過ぎて行った。理沙が生まれた時は忙しかったので母に肩代わりしてもらったことを、今回はひとつひとつ自分でやっているのだ。昔は面倒だと思っていたことが、自分でやってみるとてもたいせつなことだとわかる。こうやって子どものことを思いながら、自分の手を動かす。少しずつそれがかたちになって行く。この時

間が親になるための大事な準備期間なのだ。この時間そのものが、とても愛おしい。そしてだんだん子どものものがそろっていくのを見るのが、とても楽しかった。

すべてが順調に過ぎて行ったが、ただひとつ、諒の離婚問題についての進展はなかった。諒は家を出る時、自分のサインを入れた離婚届を置いてきたという。だが、奥さんは離婚については頑強に拒み、話し合いの余地もないらしい。

「できれば子どもが生まれるまでには、と思っていたんだけど、まだまだ時間が掛かりそうだ。すまない。もうしばらく待ってもらうことになる」

「いいのよ。こういうことはあまりせかしてもいい結果にはならないし。あなたがここにいてくれれば、私はいくらでも待ってるわ」

諒は三年経っても状況が変わらなかったら、離婚訴訟に持ち込むつもりらしい。婚姻の破綻ははっきりしているので、ある程度の別居期間が過ぎれば裁判所で離婚が認められるだろうと言う。

裁判所とか訴訟とかいう言葉はものものしい。子どものことを考えれば、最終的にはそこに持ち込むしかないだろう、と私も思うが、できればやりたくない。離婚の問題は動かなくても、私は十分しあわせだった。諒といっしょにいる。毎日、諒が家に帰ってくる。いっしょに食事をし、夜はいっしょに休む。その安らぎがあれば、結婚だの離婚だの、形式的なことはどうでもいい気がした。毎日が穏やかで、夢のようにしあわせだった。

そして十月になった。いよいよ出産まであと一カ月だ。生まれてくる子が男か女か、医者に頼めば教えてくれるようだったが、私たちはどちらでもいいし、生まれてくるまで楽しみにしようと思っていたので、どちらなのかは聞いていない。だから、名前もなかなか決められない。

「近頃は派手な名前も多いみたいよ」

「派手じゃない方がいいよ。七十、八十になっても恥ずかしくない名前がいい」

「だけど、その頃にはみんなが派手な名前になっているから、地味な方がかえって目立つかもしれない」

「目立つのはいいよ、恥ずかしくなければ」

結局は、子どもの顔を見て、その時の印象で決めようということになり、名前の件は保留になった。

このところ諒は出張が多くなった。新しい会社の初めての本が出来上がったので、あちこちに営業に出掛けているのだ。

「大手という看板がどれほどのものだったか、よくわかったよ」

諒は口にするが、それほど辛そうではない。売れて当然の大作家の本を書店に大量に押し込むより、一軒一軒回って本のよさを説明し、五冊十冊と注文を取ることの方が営業マンとしての手腕が問われるのだ、と言う。

「こういうことが営業の原点だと思うんだよね」

それに、自分が売りたいと思う本を、編集が作ってくれたことも嬉しいのだ、と。以前は扱う量が半端な数ではなかったし、売れる見込みのある本しか扱わなかった。その一部の本が五万十万部単位で売れたから、四、五千部の本にそれほど手間を掛けられなかったのだ。

「いま考えると、雑な仕事をしていたと思う。ずいぶん楽をさせてもらっていたな。だけど、自分でもいいと思える本をきちんと売る方が、精神衛生上はずっといいよ」

大手出版社にいた頃には受けたことのないようなひどい扱いを書店にされることもあるようだが、それでも諒は生き生きとしていた。地方にも馴染みの書店がいくつもできたし、書店関係者のイベントにもちょくちょく顔を出すので、前より人間関係も広がったようだった。

その日、諒は大阪の書店人や出版人の集まりに顔を出すことになっていた。ツイッターで知り合った書店員が企画した集いなのだそうだ。大阪での集いだが、東京から版元営業も何人も参加するらしい。

「どうしよう。日帰りにした方がいいかな」

諒は自分が留守の間に私が産気づくことを気にしていた。頼りの叔母夫婦も、アメリカにいる息子の忠司のところに遊びに行っていたからである。

「駄目よ。わざわざ大阪まで行くんだからついでに書店もまわるんでしょ。私なら大丈夫。予定日まで三週間もあるし、昼なら階下の美和子さんたちが助けてくれると約束してもらっているから、二日くらいならなんとかなるわ」

「だけど、なんか今回の出張は気が進まないんだ。できれば行きたくないな」

「諒らしくない。私の方はいつもと変わらない体調だし、大丈夫よ」

そう言って、私は笑って諒を送り出したが、正直なところあまり体調がよくなかった。お腹が重いような、締めつけられるような、何か変な感じがあった。病院に行って相談しようかとも思ったが、定期健診の予約がちょうど翌日に取ってあった。叔母もいないし、バスを乗り継いで出掛けるのもちょっと億劫だった。

今日をやり過ごせばなんとかなるわ。明日までの辛抱よ。

その日は外出を控え、夜も早めに休むことにした。予定日が近くなってお腹が大きくなると、仰向けに休むのが難しい。うつ伏せはもちろんできないし、横向きになってお腹の重みを床に逃がすようにして休む。寝返りも打ちにくいし、夜も熟睡できない。

その日も寝苦しくて、嫌な夢を見ていた。諒の奥さんが来て、私が抱いていた赤ちゃんを奪っていくのだ。どうして相手が諒の奥さんとわかったのか、いつのまに子どもが生まれていたのか、ということは夢の中では問題にならなかった。私は一生懸命、諒の奥さんを追いかけたが、足が重くてなかなか前に進んでいかない。よく見ると、足が地面の中にめり込んでいる。地面はぬかるんで上から水がぴしゃぴしゃと落ちていた。どこから落ちてくるのか、と思って上を見上げると、天井は丸いドームのようになっていた。ドームは甕のような土色をしている。

ああ、ここは水琴窟の中なんだ。

そう思った途端、あたりがぴんぴんと楽器のような音色に満たされる。そうして透明な水が私めがけて落ちてきて、私の頭から胸、背中へと降りかかる。私はそこから逃れようとするが、足は床から抜けない。懸命にもがいていると、最初は穏やかに落ちていた水滴が、だんだん勢いを増していく。どしゃどしゃと音を立て、水琴窟の音色をかき消すほどの激しさで降り注ぎ、みるみるうちに床に溜まっていく。身動きできない私の足首、膝、足の付け根と水位がだんだん上がっていく。私の下半身はたちまちぐっしょりと濡れ、はいていた薄手のコットンのスカートがべっとり足に張りついた。

嫌だわ、この感触。気持ち悪い。

そう思った途端、はっと気がついて目が覚めた。

あ、まずい。

お尻のあたりがおねしょをしたようにじっとりと濡れている。

破水だ。

急にお腹に強い痛みを感じる。この痛みは陣痛だ。

予定日より三週間も早いのに、もう出産なの？

時計を見た。夜中の二時だ。

どうしよう。こんな時間なのに。

すぐに病院に電話を掛けた。しばらく鳴らし続けてやっと出た看護師さんに状況を説明すると、

「もう陣痛が始まっているなら、すぐにこちらに来てください。誰かに付き添っても

らって、なるべく身体を動かさないように注意してくださいね」

電話を切ると私は途方に暮れた。諒もいない。叔母夫婦もいない。この時間では美和子さんも寝ているだろう。誰に付き添ってもらえばいいのだろうか。

こういう時、頼りになりそうな友人は小金井近辺にはいない。

母はどうだろうか。

しかし、この考えはすぐに頭から振り払った。母には絶縁したと言われているし、そもそも車を持っていない。この状況の私を助けることは物理的にもできない。

ふたたび陣痛の波が来た。母親学級で習った呼吸法を必死でやってみる。まだまだ陣痛の波は弱いが、この状況で荷物を持ってひとりで外に出るのは難しい。

兄ならなんとかしてくれるかもしれない。

突然、思いついた。兄とは家を出てから連絡を取っていない。私の妊娠出産についても当然知っていると思うが、どんなふうに思っているかはわからなかった。だけど、兄は母よりはまだ柔軟だ。いまの私には兄しか頼れる人間はいない。この状況を話せば力になってくれるかもしれない。

陣痛の波が治まると、横になったまま携帯電話を摑み、兄の家の番号を呼び出した。

十コール目にやっと兄が出た。

「もしもし」

「あ、お兄ちゃん？　奈津子です。こんな夜中にごめんなさい。いま、すごく困っているの。……助けてほしい」

兄が黙ったままなので、私はひとりでしゃべり続ける。

「いま、家にひとりでいるんだけど、急に破水が来て、子どもが生まれそうなんです。お願いだから、車で病院まで送ってもらえませんか」

「こんな非常識な時間に電話してきたと思ったら、用件はそんなことか」

兄の声はぞっとするほど冷たかった。

「そんなことって……」

「おまえは俺たちの反対を押し切って、ひとりで子どもを産むって決めたんだろう？　それなのに、都合のいい時だけ俺たちを頼るっておかしいんじゃないか？」

「それはそうだけど、もう陣痛も始まってしまったし、私だけではどうしようも」

「ひとりで産むっていうのは、そういうことだ。そういうリスクも全部自己責任ってことだろ。おまえ、考えが甘すぎないか」

「ごめんなさい。だけど、今日だけはお願い、子どもの命に関わることなの。だから」

私は必死だ。兄に断られたら、どうしていいかわからない。

「そんな恥さらしな子、俺は関わりたくない。第一、家族になんと言えばいい？　こんな真夜中に、私生児の甥《おい》だか姪だかが生まれる手伝いに行くって言うのか」

恥さらしな子。

そんな言葉を兄の口から聞くとは思わなかった。ショックのあまり私は反論する気にもなれず、ただ呆然とするばかりだ。

「おまえが勝手に産むんだから、勝手にやればいい。タクシーでも呼んでひとりで病院に行けばいいだろ。俺を巻き込むな」

それだけ言うと、兄は電話を切った。途端にまた陣痛の波が来た。今度は強い痛みで、身動きひとつできない。脂汗が出てくる。目に涙が滲《にじ》む。それが、痛みのあまりか、兄の仕打ちが悲しいからなのか、自分でもわからなかった。

ああ、諒がいてくれたら。

せっかくいっしょに住んでいるのに、こんな時に限っていられないなんて。

やっぱり許されない子どもだから、こういう目に遭うんだろうか。神様が私たちを邪魔をしているんだろうか。

弱気に駆られたその時、電話が鳴った。電話には兄の名前が出ている。

「はい……」

陣痛の痛みに耐えながら、なんとか電話に出た。

「もしもし、奈津子さん？　私です。香苗です」

電話の声は兄ではなく、兄嫁の方だった。どうして、彼女が電話を掛けてきたのだろう。

「あ……はい」

陣痛の波が来ているので、私は息をするのもやっとだ。

「大丈夫ですか？　もしかしたら陣痛がもう？」

「……そう、です。……破水も、来てしまって」

「まあ、たいへん。すぐに支度をしてそちらに参ります」

「だけど、兄は……」

「ごめんなさい。ほんとうに馬鹿なことを言って。実の妹にあんな態度とるなんて、それこそ非常識だわ。あとでちゃんと謝らせますから、許してくださいね」

どうしてかはわからないが、香苗さんが私を助けてくれるらしい。

「私たちが行くまで心細いでしょうけど、もうちょっと待ってください。すぐに行きますから」

義姉は十分も経たないうちにすっ飛んできた。化粧もしていない香苗さんを私は初めて見た。その後ろに、ふてくされたような兄がいる。

「入院用の荷物はまとめてありますか？」

「ええ、その、押し入れの下の段の……」

私は起き上がることもできず、指でその場所を示した。

「ああ、この旅行鞄《かばん》ですね。それから、財布と鍵はどこにあります？　コートは？」

義姉はいろいろ私に尋ねながら、有能な主婦らしい手際のよさで、素早く荷物をまとめあげた。そうして兄と義姉が左右から私を抱え、ゆっくり歩いて車のところまで行く。歩きながらも、太腿《ふともも》の方に生温かい水のようなものが伝い落ちるのを私は感じていた。それから病院に着くまで、義姉は私の背中をさすり「もうすぐですからね」と、励まし続けてくれた。

病院に着くと、そのまま私は分娩室に運ばれた。翌日も仕事がある兄はそこで帰宅したが、義姉はそのまま残り、数時間後子どもが無事に生まれるまでずっとつきそってくれた。

子どもは元気な男の子だった。

「体重は二六五〇グラム。三週間早く生まれたけど、これだけ体重もあるんだから大丈夫だね」

お医者さんはにこにこ笑いながら私の腕に赤ちゃんを抱かせてくれた。産道を通り抜けたばかりの、まだ身体中真っ赤の小さな命。

赤ちゃんって、こんなに小さかっただろうか。

ひさしぶりに抱いた柔らかい、温かい感触に、身体の深いところから喜びが湧きあがってくる。

よく生まれてきてくれた。こんな、私たちのところへ。いろいろたいへんなことが待ち構えているところへ。

ありがとう。私たちを選んでくれて。私たちの子どもとして生まれてくれて。

私は感動のあまり口もきけず、ただ胸の上の子どもの温かさを感じていた。

「ああ、おめでとうございます。よかったですね。無事に生まれて」

香苗さんも感動したように目を潤ませている。

「ありがとうございます。お義姉《ねえ》さんがいなかったら、ほんとにどうなっていたことか」

「いえいえ、当たり前のことをしただけですから。だけど……ごめんなさいね、お兄さんのこと。あの人は男だから、出産がどんなにたいへんなことか、わかっていないんです。ひとりでお産するだけでもどれほど心細いかわからないのに、破水が先に来てしまうなんて、ほんとたいへんでしたね」

「お義姉さん……」

私は手を伸ばして、義姉の手を握った。

「ほんとに、ありがとう。母にも兄にも見捨てられたのに、お義姉さんが助けてくださるなんて、思ってもみなかった」

よき妻、よき母として家庭を守っている人だ。婚外恋愛に対して一番強く拒否反応を示すのはこういう人たちだ。ずっとそう思っていた。だが、子どもを産むことのたいへんさを誰よりもわかってくれるのも、やっぱりこういう人たちなのだ。

「そんなこと！　私も子どもを持つ母親ですもの。こういう時はお互い助け合わなきゃと思います。それに」

義姉は私の手を握りしめ、ちょっと照れたような顔で言う。

「ほんとのこと言うと、最初は私も結婚しないで子どもを産むってどうなのかな、と思ってたんです。あんなにいいご主人だったのに、ご自分もすごくいい会社に勤めていらしたのに、それを全部捨ててしまうなんて、私には理解できなかった。だけど」

「だけど？」

「笑わないでくださいね。ちょっと前に本を読んだんです」

「本?」

「榊聡一郎の『愛人』ってタイトルの小説」

「榊聡一郎……」

まさか、その名前を香苗さんの口から聞くとは思わなかった。思わず、私は義姉の顔をじっと見た。義姉は照れくさいのか、少し顔を赤らめている。

「いま、すごく評判になってるでしょ。友だちが買って、私に貸してくれたんです。その小説の主人公の状況が、奈津子さんによく似ているんです。出版社に勤めていることとか、家庭があるのに年下の男性と恋に落ちることとか。それもあって、すごくのめりこんでしまいました。さすがに話題になるだけあって、心理描写が細やかだし、すごく伝わってくるものがあるし……。家庭と恋愛の板挟みになる主人公の苦しみとか、それでも恋をあきらめられない辛さとか……。それで私、初めて思ったんです。結婚していても、どうしようもないことってあるのかなって」

私はますます何も言えなくなった。まさかそのモデルが私自身だとは、香苗さんは思ってもみないのだろう。彼女にとって作家や小説というのは、テレビの向こうの芸能人と同じように遠い存在なのだ。それを仕事にしていた私とは違う。

「きっと奈津子さんも、小説の主人公みたいに激しい恋愛をされたんですね。私はそういう感情は怖いと思うけど……それを貫くって勇気のあることだと思います」

義姉が私を見るまなざしに、以前にはなかったあこがれのようなものが混じっている。小説のヒロインに私を重ねているのだろうか。

世間の荒波を知らないおっとりした性格の義姉には、恋愛というものがロマンチックに思えたのかもしれない。あるいは、榊聡一郎の小説が、そんなふうに読者に思わせるような仕掛けになっていたのだろうか。

どちらにしても、私は榊聡一郎の小説のおかげで救われたのだった。


「榊のおかげ？」

出張を切り上げて急いで戻ってきた諒は、その話を聞いて露骨に嫌な顔をした。

「なんか、せっかくの息子の誕生にけちがついた気がする」

「まあいいじゃない。なんにしろ、お義姉さんの気持ちを動かしてくれたんだから。あの人にはさんざん嫌な目に遭わされたけど、まさかこんな時に助けられるなんて、人生ってわからないものね」

「榊のおかげじゃないよ。きっと神様がこの子を守ってくれたんだ。この子は両親に愛されて、生まれてくることを待ち望まれた子どもだったから」

そうして諒は眠っている息子をこわごわと両手で抱き上げた。子どもの首がぐらつかないように、腕と脇でしっかり支えている。育児雑誌で研究していた成果だ。

「はじめまして。僕がきみの父親の諒です。ようやく会えたね」

子どもはそれでも起きる気配がない。小さな手をぎゅっと握りしめ、安らかな顔で眠っている。

「きみは、パパ似かな。男の子だから、ママに似ているのかな」

「いまはまだわからないわ。この頃の赤ちゃんの顔は毎日変わっていくから」

「でも、うなじにつむじがあるのは、俺に似たんだな。俺も同じところにあるんだ。それに耳のかたちも、ちょっと似ていると思わない？」

「ああ、そうね。耳朶のかたちがとてもきれいだわ」

そういえば、理沙が生まれた時も、前の夫は自分に似ているかどうかを気にしていた。自分で産むことができない男にとっては、子どもと自分の類似点を見つけることでしか父親である実感を持てないのかもしれない。

「思ったより軽いんだね。それに、こんなにちっちゃくても爪も髪もちゃんとそろっているんだな」

その時、息子がみじろぎをして、ふにゃあというような声を立てた。

「あ、何か言った。眠ってると思ったのに」

諒がちょっとうろたえたような顔をする。いままで見たことがない表情だ。

「そりゃ生きているんですもの。眠っていても声を立てることもあるわ」

「なんだ、起きたわけじゃないのか。早く目を覚まさないかな。せっかくパパが駆けつけてきたっていうのに」

パパという言葉を諒が使うのは新鮮だった。マイホームパパは似合わないタイプだと思っていたけど、案外、諒はいい父親になるのかもしれないな、と思った。

産後の経過は順調で、予定どおり一週間で退院することができた。アパートに戻ったその晩、叔母夫婦が訪ねてきた。

「ごめんね、お産に立ち会えなくて。予定日まで三週間あるから、まだ大丈夫だと思っていたのよ」

叔母夫婦は出産祝いにと、真っ白なレースのおくるみを持ってきてくれた。普段使いにはできないが、お宮参りに使うとよさそうだ。叔母はアメリカにいるいとこの忠司からのお祝いも携えていた。カラフルなおもちゃの詰まったストレージボックスだ。

見ているだけで、楽しくなるようなデザインだ。

「忠司兄さんまで。嬉しいわ」

理沙が生まれた時にいただいた出産祝いの数と、今回のそれとの歴然とした差が、子どもの出自の差を物語っていた。この子を祝福してくれる人は少ない。親戚にしても私の友人にしても、ごく一部の例外をのぞいては、子どもの誕生を知っても沈黙していた。諒の父親や兄も非難こそしなかったが「美那さんに申し訳ないから」と、訪ねてくることはしなかった。お祝いも送ってはこなかった。諒の家族は美那さんとは親戚づきあいしているので、離婚が成立するまでは私とも会うわけにはいかない、ということだろう。「何をしてもかまわないが、ちゃんとけじめはつけろ」と諒はお兄さんにも忠告されたらしい。

叔母は子どもを抱きながら、いとこの言葉を私に伝えた。

「忠司が『日本でシングルマザーをやるのはたいへんだけど、自分で選んだ以上それを貫き通せ』と言っていたよ。それでもうまくいかないようだったら、俺がその子を引き取って養子にしてやるから安心しろって」

「忠司さんらしい」

そんなふうに、ちょっと斜に構えたような言い方をいとこは好んでしていた。理系の秀才だからか、あまり感情を表すことを好まないし、他人に干渉もしない。この言葉は、彼としては最大限の好意を示している、と私は思った。

「駄目ですよ。俺が傍にいる限り、養子になんて出しません」

諒は半分怒ったような口調で言う。いとこの性格を知らない諒には、言葉に含まれた好意が伝わらないのだろう。

「冗談よ。そういう言い方で励ましてくれているだけだから」

私が宥めても、諒はまだ納得している様子はない。

「冗談でも言っていいことと悪いことがある。あんまりいい趣味じゃないよ」

「ところで、子どもの名前はもう決めたの？」

ふいに叔父が諒に話し掛ける。諒が不機嫌そうなので、話題を変えようとしたのだろう。

「ええ。剛、質実剛健の剛の字で、つよしと読みます」

強い子どもに育ってもらいたい、というのは私と諒の願いだった。男の子だし、複雑な環境に生まれた子どもでもある。生まれ持った宿命に負けないように、強い意志で自分の人生を切り開いていってほしい。その願いをこめて名づけたのだった。

「そうすると、松下剛ということかな？」

「ええ、まあ」

諒はちょっと無念そうだ。関口という自分の名字を子どもにも名乗らせたかったのだが、私の籍に入れる以上、松下にする方がいいだろう、ということになったのだ。

「そのうち、関口剛にしたいと思いますけど」

諒はそう主張するが、離婚問題は完全に暗礁に乗り上げている。諒の奥さんは『絶対に離婚しない』と言って、話し合いに応じることすら拒否しているのだ。

「早くそうなるといいね」

叔母は慰め顔でそう言うが、その口調はまるで不可能だと思っているようだった。

叔母夫婦の次に訪ねてきたのは、娘の理沙だった。理沙は「ちょっと顔を見に来た」と言って上がりこみ、布団に寝かされた剛の顔をじっと見ていた。あまり長いことと見つめているので、

「どうしたの？」

と、つい話し掛けた。

「なんか不思議な気がして。これが私の弟なのね」

「ええ。もうちょっと年が近いとよかったけど。そうしたら、あなたの話し相手にも

なれたのにね」

「うん。まわりにも、十七歳年の離れた姉弟なんていないし、どういうふうに考えたらいいのかな、ってずっと思っていた」

「それで、会ってみて何かわかった？」

「ううん、全然。弟だからって特別かわいいとは思えないし、まだ猿みたいな顔しているし、ちっとも動かないし」

「まあそうよね。弟ができたからって急にお姉さんになるなんてできないし、そういう感情は接しているうちにだんだん芽生えてくるものじゃないかしら」

父親だってそういうものだ。まして剛とは半分しか血の繋がりのない理沙が、姉としての感情を抱くのは難しいだろう。

「べつに姉らしくしなくてもいいんじゃない。親戚の子がひとり増えたくらいの気持ちでいれば。だんだん剛が育っていくのを見て、自分の中で姉という感情が芽生えればそれでいいし、そうでなければそうでなくてもかまわないよ」

傍にいた諒がそう助言する。

「そうよね。まだ人間以前だものね。仕方ないよね」

「うん、人間よりもまだ猿に近い」

理沙と諒の会話を聞いて、なんとなく私は反論したくなった。

「これでも生まれた直後よりだいぶ人間らしくなったのよ。赤みも取れたし、皺だって伸びてきたし。すごい勢いで毎日変化しているのよ。これから少しずつ起きてる時間も長くなるし、活動量も増えていくし、顔だちもだんだん人間らしくなっていくのよ。一カ月も経てば、ぐんと赤ちゃんらしくなっているわ」

「ふうん」

理沙は、そんなものかな、という声を出す。

「だから、次に来た時にはもうちょっとかわいいと思えるようになっているわよ」

「じゃあ、写真撮っていい？　次の時に比べたいから」

「もちろんよ。フラッシュだけ焚《た》かないように気をつければ、いくらでも撮っていいわ」

私が許可を出すと、理沙は携帯電話を出し、カメラモードにした。顔だけでなく、手や足など、パーツでも撮影をする。

「ほら、ここのつむじ、俺のと同じだろう」

諒が得意げに剛のうなじのところを指し示した。

「ほんとだ。そんなところも遺伝するものなのね」

理沙は諒のうなじにあるつむじも写真に撮った。そんなふうにしていると、諒と理沙はまるで親戚か何かのように親しい関係に見えた。

なんだか不思議な気がした。理沙と諒、なさぬ仲であるふたりが同じ空間にいる。私にとってはそれぞれに大事な存在だから、こうしていっしょにいてくれることは嬉しいが、こんな日が来るとは思いもしなかった。

「ところで、理沙、お父さんの彼女には会ったの」

私はふと思いついて、理沙に尋ねてみた。前に会った時、理沙はそのことで悩んでいたのだ。

「うん、先月、いっしょに食事した」

「それで、どうだった？」

「まだよくわからない。だけど、ママの方が美人だと思う」

「そんなことよりその人の性格は？　うまくやれそう？」

「わかんない。だけど、いざとなったら『合法的な家出』をするから大丈夫だよ」

それは諒に言われた言葉だった。理沙が諒を信頼しはじめたのがわかって、私は嬉しかった。

理沙はわざわざ大船から訪ねてきてくれたが、同じ市内に住む兄と母からは何も連絡がなかった。しかし、こころ優しい義姉が、母の状況を教えてくれる。

「この前、私、見てしまったんです。私がリビングに置いた剛ちゃんの写真を、おかあさまがじっと眺めていらっしゃるのを。私に見られていることには気づかなかったんでしょうね。真剣な顔で、ほんとに長いこと写真を見ていらっしゃった」

そんな母の態度はやるせない。剛のことを気にしているなら、会いに来ればいいのに、と思う。だが、そうできないのが母の性格だ、ということも私はよく知っていた。

「もうちょっと待ってくださいね。そのうち私がおかあさまにお話しして、剛くんと会えるようにセッティングしますから。こんなにかわいい赤ちゃんだし、おかあさまにとってはただひとりの男の孫ですもの。会ってしまえば、拒むことなんてできないと思います」

楽天家の義姉の言葉を聞くと、なんだかそれがすぐに実現しそうに思えてくる。実際のところ、頑《かたく》なな母のこころを溶かすのは、まだまだ先だろう。だが、義姉が間に入ってくれるなら、いつか可能になるのではないか。そんな期待を、私は持ちはじめていた。

13

それは部屋にいても息が白くなるような、ひどく寒い朝だった。いつものように諒を送り出し、息子が眠っている間に掃除や洗濯をしようと狭い部屋の中を動き回っていた。だから、最初はノックの音が聞こえなかった。たぶん何度かノックした後なのだろう。どんどん、と叩きつけるような大きな音を聞いて、私はようやく来客に気づいた。ドアの覗き穴から見ると、三十歳くらいの身ぎれいな女性が立っている。いつも気をつけていないと染みをつけてしまいそうな真っ白なコートは、保険の勧誘やセールスマンのものではないだろう。こんなおしゃれな人が、うちに何の用だろうか。

「はい?」

ドアを開けて、女性の顔を見た途端、私ははっとした。

この人は諒の奥さんだ。

なぜそう直感したのかわからない。私はその直感に従って、思わずドアを閉めようとした。しかしそれより早く、彼女が足先をドアの間に滑らせてきた。薄い革を使った上等そうなハイヒールだ。このままドアを閉めたら、この人が爪先を傷める。私がひるんだ一瞬の隙をついて、彼女はするりと玄関に入りこんだ。

「松下奈津子さんですね。私、関口美那です。諒《りょう》がお世話になっています」

想像していたとおり、若くてきれいな女性だった。整った目鼻だちに上品な化粧が施されている。身なりも一分の隙もない。

しかし、表情はこわばっている。能面のような厳しい顔を動かさない。

「はじめまして。わざわざこちらまでいらっしゃるとは、思いもしませんでした」

「上がらせていただいてもいいかしら」

そう言いながら、美那さんはすでにハイヒールの踵《かかと》を浮かせている。

「どうぞ」

仕方なく私は返事をした。美那さんはまるで自分の家のようにスリッパを出し、部屋に上がりこんだ。

「そちらが、あなたのお子さん？」

奥の和室で寝ている剛の方を、美那さんは目で示した。

「ええ」

「見せていただいてもいいかしら？」

その質問を聞いて、内心ひやりとする思いだった。

もし、この人が刃物でも持っていたら。

この人が剛を傷つけようとしたら。

そんな私の気持ちを見透かしたように美那さんは、

「何もしないから安心してください。ただ見たいだけなんです。いくらなんでも、こんな小さな子どもを傷つけるようなことはしないわ」

そう言われて、私は少し自分を恥じた。

「すみません、どうぞ、見てください」

美那さんは剛が寝ている布団の真横に座った。そのまま覆いかぶさるようにして真上から剛を眺める。その表情は凍りついたように無表情だ。熱心だか無関心だかわからないその態度が怖い。大人たちの気配を察したのか、悪い夢でもみたのか、剛は目を瞑ったまま眉を顰《ひそ》めていやいやをした。日を追うごとに剛は諒に似てきていた。顔の輪郭や切れ長の目元、長い睫が、父親の血を受け継いでいることを如実に示している。

美那さんは怖いくらいじっと見つめている。まるで自分の網膜に、剛の姿を焼き付けようとしているみたいだ。

私は剛を美那さんの視線から隠してしまいたい衝動に駆られたが、じっとそれに耐えた。だが、美那さんが剛に手を出したらすぐに動けるように、美那さんの手元から目を離さなかった。

息詰まる時間が過ぎた。私にとっては、一時間も経ったような気がしたが、実際にはほんの二、三分だったのだろう。美那さんは名残り惜しそうな様子で剛から視線を外した。

「二カ月?」

ふいに尋ねられたので、剛の月齢を聞かれているのだ、と理解するのに数秒かかった。

「え、ええ。そうです。十月に生まれました」

「そう」

それだけ聞くと、急に興味を失ったように、美那さんは立ち上がった。

「どうぞこちらへ。お茶でも淹れましょう」

私は美那さんの関心が剛から逸れたことにひそかに安堵し、少しでも剛から遠ざけようと、ダイニングに誘導した。

「いいえ、おかまいなく」

そう言いながら、美那さんは私が示したダイニングの椅子に座った。私もその正面に腰をおろす。

「今日はどうしてこちらへ？」

美那さんはその質問には答えず、今度はじっと私を見た。私も真正面から美那さんの美貌《びぼう》を見つめることになった。整った顔だちもさることながら、ひときわ印象的なのはしみひとつない真っ白な肌だ。色素の薄い茶色の瞳を、その肌が際立たせている。子どもが生まれてからろくに手入れもしていない自分の肌の状態が恥ずかしくて、私は視線を下に向けた。すると美那さんの白い長い指が目に入った。爪はコーラルピンクの上品なネイルが施されている。洗い物をして荒れた私の指とは全然違う。女としてのランクは、誰が見ても美那さんの方が上だろう。

「あなたに会ってみたかったの」

美那さんが唐突に口を開いた。先ほどの質問への答えなのだろうか。

「会って、どうするつもりだったんですか？」

「確かめたかったんです。諒がなぜあなたに夢中になったのか。満たされた状況を投げ捨てて、諒が手に入れたかったものは何なのか」

そう言いながらも、食い入るように私を見つめている。

「それで、その理由がわかったんですか？」

「いいえ、正直、会う前よりもわからなくなりました。予想していたような人と違っていたから」

「どんな女だと思っていたんですか？」

「華やかなタイプの女性。それでいて頭の回転が速くて、仕事もばりばりこなすような。諒《りょう》はいつもそんな女の人とつきあっていたから」

それはたとえば中川さんのような女性のことだろうか。仕事も恋愛も謳歌《おうか》するような生命力溢れた女性が諒《あきら》のタイプだとしたら、美那さんも私もそこから外れている。美那さんは仕事よりも家庭を選ぶ女性だし、私自身は仕事はしているけれど、華やかではないし、ばりばり仕事をこなすタイプでもない。

私がそういうタイプだとよかったのだろうか。そうすれば、美那さんも納得しやすかったのだろうか。

私は何も言えず黙り込んだ。壁に掛けた時計の音が妙に大きく響く。そのまま時間が流れる。

「やっぱりお茶を淹れますね」

沈黙に耐えかねて私は立ち上がった。やかんに水を入れ、コンロにのせる。

それにしても、おかしな構図だ。ほかの人から見れば、私の方が妻で、押しかけてきた若い美那さんの方が夫の愛人に見えるだろう。「あなたの夫が愛しているのは私、だから、別れてください」と、妻に迫るような。

「諒は子どもをかわいがっているんですか？」

「ええ、とても」

毎日毎日愛しいと思う気持ちが大きくなる。諒はそう語っている。だけど、そんなことを美那さんにはとても話せない。

「嘘だわ」

「えっ？」

「諒は子どもが嫌いだもの。自分の遺伝子を受け継いだ存在がいるなんて、ぞっとするって――そう言っていたもの。私がどんなに説得しても、頑として受け入れなかったわ」

「以前は、そうだったかもしれません。だけど、いまの彼は剛の――息子のいい父親になろうと努力しています。息子を風呂に入れるのは彼の仕事だし、おむつ替えもしてくれるんですよ」

「おむつ替え？　諒が？」

美那さんはショックを受けた顔になった。

「ええ、そこまでやりたがらない父親も多いみたいですけど、あの人は最初から進んでやってくれました。いろいろ本で読んで勉強して――育児はきれいごとだけじゃないからって言ってくれて」

私は目で部屋の隅に置かれたカラーボックスを示した。つられて美那さんも視線を向ける。そこには育児書が何冊も並んでおり、そのうち数冊は新米パパのための本だった。

「どうして、そこまで……」

美那さんの唇が震えている。

「どうしてそこまで諒を懐柔したの？　家事一切、まったくやらない人だったのに」

「懐柔だなんて。私の方から頼んだことは一度もありません。高齢出産だったので、私が疲れやすいだろうと思って、それでたぶん……」

「諒が、あなたのために進んでやったと言うのね」

「ええ、まあ……」

「どうしてそんなことがさせられるの？　あなたの何がそんなによかったの？　家も仕事も捨てさせるほどの、何があなたにあると言うの？　私の何が駄目だったの？　ねえ、どうして？」

美那さんが畳み掛けるように私に質問する。怖いほど思いつめた表情だ。おためごかしや、その場限りの言い逃れは許さない、という顔だ。

「それは……」

私の方が気圧されて、言葉が出てこない。コンロにかけたやかんがしゅんしゅん音を立てている。

「待ってください、お湯が沸いている」

私は席を立ってコンロの火を止めた。そうして、お茶の準備をして時間を稼ごうとしたが、美那さんがそれを遮った。

「お茶なんて、いりません。それより話を聞かせて下さい」

仕方なく私は椅子に戻り、美那さんと再び向きあった。

「それで？」

美那さんが先を促す。

「たぶん、最初は私のことも……諒には遊びだったかもしれません。それまでつきあった女性とタイプが違うから、珍しかっただけなのかもしれない」

「どういうこと？」

「私が真面目で、融通が利かないから、遊びのつもりだった諒も、真面目につきあわざるをえなかったのでしょう」

「ほんとに？　ほんとにそうだと思うの？」

「さあ、私は彼じゃないから、ほんとのところはわからない」

そう言いながらも、たぶんそれが真実だろう、と私は思っている。以前、真紀が言っていたように、それまで諒がつきあっていた女とは違ったタイプだから、私のことが気になったのだろう。その昔、恋と家庭は別だ、と諒は口にしていたし、割り切ってつきあえばいいのだ、という言い方もした。

「だけど、いろんなことがあったし……一度は別れようと思ったのに、それもできなかったし……結局、ふたりで生きていくことを選ぶしかなかったんです」

喉がからからだ。水が欲しい。だが、そうして一瞬でも会話から気を逸らすことを許さないほど、美那さんは張りつめている。

「だから、どうしてそれがあなたで、私ではないの？　あの人が最初に妻に選んだのは、私のはずなのに」

「それは……私が彼のためにいろんなものを捨てたからだと思います」

美那さんがえっ、という顔をした。

「私が家や仕事だけじゃなく、諒との関係も捨てようとした。それはご存じですね」

美那さんは何も言わない。だが、彼女が知らないはずはないのだ。

「そういう私のために、諒は何かせずにはいられなかったのだと思う」

「それは同情ということ？　あるいは贖罪《しょくざい》？」

「そうかもしれないし……そうではないかもしれない。諒が子どもを持ちたいと言ったのは、もしかするとひとりになった私に、家族を与えてくれようと思ったのかもしれない。だけど」

「だけど？」

「諒は私といっしょに生きることを選んでくれた。この質素な生活も世間の非難も私といっしょに抱えていく、と」

美那さんの顔が醜く歪んだ。怒りと、嫉妬と、痛みとに塗りこめられている。

「だったら、私がすべてを捨てたら、諒《りょう》は私を選んだというの？」

「たぶんそうだと思います。あなたと私と、自分が必要とされているのはどちらなのかと思ったのだと思う」

最初に諒が家を出ようとした時、命懸けで引き留めた美那さんを諒は振りきれなかった。だが、いま諒を切実に必要としているのは私の方だ。美那さんには守ってくれる父親がいるが、私には誰もいない。

「それに、いまは私だけでなく剛、いえ、息子もいますから」

「そんな、勝手なことを。……私だって諒が必要だわ。私がどれほど諒のために、いい妻であろうと努力したと思って？　この六年、毎日毎日諒のために食事を作り、洗濯をして、アイロンを掛け、掃除をする。諒は好みにうるさいから、部屋の掃除の仕方にもこだわりがある。シンクに水滴が残るのを嫌がるから、日に何度も拭かなきゃいけないし、リモコンの置き方ひとつとっても、彼の好きな並びがある。それを全部わかって、彼にとって居心地のいい場所を作るために、私は力を注いできたのよ。着るものにしたって、クリーニングに出したワイシャツは好きじゃないと言うから、毎日、私が糊付《のりづ》けして、アイロンも掛けてきた。それがどんなに面倒なことか、あなたにわかるかしら。私があの人の好きなタイプじゃない、それは知っていた。だから、私は努力した。諒の好みに合わせて着るものを変えたし、車だってインテリアだって、彼の好みを優先させてきた。……私が我を通したのは、マンションを選ぶ時くらい。それも全部、諒のため、諒のことを第一に考えて生活してきたのよ。それもこの六年間ずっと」

美那さんが一気にまくしたてる。その迫力に私はたじたじとなった。それは妻として、諒の日常を支えてきたという自負だ。日々諒のために生きてきたという誇りだ。

諒と暮らし始めて日の浅い私には、まだ持ちえないものだ。

だが、同時に痛々しくもあった。諒はそこまで美那さんが自分に合わせることを、逆に疎ましく思っただろう。仕事でも趣味でも、自分のやりたいようにやる女の方を好ましく思うタイプだ。私はいま、そこまで丁寧に掃除していないし、ワイシャツだってクリーニングに出しているが、それに諒が不満を漏らしたことは一度もない。美那さんが思うほど、そうしたこだわりはないのだ。

だけど、美那さんにしてみれば、そうするしかなかったのだ。よき妻であること、それだけが諒との接点だったから。そして、そこにすがらなければならないほど、諒を愛していたから。

「六年って決して短い時間じゃない。あなたは仕事も家庭も諒のために捨てたと言うけど、私だってこの六年という時間を諒のために使ってきた。あなたが諒を奪うなら、その六年間が全部無駄になるのよ！」

これに似たような言葉をどこかで聞いたことがある。……いつだったろう。

突然、頭の中に言葉が閃《ひらめ》いた。

『あとからいい相手が見つかったら、さっさと乗り換えればいいってこと？　妻は若さも美しさも何もかも犠牲にして、家庭に尽くしているのに？』

そうだ、母の言葉だ。

『男はいくらでもやり直しがきくのに、女は若さを喪ったら、もう家庭の中で朽ちていくしかないっていうことなの？』

母の怒りが、初めて私にも理解できた。よき主婦であること。すべてをそれに捧げてこられたのは、結婚が生涯続くものと信じてきたからだ。そして、主婦としての努力が、夫や家族に喜ばれると信じてきたからだ。夫が別の女に惹かれるというのは、そうした努力に対する裏切りだし、母の生き方そのものを否定するのと同じことだ。主婦として誰よりも努力してきたからこそ、母の怒りは大きかったのだろう。

「それだけじゃない、あの人がほかの女と遊んでいても、黙って我慢した。遊びは遊び、妻とは違うというあの人の言葉を信じたから。それなのに、あなたとこんなことになって……子どもができたから別れたいなんて、そんな身勝手な」

私自身は、ずっと仕事を続けてきた。仕事をしていると、自分個人としての評価がなされる。家事についても、結婚している間は義母に負うところが大きかった。だから、妻としてだけ生きてきた母の気持ちは、本当のところはわかっていなかったのだ。

「ごめんなさい。美那さんには、ほんとうに申し訳ないと思います。でも、彼と私はいっしょに生きていくことしかできない。ほんとうに、ほんとうにごめんなさい」

母はいまでも父が許せない。それほど深く傷ついたのだ。その傷の痛みのあまり、相手の女性を傷つけ、夫の気力を奪い、それでも決して癒《いや》されることはない。なぜなら、母は敗者だからだ。妻として夫を引き留めることができても、女としては負けている、その事実は変えられないからだ。

目の前のこの人のこころに、私は同じような傷をつけた。深く、もしかして一生治らないほどの傷を。いちばん悪いのは、心変わりをした諒だろう。だけど、私も加害者なのだ。

「いまさら、謝られても……」

美那さんは、私が手をついて頭を下げたのを見て、少し気を殺《そ》がれたようだった。だが、すぐに気を取り直して言う。

「私は離婚しないわ。私は諒の正式な妻だもの。あなたやあなたの子どもは、決して世間に認められることはないのよ」

妻の座。そう、生き方を否定され、女としても敗北し、母には妻の座にしがみつくしかなかったのだ。母が私に厳しいのは、母の大事にしている妻の座を私があっさり捨て、それでも女としてのしあわせを摑んだからだ。それは母の古傷を抉《えぐ》り、塩を擦りこむような思いをさせたのだろう。

「覚悟しています。剛を産むと決めた時、どんな面倒も引き受けると決めましたから」

「そんなこと言って、三年も経ったら、離婚訴訟を起こすつもりなんでしょ。私と諒には結婚の実態がないって」

美那さんはせせら笑うような口調で私をなじる。あなたのやり口はわかっているわ、とでも言いたげに。

「きれいごと言ったって、裁判になれば自分が勝つ自信があるんでしょ。だからあなたは悠然と構えていられるんだわ。いずれ諒は自分のものになるんだって」

美那さんも母と同じだ。妻の座にあるというその一点だけが、彼女のプライドを支えている。

「いいえ、それはしません」

「えっ？」

「訴訟はしません。あなたの気持ちが変わって、彼とは別の人生を歩もうと思う日が来るまで、ずっと待つつもりです」

「それは本気？」

美那さんの目が丸くなった。予想外のことを言われた、というように。

「ええ。ひとの気持ちは無理強いできない。たとえ裁判所が認めたからといって、あなたが納得できるとは思えない。かえってそうしたくないという気持ちが強くなるだけだし、あなたをさらに苦しめることになると思う」

美那さんが妻の座にいることで自分のプライドが保てるのなら、私はそれでもいい、と思う。私がいちばん欲しいのは妻の座ではない。諒そのものだ。諒は私の元にいる。そしてもう離れることはない、と確信できる。それはしあわせなことではないだろうか。

私の弁を聞いて、ふん、と美那さんは鼻で笑った。

「それは諒に愛されているという優越感かしら。それともお情け？」

「そう……かもしれません。でも、それくらいしか、美那さんのために私ができることはないですから」

それを聞いた途端、美那さんの顔がみるみる歪んだ。それまで毅然《きぜん》としていた表情が崩れ、いまにも泣きそうな顔になっている。

私はしまった、と思った。よかれと思って言ったことが、逆に彼女を怒らせてしまった。

「馬鹿にしないで！　人の夫を寝取った泥棒猫に、同情される筋合いはないわ」

そう言うと、美那さんはテーブルの上にあった自分のバッグをひったくるように掴んだ。

「もう帰ります」

そうして振り返ることなく、大急ぎで家を出て行った。美那さんが出て行くと、私は思わず大きな溜息を吐いた。脱力して椅子から動けない。

美那さんに会うのは怖かった。私を殺したいほど憎んでいるだろうと思うから。諒を引き留めるためにリストカットするような激しい女性なのだ。私や剛に刃を向けてもおかしくない。そう思っていたのだ。

『人の夫を寝取った泥棒猫に、同情される筋合いはないわ』

同情という行為は、する側がされる側の上位に立つ。だから、私に同情されることを美那さんは屈辱だと感じたのだ。誇り高い美那さんにはそれが耐えられなかったのだろう。

彼女を怒らせるつもりはなかった。正直に自分の気持ちを伝えたかっただけなのだ。だけど、ほかになんと言えばよかったのだろう。どう言えば、美那さんを納得させることができたのだろうか。

私は大きく息を吐いた。

いや、そんな言葉はないのだ。私が何を言っても彼女には伝わらない。彼女にとって私は諒を奪った憎い相手だし、私の言葉に共感などしたくないだろうから。

美那さんはこれからますます私を憎むだろうし、諒の離婚も遠ざかるだろう。

それも仕方ない。美那さんとの問題は、諒と生きていく限り抱えていかなければならないことなのだ。私はそこから逃げるつもりはない。諒のよいところも悪いところも全部抱えて、私はこれからを生きていく。そう決めたのだ。

ふいに剛が目覚め、あああと小さく泣き声を立てた。

「あらあらお目めが覚めたら、お腹がすいたの？」

剛は首を左右に振って、お乳を求めていた。上着の胸元を引き上げ近づけると、剛は勢いよく乳首に吸い付いた。むさぼるように母乳を求める息子を抱きながら、私は誇りと安らかな気持ちに満たされていた。日一日と息子は大きくなる。その身体は、私自身がこの子に与えた母乳によって作られているのだ。

私にはこの子がいる。この子と、諒が。ふたりがいれば、ほかに何がいるだろうか。

だが、美那さんは違う。彼女も、ほんとは諒の子どもが欲しかったのだ。美那さんはどんな想いで剛を眺めたのだろう。諒によく似た面差しの、まぎれもなく諒の血を引いたこの子どもを。

剛は元気に母乳を吸い続けている。

私は美那さんのこころの平安を祈らずにはいられなかった。

14

年が明けて三日目、諒は世田谷の実家に行こう、と言い出した。

「昨日兄貴からメールが来て、正月なんだからたまにはうちに顔を見せろ、と言ってきたんだ」

近くの貫井神社に初詣に行ったほかは、正月も家で静かに過ごしていた。正月のお祝いの華やぎは、ひっそりと生活する私と諒には縁遠いもののように思われた。自分の状況を恥じているわけではないが、ことさらにぎやかにするのも違う気がした。

「いいの？　離婚が成立するまで、お父様は会ってくれないんじゃなかったの？」

「オヤジの基準としたら、自分から会いに行くのは気が引けるけど、俺が勝手に実家に行くのはいいってことなんじゃないの」

「ほんとに？　諒にだけ会いたいんじゃないの？」

「昼食を四人分用意しておく、って書いてあった。俺だけじゃなく、奈津子の分も用意してあるってことだ。オヤジのやつ、世間体を気にしているけど、結局は孫に会いたいんじゃないのかな。兄貴の子どもにもメロメロだったからなあ。兄貴が離婚したおかげで孫になかなか会えなくなったってぼやいているんだぜ」

「そう、だったらいいけど」

諒が機嫌よさそうにしているので、私はそれ以上何も言わないことにした。その日はベビーカーでなく、諒が抱っこひもを使うことになった。抱っこひもではなく、スリングと言うのだ、と諒は説明する。ネットでベビー用品のあれこれを調べて諒が自分で買ったものだ。白とベージュの二色使いの太い布のような形で、赤ちゃんを包みこむようにして支える。なかなかしゃれたデザインだ。これに限らず、哺乳瓶だのベビーカーだのも、諒は自分で選びたがった。

「俺が使って恥ずかしくないやつじゃないと嫌だ」

と、諒は主張する。諒は買い物好きだし、情報を仕入れるのも得意だ。イクメン関係の情報をせっせと集めている。私自身はものに対してはそれほど執着がないので、諒の選択にまかせることにした。

「ところで、諒の実家ってどこにあるの？」

「世田谷区の等々力《とどろき》。ここからだと二時間近く掛かるかな」

「そう。遠いのね。私は行ったことがない」

美那さんと住んでいたのは、確か成城学園だったはずだ。諒の実家に近いということも、成城学園に居を構える理由だったのだろうか。

「いいところだよ。一度、奈津子にも見せたいと思っていたんだ」

諒が珍しく鼻歌を歌っている。実家に私たちを連れて行くのがよほど嬉しいのだろう。諒が言っていたように、諒の家族は私とのことを強く反対しているわけではないらしい。

中央線で立川まで行き、南武線に乗り換えて東京郊外から神奈川の郊外へとだらだら乗り続ける。目的地の武蔵溝ノ口までは十六駅もあった。そこから徒歩で東急線の溝の口に行き、東京方面の三駅先の等々力で降りる。一度神奈川に出てそこから東京に戻る形だが、新宿まわりのルートより早いし、空《す》いているので楽なのだそうだ。営業で都内近郊をあちこち出歩いている諒は、電車の乗り換えには詳しかった。

諒が子どもを横抱きにして座っていると、興味を示した中高年の女性が、なんやかやと話しかけてくる。赤ちゃんを連れていると話しかけられることは多いが、諒が抱いている時はとくに多い。イクメンブームなどと言われても、男性が子どもを抱いているのは珍しいのだろう。諒はそういう時でも嫌がらず、にこにこしながら子ども自慢をしていた。どう見ても諒は家族思いのよき父親だ。昔の同僚がこんな諒を見たらどう思うだろうか。

等々力に着くと諒は、

「まだ時間が早いから、ちょっと寄って行こう」

「どこに？」

「等々力渓谷」

「ここから近いの？」

電車の窓から眺めた等々力は見渡す限り建物が続き、小金井のように無駄な空き地や、用途のよくわからない生産緑地という名前の藪など、まるで見当たらない。典型的な東京の住宅街だった。だから渓谷というものは、駅から遠くにあるのではないか、と思っていたのだ。

「うん、すぐだよ」

諒の言うとおり、駅からほんとうに近かった。駅から二分ほどのところにゴルフ橋という橋があり、その脇から谷沢《やざわ》川に降りる階段がある。階段を下ったあたりが、等々力渓谷の始まりだった。谷沢川は、街並みのある平地の高さより二十メートルほど低いところを流れている。つまり、平地にV字の切り込みを入れたとして、そのV

字の真ん中を流れているのが谷沢川になる。その川と、それを囲む斜面のことを等々力渓谷というのだ。

「へえ……」

言葉を失って、あたりを見回した。V字の斜面の部分には鬱蒼《うっそう》とした緑が隙間《すきま》なく植えられている。建物はまったく存在せず、見渡す限り緑の斜面が続き、街の喧騒《けんそう》とは別世界だ。世田谷の住宅密集地から、いきなり緑深い谷間に迷い込んだ錯覚を覚える。

「これが等々力渓谷っていうのね。想像していたのと全然違った」

「実はここもはけなんだよ。国分寺崖線の、ここがほぼ終着点。だから、奈津子の住んでいるところと繋がっているんだよ」

「そうだったの」

斜面に鬱蒼と緑が茂っているさまは、確かに貫井神社の裏手や国分寺のはけの森のあたりに似ている。違うのは、ここがV字型になっているので、両サイドにその斜面があることだ。はけ、つまり古代多摩川が武蔵野の大地に刻んだ痕跡は、立川に始まり、世田谷で終わるということは私も知っていた。しかし、有名な等々力渓谷もその一部だったということは初めて知った。

「それに、実は結婚してから住んでいた成城学園のマンションの裏手の方にも、国分寺崖線があるんだ。そこに住んでもいいと思ったのも、それが気に入ったからなんだけど」

「成城学園？　ほんとに？」

「だから、最初に奈津子の家に行った時、国分寺崖線があることを知ってびっくりしたんだ。小金井なんてまるで知らない土地だと思っていたら、俺の生まれ育った場所やいま住んでいるところとこんな形で繋がっているってわかったから」

「不思議ね。電車で行くと二時間近く掛かる場所なのに、そんな縁があるなんて」

「ほんとのことを言うと、実はそれで少し勇気が出たんだ。接点を失っていた俺と奈津子の間にこういう繋がりがあるのなら、きっとまたやり直せる、と」

それでようやく理解した。諒が再び私を訪ねてきた時、はけを見たい、と言ったわけを。そして、はけ散策に諒があれほど熱意を見せていた理由も。

「だから、いつかここに連れてきたいと思っていたんだ。奈津子と、剛を」

「そうだったの」

そんなささいなことを励みに、諒が訪ねて来たことを私は知らなかった。それほど、再訪するのには勇気がいったのだろう。諒の気持ちが愛おしくて、私は胸がいっぱいになった。

「いいところね。静かで緑が深くて。このあたりで生まれ育ったって、とても素敵なことね」

「うん。小さい頃はここが遊び場だった。川に入って水遊びしたり、階段じゃない場所を上り下りして怒られたりした。どんな公園よりも、ここで遊ぶ方が楽しかったんだよ」

「その頃の写真はあるのかしら」

「もちろん。昔から写真を撮るのがオヤジの趣味だったから、小さい頃の写真はたくさん残っている」

「じゃあ、これからそれを見せてもらえるのね」

「うん、だけど、ひさしぶりだから、もうちょっとここを歩いていこう」

そうしてふたりで川に沿って作られた遊歩道を散策した。正月三日目ということもあって、あまり人は多くない。晴れた日なのに、空が見えなくなるほどの濃い緑陰の下を、ゆっくりと歩いて行く。諒は何も言わない。私も黙ったまま、静けさと景色の美しさを味わっていた。剛も目を覚ましていたが、びっくりしたような顔で頭上を眺めていた。家族三人いられることのしあわせを、私は一歩一歩噛みしめていた、そうして一キロほど歩くと、終着点の近くに等々力不動尊への案内板が立っている。

「この坂の上に、等々力不動があるんだ。いいところだけど、オヤジたちが待っているから、またゆっくり来よう」

そう言って諒は渓谷の右手の方の階段へと私を案内した。階段を上りきると、ごくふつうの住宅街が広がっている。いままで緑深い川辺を歩いていたのが信じられないほどだ。

その脇の道を少し入ったところに、諒の実家があった。

「いいおたくね」

真っ白い壁が、敷地の内側に向かって円を描くようになだらかな曲線を見せている。屋上はテラスになっているらしく、白い手擦りがついている。丸い小さな窓が壁に一列に並んでいた。たぶん船を意識した建築なのだろう。玄関の横に銀色のプレートが掛かっていて、ＳＥＫＩＧＵＣＨＩと読み取れた。

「素敵なお宅ね」

私は思わずそう言った。

「こんなの、建築屋のモデルルームだよ」

諒は吐き捨てるように言った。

「オヤジがデザインした見本みたいなもんだ。昔から施主が来ると、必ず家を見せるんだ。こんなふうに出来ますってね。写真にもよく撮られたし。俺たちはそのたびごとに部屋から追い出される。昔は事務所も兼用していたから、ここは家庭という感じじゃなかった。俺は、ふつうの建売住宅の方がいい」

そういうものなのか、と思った。サラリーマンの父を持ち、職住分離で育った私には、諒の鬱屈はわからない。

諒がチャイムを鳴らすと、待ちかねたようにドアが開いた。

「おう、ひさしぶり」

迎え入れたのは、諒より五、六歳年上に見える男性だ。兄の暢《とおる》さんだろう。諒によく似た顔立ちだが、一回り身体が大きい。ラグビーか何かやっていたような体型だ。服装も黒のセーターにジーンズと、それほどこだわりはないらしい。その後ろから現れた年配の男性が諒の父親にちがいない。

「はじめまして。松下奈津子です」

私は緊張で顔がこわばるのを感じた。暢さんより、私はさらに年上なのだ。それに、離婚できない諒と同棲《どうせい》し、子どもをもうけた。そんな女を、彼らはどんなふうに思うのだろうか。

「いらっしゃい。お会いできるのを、楽しみにしていましたよ」

しかし、諒の父親という人は、拍子抜けするほどあっさり私に挨拶した。こちらを丸ごと受け入れるような温かい笑みを浮かべている。つられて私も微笑んだ。建築家という仕事柄のせいか、もう六十を越えているはずなのに若々しく、体型も崩れていないので五十代前半にしか見えない。それに着ている服にもこだわっているのがわかる。なるほど女性にもてそうな感じだ。

「男所帯で殺風景なばかりですが、どうぞお上がりください」

丁寧に挨拶されたが、諒はそれが終わる前にさっさと上がり込み、奥へと進んでいった。

「堅苦しい挨拶はいいから部屋に行こう。ここは寒いよ」

玄関を入ってすぐのところにあるリビングは四十畳くらいの広さだろうか。天井が高く、二階まで吹き抜けになっている。中庭側の壁が天井まで全面ガラス張りになっていて、そこから明るい光が差し込んでいる。中庭の緑が絵のように見える。部屋にはイタリア製の大きなソファとやはりイタリア製の飾り棚が置かれている。

「まあ……」

モダンな造りに驚いていると、諒は、

「昔、この部屋は事務所として使っていたんだ。いまは住居として使っているけど、へんな造りだろ？」

「すごく素敵じゃない」

「夏は陽射しが強くて暑いし、冬は暖房がなかなか効かない。住むには不便な家だよ」

諒は辛らつな口調で批判する。暢さんが苦笑しながら言う。

「まあ、そんなこと言うな。おまえが育った家じゃないか」

「ところで、その抱っこひもを外したらどうだ？　ずっとしょっていると、重いんだろう？」

お父さんが、諒に声を掛ける。

「ああ、ごめん。剛を待ってたんだよね」

諒はスリングを外して剛を抱えあげ、お父さんに手渡した。剛はお父さんの腕の中で、きょとんとした顔をしている。

「この子は大物だな。初対面なのに、けろりとしている」

お父さんがいないいないばあ、とあやすと、剛は嬉しそうにくっと笑った。それを見て、お父さんはたちまち相好を崩した。

「笑った、剛はおじいちゃんがわかるのか」

それからはもう、大喜びで何度も何度もいないいないばあをしている。剛はきゃっきゃと喜んでいる。

「ところで、お茶くらい出してくれない？　遠くから来たんで、すっかり喉が渇いた」

「ああ、悪かったよ。いま、持ってくる。奈津子さんも珈琲《コーヒー》でいいですか？」

「兄貴の淹れる珈琲はうまいんだよ。たまにはいいんじゃない？」

授乳期間中なので、家ではカフェインレスの珈琲を飲むようにしている。そういう点は、実は諒の方がうるさい。だが、その諒の許可が出たので、

「ええ、お願いします」

と、頼むことにした。

しばらく歓談した後、近所の料亭から取り寄せた仕出し弁当を食べた。諒のお父さんもお兄さんも、拍子抜けするくらいふつうに接してくれた。それに、私がとまどわないように何かと諒が気を遣うので、会話も途切れずにすんだ。

「諒はちょっと変わりましたね」

諒が何かを取りに二階に上がった隙に、お兄さんが話し掛けてきた。お父さんは、

ずっと剛に掛かりっきりだ。

「ええ、こんなにいい父親になるなんて、ちっとも思いませんでした」

「いえ、そういうことじゃなく……丸くなったというか」

「そうですか？」

「前はもっとわがままで、あまり人のことに関心を持たないようなやつだった。あいつがこんなに気配りするのは初めて見ました」

「あら、外ではちゃんと気を遣ってますよ。営業マンだから接待も多いし、仕事で鍛えられたんじゃないでしょうか」

「もともと外面《そとづら》はいいんですよ。だけど、外で気を遣う分、家族には平気で仏頂面をするというか。前の奥さんにもずいぶんわがままだったけど」

お兄さんは気を遣って「前の奥さん」と言ってくれる。だが、いまでも美那さんが「諒の奥さん」であるのは間違いない。それに、お兄さんたちは美那さんとも当然、何度も会っているんだな、と思うと、ちょっと気持ちが引ける。

「それだけ奈津子さんにぞっこんだってことだよ。子どもだって、奈津子さんとの子どもじゃなきゃ、欲しくないって言ってたくらいだし」

私の気持ちを察したのか、お父さんも会話に加わった。

「諒さんが、そんなことを？」

「ええ。成城のマンションを出る時に、うちにも釈明に来たんですよ。あなたに子どもができるから、自分はそちらに行くって。会社も辞めるし、これからいろいろあるけど、理解してほしいと」

「そうなんですか。それは、知りませんでした」

自分の家族は心配ない、と言っていたが、そんなふうに釈明していたとは。私に心配させまいと思ったのか、諒はそんな話は一言もしなかった。

「だけど、そのこと自体が私たちには驚きでした。就職する時も結婚を決めた時も、全部親には事後承諾だったやつが、今回に限ってわざわざ自分から説明に来たんですからね。それで、あいつもちょっとは大人になったな、と思いました」

私から見れば諒は十分大人だが、父親から見ればまだまだ幼稚なのだろう。

「左遷だの転職だので、甘ったれなあいつも、ちょっとは苦労を知ったのかもわかりません。どちらにしても、あなたとのことを大事に思っているんだ、とそれでわかりました。いろいろご迷惑お掛けしていると思いますが、どうぞあの子をよろしくお願いします」

そう言って、諒のお父さんは私に頭を下げた。

「迷惑なんてとんでもない。諒さんに助けられているのは私の方です。こちらこそ、よろしくお願いします」

私もお父さんに向かって頭を下げた。

「あれ、ふたりして何やってるの？」

ちょうどその時、本のようなものを抱えて戻ってきた諒が、素《す》っ頓狂《とんきょう》な声を上げた。

「まさか奈津子に変なことを頼んでいたんじゃないだろうな」

諒は警戒するような視線で自分の父を見た。

「そうじゃないのよ。お父様はあなたが大人になったっておっしゃって……」

「俺は前から大人だよ。なんだ、奈津子のおかげで俺がまともになったとでも？」

「そのとおりじゃないか」

それを言ったのは、兄の暢さんの方だった。

「ついこの前まで、腰が落ち着かず、遊び歩いていたんだろ？」

「兄貴には負けるよ。だいたい俺は二度も離婚したりはしない」

「ふん、それ以前にまだおまえは一度目も完全決着してないもんな。早くしろよ。あんまり奈津子さんを待たせるな」

「言われなくても、わかっているよ。俺は俺でやるべきことはちゃんとやってる」

そうして、諒はすねた顔になった。家族の前の諒は、私の知らない顔をしている。すねたり、怒ったり、気を許した家族だからこその態度なのだろう。そんな諒の顔を見ることができるのは嬉しいが、ちょっと寂しくもある。

「ところで、おまえ、何持ってきたの？」

「アルバム。奈津子が見たいって言ってたから」

「ふん、なつかしいな」

諒が抱えていたのは、革張りの立派な装丁のアルバムを三冊ほど。諒が生まれた時から、大学に入学したくらいまでを年代を追って順番に貼ってあった。写真の下には、説明のコメントが細かい文字で添えられている。諒の文字ではない。母親が書いたものだろう。

「ああ、やっぱり剛に似ているわね」

赤ん坊の頃の写真を見て、私は思わずつぶやいた。剛とそっくりな面差しの諒がいる。

「それを言うんなら、剛が俺に似ているんだろ」

「剛は関口の血筋だね」

お父さんが言うと、諒は、

「何を言ってるんだ。俺はおふくろそっくりだってよく言ってたじゃないか」

「抱いているのが、おかあさま？」

生まれたばかりの子どもと、五歳くらい年上の兄らしき男の子と三人で写った写真だ。撮影者は父親だろうか。諒の面差しは、確かに母親に似ている。モデルのように目鼻立ちの整った、華やかな美人だ。

「うん、産みの親の方。こうして見ると若いな。この時、まだ二十五だっけ？」

「えっ、そうするとお兄さんが生まれた時は……」

「おふくろは二十《はたち》で兄貴を産んでいる。オヤジとは十九の時、できちゃった婚しているから。それで三十九の時、離婚した。四十前に、人生をリセットしたいからって」

「まあ」

その波乱の人生遍歴にも驚いたが、それをあっけらかんと言う諒にも驚いた。

「お恥ずかしい限りですよ。うちはめちゃくちゃな家族なんです。諒がこんなふうになったのも仕方ないなあ、と思っています」

「俺がこんなふうってどういうことだよ。オヤジだって兄貴だってひどいもんじゃないか。こんな環境でよく俺がグレもせず、まともに育ったと感謝してほしいもんだ」

「それを言うなら、おまえじゃなくて、みゆきさんのおかげだろ？」

お兄さんの言葉を聞いて、諒は黙り込んだ。

「みゆきさん？」

「あ、二番目の母のことです。えっと、写真はあったっけな」

暢さんが別のアルバムを取り上げて、ぱらぱらめくっていく。やはり、暢さんも二度目の母を「おかあさん」とは呼べないらしい。それでも、こんなふうに話題にするということは、その人のことを嫌っているわけではないのだろう。

「諒の写真ばっかりだな。家族写真はほとんどない」

「こいつ、最初の頃はおかあさんにずいぶん反抗的だったから。いっしょに写真を撮るのも嫌がっていたんだ」

お父さんが暢さんからアルバムを取り上げると、間からはらりと一枚、写真が落ちた。

「ああ、これこれ」

四十歳くらいの女性のスナップ写真だった。産みの母親ほどの美貌ではないが、柔和な顔立ちの、見るからに優しそうな女性だ。

「これは、遺影に使ったやつじゃないか。なんでおまえが持っているんだ」

お父さんが訝しげな顔をしている。

「覚えてないの？　これ、俺が撮った写真だろ」

「えっ。そうだっけ」

「就職の内定が出た祝いに、家族で飯を食いに行った時の写真」

「ああ、そうか。おまえが珍しく写真を撮ってくれるっていうんで、おかあさん、すごく嬉しそうだったな」

「そう、うまく撮れているだろ」

「だけど、こうして見ると、みゆきさん、奈津子さんに似ているな」

「えっ？」

ふいにお兄さんに指摘されて、諒はひどく驚いた顔をした。動揺したのか、手に持っていた写真を取り落としている。本人はまったく気づいていなかったらしい。

「ああ、言われてみればそうだ。この写真と、ちょうど年頃も同じだし」

お父さんも、それに同意する。

「親子そろって女の好みが同じってわけか……あ、失礼」

お兄さんはにやりと私に笑いかけた。

私自身はなんとも答えようがない。似ていると言われても、写真一枚だけでは判断できないし、あんまり嬉しいことでもない。

「だけど、なにより奈津子さんがみゆきさんに似ていると思うのは、芯の強さだな。あまり自分を主張するタイプじゃないのに、いざとなったらてこでも動かない。まあ、みごとな女性だったよ」

お兄さんが私を気遣うようにフォローする。お父さんも、

「ほんとに、今日ここにいればなあ。諒のことは死ぬまで心配していたから、こうやって奈津子さんと子どもを大事にしている姿を見たら、どれほど喜ぶだろうな」

諒は黙ったままだ。不肖の息子としては、何も言いようがないのだろう。それとも、やはり私と二度目の母が似ていると指摘されたことがショックなのだろうか。

「ちょっと湿っぽくなったな。せっかくのお祝いの席なのに」

お父さんの言葉に、諒がきょとんとした顔をする。

「お祝い？　なんの？」

「剛の誕生と、奈津子さんにようやく会えたことと。それに、なによりおまえの離婚が決まったそうじゃないか」

「えっ、どうしてそれを？」

「嘘でしょう。そんな話、私、聞いてません」

諒と私が同時に声を上げた。お父さんは私の方を向いて釈明する。

「いえ、ほんとうなんですよ。昨日、長瀬のお父さんから連絡をもらったんです。ようやく娘の気持ちに整理がついたから、離婚の条件交渉に入りたいって。長瀬さんの方も、こっちに子どもまで生まれたんだから、別れてやり直した方が娘のためになると、前々から離婚に賛成してくれていたんですけどね」

お父さんはにこにこしている。諒はしまった、という顔をしている。ふたりの態度を見て、その話が事実であることを私は悟った。

「ほんとなのね」

急にめまいがした。自分を取り囲んでいた柵が突然外されていきなり視界が広がるような、宙ぶらりんだった身体が急に重力を持って地上に引き寄せられるような、そんな強い錯覚にとらえられたからだ。思わず、隣にいた諒にしがみつく。

「大丈夫か?」

「ええ……びっくりして……」

呼吸が速くなった。まるで過呼吸のように、息を吸うのが苦しい。思いがけない話に、身体がついていかない。

「ったくもう。俺はちゃんと話がまとまってから、奈津子に話をするつもりだったのに、オヤジのせいで台無しだよ」

「いい話だから、いいじゃないか」

「まったく、オヤジはいつもいいとこどりするんだから」

諒は渋い顔をしている。

「ほんとうに、ほんとうのことなのね？」

私は諒に念を押した。

「ああ、俺の方には年末、先方の弁護士から連絡が来た」

「でも、どうして急に」

「わからない。だけど、彼女もこの十二月で三十歳になったから、考えるところがあったんじゃないか。やり直しをするなら早い方がいいって」

「十二月？　十二月の何日が誕生日なの？」

「十二月の十二日。覚えやすい日なんで、こればかりは忘れない」

やはりそうだ。十二月十二日は、美那さんが私を訪ねて来た日だ。

美那さんはあの日、自分の気持ちに決着をつけようと思って、訪ねて来たのだ。

『人の夫を寝取った泥棒猫に、同情される筋合いはないわ』

別れ際に、あの美しい人はそう言い放った。

いつまでも愛人に同情されるような惨めな自分でいたくない。

その意地が、彼女を突き動かしたのだろう。そして、その誇りを支えに、新しい状況へと踏み切ったのだ。

言葉がなかった。

「だからもう、何も心配することはないんだよ。美那との離婚が成立したら、すぐに籍を入れるから」

結局、私も彼女も同じ男を愛したのだ。

あの人が望んだ諒との未来を、私が奪い取った。

その痛みを抱きしめて、私はこれからを生きるのだ。

涙が自然と溢れ、頬を伝った。それに気づいた諒が、

「ほらもう、オヤジのせいだぞ」

そう言いながら、私をそっと抱き寄せた。誰はばかることなく、誇らしげに。

「ああ、すまん。てっきりおまえが話をしていると思っていたから」

お父さんのあせったような声がする。私は諒の胸に顔を埋めたまま、こころの中で祈った。

どうぞ、美那さんの新しい門出に祝福がありますように。

そして、彼女の傷を癒してくれるような人が早く現れますように。

大人たちの騒ぎに動揺したのか、剛が突然泣きはじめた。

「ああ、つよちゃんまで。じーじがついているからね。泣かないで。……ちょっと、おんもにでも行きましょうか。つよちゃん、お庭が気に入るかな」

お父さんが剛を抱いて、部屋の外へと出て行く気配がした。

「兄貴もあっち行ってろよ。見世物じゃないぞ」

「はいはい、ふたりで仲良くやってください」

「言われなくても、そうするよ」

そんな憎まれ口を叩きながらも、諒はゆっくり私の背中を撫でていた。

励ますように、宥めるように。

私は口もきけず、ただ諒の手のひらの温かさを背中に感じていた。

引用文献

茨木のり子「存在の哀れ」(『自分の感受性くらい』より)花神社

解説　――恋愛の真実と善と美と

小手鞠るい
（作家）

この作品は私にとって、三冊目の碧野圭ワールドでした。

一冊目は、大ヒット作の『書店ガール』。痛快で軽快で爽快。「快」を三つ付けてもまだ足りないくらい、愉快な小説でした。自宅の次に書店が好きで、紙の本が好きでたまらず、その昔、京都の本屋さんでアルバイトをしていたこともある私なので、「そうそう、こんなこともあった」「こんな上司、いた～」「しつこい取次店の人に悩まされたなぁ」「営業の人がかっこいい出版社の本、売り場で一番いい位置に積んでたっけ」「こんな失敗もしたし、あんな失敗もしたよ」と、手に汗を握り、主人公といっしょになって笑ったり怒ったりしながら、心はなつかしい京都に飛んで行き、至福の読書タイムを過ごしたのでした。

二冊目は『情事の終わり』です。

この作品もまた、私を「過去」という名の旅に誘《いざな》ってくれました。けれど、読後感は『書店ガール』とは対照的で、なつかしさよりもむしろ、せつなさ、寂しさ、いっそ悲しみと言ってもいいような気持ちに包まれたまま、私は静かに本を閉じました。心が痛かったです。なぜなら私にも大昔に「情事の終わり」があったから。細かい部分は異なっているものの、大筋のところでは、奈津子と同じような経験をしました。私の場合、二十代の終わりでしたが、みずから恋に見切りをつけ、まわりの人たちにも甚大な迷惑をかけ、好きだった人に別れを告げ、ひとりで泣き、ひとりで引っ越しをして、ひとり暮らしを始めたのです。涙、涙、涙です。

で、その先は、どうなったかって？

私の情事の終わりのあとに来るお話はいったん脇へ置いておき、ここで、三冊目の登場です。この『全部抱きしめて』は、『情事の終わり』のつづきの物語です（とはいえ、どちらを先に読まれても、だいじょうぶ。順番には関係なく、同じくらいの大きさの、でも、微妙に違った色合いの感動が得られるように、碧野さんは工夫して、書いて下さっていますから）。

奈津子の情事の終わりから始まる物語。

読み始めてすぐに、私は「ええっ」と驚いてしまいました。

ええっ、そんなの、ありなの？

まさか！　ありえない！　うらやましい〜！

嘘嘘嘘、なんでそうなるの？

おお、そう来たか、よしよし。

だめだめ、そこでそうなっちゃ、だめ！

ああ、もう、だから言ったじゃない？

すみません。私、いちいち、うるさいですね。でも、うるさくならずにはいられなかった。だって、ページを捲るたびに、驚き・桃の木・山椒の木がつぎつぎに生えてくるって感じで、情事の終わりのあとには、私の想像と私の実体験をはるかに超えた、それはそれは刺激的な、豊かな世界が広がっていたのです。

あらすじは、ここにはいっさい書きません。このページを先に読まれている方の楽しみを奪いたくないですから。どうか、予告篇なしで、この、素敵なリアルなおとぎ話に、どっぷりたっぷり浸って下さいね。

さて、ここからは、私を興奮の渦——と言っても、とても静かな興奮です——に巻き込んでくれた『全部抱きしめて』の魅力について、私なりの解説を試みたいと思います。

まず、何よりも魅力的なのが、主人公の奈津子の性格。

「私はあんまり人の嫌な面を見たくはない。人がにこにこしているなら、そのとおりに受け取りたい。騙すよりも騙される方がまだましだ、と思っている」

大変な状況に置かれている奈津子に同情し、涙ぐんでくれた義理の姉に対して「お腹では何を考えているか、わからないよ。女は言うことと本音が同じってわけじゃないから」と言い放った奈津子の母親。その言葉を聞かされたとき、奈津子は「私はあんまり……」と思う。私はこんな奈津子の性格が大好きです。

お人好しで、鈍くさくて、友人からは「女子力が低い」と評されることもある奈津子だけれど、四面楚歌のなかで示された叔母さんの親切心を前にして、

「人の好意をあてにするということは、人の都合に振り回されるということだ。自分の人生を自分のペースで生きようと思えば、自分の住処は自分で確保するしかない」

という芯の強さを見せています。こういう強さ、私も見習いたい。

また、仕事に対する真摯な姿勢が非常に素晴らしいのです。

「自分の身体を使って他人の肉体の維持に奉仕することは、どこか自分自身の生き方を正すような気がした」

現在も未来も、不安定でおぼつかない状態にありながら「奉仕することで自分を正

す」ときっぱり言い切れる奈津子に、関口諒が全身全霊で惚れたのも、よく理解できます。

しかしながら、この作品のさらなる魅力は、この先にあるのです。張り巡らされているのです。それは、奈津子だけではなくて、友人、仕事関係者、家族、恋人の家族など、奈津子のまわりに存在する人々を、公平なまなざしで見つめ、善玉と悪玉に分けてしまうことなく、善も悪も孕んでいる人間くさい人間として全部抱きしめて、丁寧に、こまやかに、容赦なく、たんたんと描いてあるところ。

たとえば、奈津子の友人の真紀。小さな広告代理店の経営者でもある彼女は、奈津子に仕事を回してくれた上で、恋人の関口に会ってみたいと言います。

「恋愛は刹那の快楽。それで一瞬でも相手のこころに爪痕を残せれば、女としては本望よ」

これが彼女の恋愛観なのですね。そうして、関口から、

「男の方が精神的には弱い生き物ですからね。俺はもう、それに抵抗することは止めた」

という言葉を引き出しています。

たとえば、最後の最後まで、奈津子の生き方を肯定できない奈津子の母親。

「男はね、やっぱり家庭が一番大事なの。妻の存在は特別なの。毎日傍にいて男の生活を支えているし、いい時も悪い時もずっといっしょに過ごしているんですからね。まともな男なら、根っこのところでは絶対に妻に感謝しているし、それをないがしろにすることはできないものなの。だから、恋だのなんだのに一時的にのぼせ上がっても、結局は家庭に戻って行くものなのよ。だから、あなたもいずれ男が飽きたら捨てられるんだわ。どうしてそれがわからないの？」

碧野さんは母親にこんな発言をさせ、やみくもに奈津子と関口の恋愛に肩入れをするのではなくて、世の中には、さまざまな恋愛観、結婚観、人生観の持ち主がいるのだということを、私たちに教えてくれます。そのことには、敬意を払うべきだと。

さらに叔母さんを通して、奈津子のいとこの意見を披露しています。

「アメリカじゃ、愛が無くなったら離婚するのは当然のこと。無理に結婚の形態を取り繕う方がおかしい。愛せないのにいっしょに暮らす方が不自然で罪深いっていう考え方なんだって」

いろいろな考え方、価値観に、平等に光を当てながら、恋愛——人が人を愛するということ、人と人が愛し合うということ——の真実を、碧野さんは描き出そうとしたのではないでしょうか。どの人物にも当たっているこの光に、私は、碧野さんの文章を支えている善なる水の流れを感じます。その流れは凜として美しく、奈津子の言葉を借りれば、私の心の中を吹き抜ける緑の風であり、記憶の底のやさしい気持ちを呼び起こすような、柔らかい音色なのです。

最後になりましたが、この作品を読み終えたとき、私が「してみたい」と思ったことと「してみたかった」と思ったことを、ひとつずつ。

してみたいこと——この物語の舞台となっている小金井の町を、夫といっしょに歩いてみたい。

してみたかったこと——情事の相手と、一年後に、再会したかった……。

だけど、もしもそういう再会があったなら、私は夫とは巡り合えていなかったでしょうから、それでは困るんです！　ああ、悩ましい！　碧野さん、いつか、こんな私の「情事の終わりのあとの物語」を書いて下さいませんか？

本作品は書き下ろしです。

実業之日本社文庫　最新刊

碧野 圭
全部抱きしめて
ダブル不倫の果てに離婚した女の前に7歳年下の元恋人が現れて……。大ヒット『書店ガール』の著者が放つ新境地。"究極の"不倫小説！（解説・小手鞠るい）
あ54

北 杜夫
マンボウ最後の名推理
マンボウ探偵、迷宮を泳ぐ――北氏が豪華客船で起きた殺人事件の解明に挑むが、周囲は大混乱に……爆笑ユーモア小説、待望の文庫化！（解説・齋藤喜美子）
き23

堂場瞬一
20
堂場瞬一スポーツ小説コレクション
ルーキーが相手打線を無安打無得点に抑え、迎えた9回表に投じる20球。快挙達成なるか!?　堂場野球小説の最高傑作、渾身の書き下ろし！
と19

鳥羽 亮
怨み河岸　剣客旗本奮闘記
浜町河岸で起こった殺しの背後に黒幕が!?　非役の旗本・青井市之介の正義の剣が冴えわたる、絶好調時代書き下ろしシリーズ第5弾！
と25

原田マハ
星がひとつほしいとの祈り
時代がどんな暗雲におおわれようとも、あなたという星は輝きつづける――注目の著者が静かな筆致で女性たちの人生を描く、感動の7話。（解説・藤田香織）
は41

東川篤哉
放課後はミステリーとともに
鯉ケ窪学園の放課後は謎の事件でいっぱい。探偵部副部長・霧ケ峰涼のギャグは冴えるが推理は五里霧中。果たして謎を解くのは誰？（解説・三島政幸）
ひ41

原田マハ／日明恩／森谷明子／山本幸久／吉永南央／伊坂幸太郎
エール！　3
新幹線の清掃スタッフ、ベビーシッター、運送会社の美術輸送班……人気作家競演のお仕事小説集第3弾。書評家・大矢博子責任編集。
ん13

実業之日本社文庫　好評既刊

東野圭吾
白銀ジャック
ゲレンデの下に爆弾が埋まっている――圧倒的な疾走感で読者を翻弄する、痛快サスペンス！　発売直後に100万部突破の、いきなり文庫化作品。
ひ11

福田栄一
夏色ジャンクション　僕とイサムとリサの8日間
旅する青年、おちゃめな老人、アメリカ娘。3つの人生がクロスする、笑えて、泣けて、心にしみる、一気読み必至の爽快青春小説！（解説・石井千湖）
ふ31

誉田哲也
主よ、永遠の休息を
静かな狂気に呑みこまれていく若き事件記者の彷徨。驚愕の結末。快進撃中の人気作家が描く哀切のクライム・エンターテインメント！（解説・大矢博子）
ほ11

枡野浩一
もう頬づえをついてもいいですか？　映画と短歌A to Z
歌人・枡野浩一が独自のセレクトによる26本の映画について鋭い視点で語る、写真家八二一（はに・はじめ）とのフォトコラム短歌集。山本文緒氏推薦。
ま11

宮木あや子
学園大奥
女子校だと思って入学したら、二人きりの男子生徒を囲む「大奥」のある共学校だった！　いきなり文庫化のハイテンションコメディ。（解説・豊島ミホ）
み11

宮下奈都
よろこびの歌
歌にふるえる。心がつながる――。宮下ワールド特有の〝きらめき〟が最も美しい形で結実した青春小説の傑作、待望の文庫化！（解説・大島真寿美）
み21

南　綾子
わたしの好きなおじさん
可愛いおじさん、癒し系おじさん、すてきなおじさんetc.……個性豊かなおじさんたちとの恋を、ちょっとエッチに描いた女の子のための短編集。
み41

実業之日本社文庫　好評既刊

武良布枝
ゲゲゲの女房　人生は……終わりよければ、すべてよし!!
NHK連続ドラマで日本中に「ゲゲゲ」旋風を巻き起こした感動のベストセラーついに文庫化！　特別寄稿／松下奈緒、向井理。（解説・荒俣 宏）
む11

森 達也
メメント
人気ドキュメンタリー作家が死を想い、生を綴ったロングエッセイ。大切なのは生と死を見つめること。文庫版には、東日本大震災後に執筆の新章を収録。
も21

山本幸久
ある日、アヒルバス
若きバスガイドの奮闘を東京の車窓風景とともに描く、お仕事&青春小説の傑作。特別書き下ろし「東京スカイツリー篇」も収録。（解説・小路幸也）
や21

吉川トリコ
14歳の周波数
ガールズ小説の名手が、中2少女の恥ずかしいけど懐かしくて、切なくも愛おしい日常を活写。あらゆる世代の女子に贈る連作青春物語。
よ31

寄藤文平／藤田紘一郎
ウンココロ　しあわせウンコ生活のススメ
いいウンコが出る生活は、ココロにも体にもいい生活――話題沸騰の「ウンコ本」、全編リニューアルで携帯に便利なモバイル文庫化！
よ21

大崎 梢／平山瑞穂／青井夏海／小路幸也／碧野 圭／近藤史恵
エール！ 1
働く女性に元気を届ける、旬の作家競演のお仕事小説アンソロジー第1弾。漫画家、通信講座講師など、気になる職業の裏側もわかる。書評家・大矢博子責任編集。
ん11

坂木 司／水生大海／拓未 司／垣谷美雨／光原百合／初野 晴
エール！ 2
プールで、ピザ店で、ラジオ局で……事件は今日も発生中!!　すべて書き下ろし、文庫オリジナル企画のお仕事小説アンソロジー第2弾。大矢博子責任編集。
ん12

文日実
庫本業
　社之　あ54

全部抱《ぜんぶだ》きしめて

2013年10月15日　初版第一刷発行

著　者　碧野《あおの》　圭《けい》

発行者　村山秀夫
発行所　株式会社実業之日本社
〒104-8233　東京都中央区京橋 3-7-5 京橋スクエア
電話 [編集]03(3562)2051 [販売]03(3535)4441
ホームページ　http://www.j-n.co.jp/
印刷所　大日本印刷株式会社
製本所　大日本印刷株式会社

フォーマットデザイン　鈴木正道(Suzuki Design)

ISBN978-4-408-55141-8（文芸）